VICTOR MOREAU

L'HONNEUR

DES

MIDLANDER

Éditions Songs of Asgard

Sur l'auteur

Disposant d'un Master en littérature anglophone, Victor Moreau est un auteur de Fantasy, SF et horreur. D'abord publié dans le webzine "L'Imaginarius" pour ses nouvelles, il s'attaque ensuite au roman afin de se libérer de toutes les choses qui le révoltent, le dégoutent, le mettent en colère, mais aussi qui l'émerveillent ou lui redonnent espoir.

Conseils littéraires : Mathilde Pucheu.
http://www.epistolat.com/
Correction : Évalie Safranic
Couverture par Derek Murphy.
http://www.creativindie.com/

ISBN 978-2-9552395-9-9

À une Dame Mystère,

Ainsi qu'à vous tous qui avez un cœur de tonnerre.

L'ILE DES GLACES

Forteresse des Glaces

Vers Vinland

Océan Infini

Slavland

Mer Nordique

Côte des Morts

Hlesey

Nidavehr

Les Montes du Bout du Monde

La Couronne Gelée

Passe Ombreuse

Mer Aesyre

Mer Gelée

Côte Déchiquetée

Gimle

Nastrandir

Myrkjud

HARDANGERVID

HIMINBJORG

SIGYNGAR

Affrod

Alfhd

NIFELHEIM

Snaptun

Breidablik

Blatkrimr

Yggdrasil

Blackriftrcume

Sessrumnir

ASAHEIM

Ghynir

Mer Inerte

Jarnvid

JOTUNHEIM

Wogatisburg

THURINGIA

MIDLAND

STURMVANGAR

FOLCVANGAR

NOATUN

SAXONIA

Njordavi

Albingia

Yngling

WESTPHALLIA

VANAHEIM

STAVANGAR

Ullevi

6

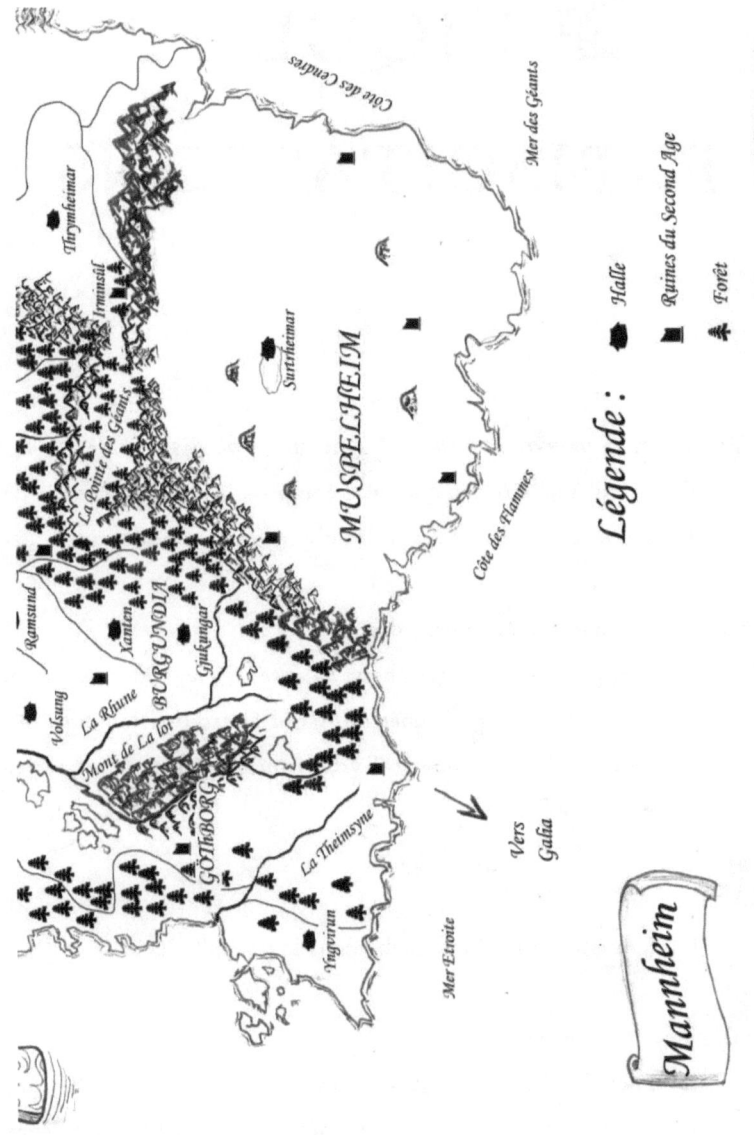

Légende :

- Halle
- Ruines du Second Age
- Forêt

Mannheim

Thrymheimar
Irminsül
La Pointe des Géants
Ramsund
Kamien
BURGUNDIA
Gjukungar
Volsung
La Rhune
Mont de La loi
GOTHBORG
La Theimsyne
Yngvarun
Mer Etroite
Surtrheimar
MUSPELHEIM
Côte des Cendres
Mer des Géants
Côte des Flammes
Vers Gallia

LEXIQUE ET EXPLICITATIONS

Æsim /æzim/ *nom, masculin (fem.* **Æsyne** /æzin/ *pl.* **Æsir** /æzir/*)*

Clans d'Asaheim, royaume composé des provinces de Folkvangar, Sturmvangar, Himinbjorg et Hardangervid.

Draug /droːg/ *nom (pl.* **Draugar** /droːgr/ *)*

Ce sont les morts qui marchent. D'après les légendes du passé, il s'agit des guerriers tombés qui n'ont su trouver le repos. On dit qu'ils gardent la déesse Syn, et qu'ils infestent les terres gelées de Nifelheim.

Elf /elf/ *nom (pl.* **Elfar** /elfr/*)*

Clan mystérieux vivant caché dans la forêt d'Alfvid.

Goth /got/ *nom (invariable.)*

Alliance des Royaumes de Vanaheim et d'Asaheim. L'Île des Glaces est rattachée aux Royaumes Goth. Les habitants sont appelés les Gothar.

Jarl /jaːrl/ *nom (pl.* **Jarlar** /jaːrlr/ *)*

> Chef ayant la charge d'un district, auquel appartiennent les clans qui y vivent. Avant tout chef de guerre, son devoir est de maintenir l'honneur, la sécurité et le bien-être de ses Thingmenn. Il doit aussi augmenter le prestige de son clan. Il est élu ou bien hérite de la fonction avec l'accord du Thing. Il est soumis à la loi au même titre que n'importe quel homme libre.

Jotun /jɔtən/ *nom (pl.* **Jotnar** /jɔtnr/ *)*

> Clans de Jotunheim.

Midlander /midlændr/ *nom, (invariable)*

> Clans du Midland, royaume composé des provinces de Saxonia, Thuringia, Burgundia et Westphalia.

Nibelung /nibelʌŋ/ *nom (pl.* **Nibelungen** /nibelʌŋgn/ *)*

> Clans de Nidavelir, royaume souterrain situé sous les Monts du Bout du Monde, vivant reclus et caché. Cousins éloignés des Elfar, on les surnomme Nains, en raison de leurs difformités physiques.

Sdottir /sdɔtər/ *suffixe (inv.)*

> Précédé du nom du père, signifie « fille de ». Sert à marquer les liens familiaux. Ex. : Krimhilde Gjukisdottir, « Krimhilde fille de Gjuki ».

Skald /skæld/ *nom (pl.* **Skaldar** /skældr/)

Barde et devin. Réceptacle de sagesse, il détient la connaissance de l'histoire et des lois du clan. On se réunit souvent pour l'entendre chanter les contes et légendes du folklore. On dit sa musique et sa voix dotés de grands pouvoirs, capables d'émouvoir et de captiver les foules (corde de larmes), soulever le cœur des guerriers (corde de joie), ou même paralyser et tuer un ennemi (corde de mort).

Skyr /sker/ *nom (indénombrable.)*

Boisson à base de lait de chèvre fermenté et chauffé.

Son /sɔn/ *suffixe (inv)*

Précédé du nom du père, signifie « fils de ». Sert à marquer les liens familiaux. Ex. : Gunther Gjukison, « Gunther fils de Gjuki ».

Thein /tʰeiŋ/ *nom (pl.* **Theinar** /tʰeiŋr/)

Chef à la tête d'une province entière. Équivalent du Jarl, à plus haute échelle.

Thing /tʰiŋ/ *nom, masculin (invariable)*

Assemblée annuelle durant laquelle on décide de nouvelles lois, scelle des alliances et règle les querelles. C'est aussi l'occasion pour les marchands de faire commerce, pour les Skaldar de chanter, et pour les jeunes gens à marier de trouver consort. On distingue les Thing locaux, ouverts à tous les hommes libres, et les Thing nationaux, où chaque province est représentée par son Thein et ses deux assesseurs.

Thingsmadr /tʰiŋsmædr/ *nom (pl.* **Thingsmenn** /tʰiŋsmen/)

Guerrier fidèle à un chef de clan, qui a juré en retour de le protéger en échange d'une compensation matérielle ou de services.

Thurse /tʰuːrs/ *nom (invariable)*

Regroupe les clans des royaumes de Jotunheim et Muspelheim. On distingue les Thurse de Glace (Jotunheim) et les Thurse de Feu (Muspelheim), surnommés ainsi en fonction des caractéristiques géographiques de leur royaume.

Vanim /vænim/ *nom, masculin (fem.* **Vanyne** /vænin/ *pl.* **Vanir** /vænir/)

Clans de Vanaheim, royaume composé des provinces de Noatun, Stavangar et Göthborg.

Yggdrasil /igdræzl/ *nom, masculin (invariable)*

L'Arbre du Monde, considéré comme sacré par le Midland et les Royaumes Goth, d'une circonférence de plusieurs centaines de pieds et d'une hauteur de plusieurs lieues.

Gildas, historien, « Un Étranger à Mannheim : le Guide du Voyageur Itinérant »

LES CHANTS D'ASGARD

PREMIER
EDDA

LIVRE UN

L'HONNEUR
DES MIDLANDER

PROLOGUE

Alors qu'il parcourait les étoiles sur son char, le Seigneur s'arrêta aux sources de l'if Yggdrasil pour y étancher sa soif.

Là, il y vit une magnifique jeune femme qui lavait ses cheveux. De stupeur, elle poussa un cri et disparut. Le Seigneur la chercha parmi les racines de l'arbre, escalada son tronc, grimpa ses branches, en vain.

Le lendemain, Il revint à la source, et y trouva de nouveau la jeune femme. Encore une fois, elle disparut. Le Seigneur escalada Yggdrasil jusqu'à sa cime et y cueillit un rameau qu'il noua d'un ruban rouge et qu'il déposa près de la source.

Il revint le lendemain et y vit la jeune femme, le rameau en main. Elle lui sourit, et à son approche lui dit qu'elle était la Dame. Lorsque leurs mains se rencontrèrent, la terre jaillit autour des racines d'Yggdrasil. Lorsque leurs souffles se mélangèrent, les rivières, les lacs et les océans jaillirent. Lorsque leurs lèvres se touchèrent, les plantes poussèrent sur la terre fraîche. Lorsqu'il posa les mains sur ses hanches, les animaux naquirent, et lorsqu'elle posa ses mains sur sa poitrine, les hommes se levèrent. De leur amour était né le monde.

Il recula d'un pas pour admirer la Dame. Ce faisant il

écrasa une fleur, apportant ainsi la mort en ce monde. Mortifiée, elle s'enfuit, chevauchant le soleil. Il courut derrière elle, chevauchant la lune. Leur danse céleste dure depuis ce jour, et ils ne sont réunis que l'espace d'une nuit, lors de la nouvelle lune, où ils s'abandonnent à leur amour avant de reprendre leur course éternelle. Le Seigneur embrasse la Dame, et la Dame caresse les cheveux du Seigneur, et à son doigt luit l'anneau qui est le gage de leur amour.

Anonyme, *La naissance du monde*

L'anneau brille au doigt du grand homme. D'une armure vêtu et d'une lance armé, son visage reste dans l'ombre, dissimulé. De sa position, genou en terre, le guerrier blessé doit lever la tête pour soutenir son regard. L'incendie qui illumine la nuit ne fait qu'intensifier le contraste entre ombre et lumière, qui dansent sur les formes et luisent sur le métal. La bruine tombante ne sert qu'à rehausser l'éclat des armures et des armes aux arrêtes tranchantes. L'herbe, labourée tant par les lourdes bottes que par l'acier des lames, se gorge d'une eau qui délaye le sang versé. Au loin, un éclair fait ressortir la silhouette d'un arbre mort contre le ciel de plomb noir. Sans mot dire, le grand homme tourne les talons et disparaît, jetant un dernier regard de dédain et de dégoût mêlés. Son épée brisée, le guerrier blessé agrippe d'une main tremblante son épouse bien-aimée, qui vient s'agenouiller près de lui :

« Notre fils... Fais-en un roi meilleur que moi... »

Elle hésite quelques instants avant de répondre. Ses yeux aux longs cils fixent le vide devant elle tandis que dans son esprit des images défilent ; des images passées, présentes et futures, mêlées. Leur vie ensemble ; leur vie à venir, complétée par l'heur d'une nouvelle naissance ; sa vie à elle, sans lui. Finalement elle prend une profonde inspiration et dit :

« Je le jure... je... »

Mais le guerrier l'interrompt, posant doucement un doigt tremblant sur ses lèvres délicates. Elle prend sa tête sur ses genoux et caresse ses cheveux. Son visage est grave et solennel, mais aucune larme ne perle de ses yeux. Elle ne peut se le permettre ; elle doit tenir sa promesse. Pour les vivants. Pour son fils encore à venir. Elle pose une main délicate sur son ventre à peine enflé. Elle le nommerait Siegfried, « la protection par la victoire. »

Il se tenait sur le chemin de ronde, surplombant le village parsemé de cadavres, devant lui. Derrière, depuis le pic de la Montagne des Glaces, il avait vue sur toute la blanche étendue, parcourant le monde jusqu'à l'horizon, ainsi que sur la côte escarpée et la ligne gris bleuté de l'océan. Sa cape noire voltigeait autour de sa sombre armure de lourd métal, mais il ne prêtait nulle attention à la morsure glaciale du vent. Il n'avait d'yeux que pour les guerriers s'affrontant jusqu'à la mort, invoquant Donar et la Dame ; pour le choc du métal contre le métal ; pour le nectar vermeil sur le tapis blanc. L'immense bloc de basalte anthracite était couvert çà et là d'un fin manteau poudreux, et le givre s'accrochait sur les habitations basses aux murs crayeux. Un rayon de soleil perçait à l'occasion les nuages défilant, moutonnant, comme pour mettre en relief quelque détail de la scène de bataille.

Entendant le bruit des passes d'arme et le cri des mourants se rapprocher, il sut que l'ennemi était en ses murs, tout près. Ses défenses percées, une seule chose à faire lui restait. Il se dirigea lentement vers la halle, quittant le chemin de ronde enneigé, et s'assit dignement sur son trône.

Il ne se leva pas lorsqu'un groupe entier de guerriers fit

irruption. Il continua de regarder droit devant lui, tout en s'appuyant sur son épée, mains croisées, comme un tranquille chef de famille s'appuierait sur une canne sculptée.

« Debout et affronte-moi, Svardrekkin, dit une voix claire et volontaire ». Sans se presser, il obéit à l'injonction lancée. Derrière son lourd casque couvrant intégralement son visage, ses yeux semblaient de ténèbres faits. Les pointes saillantes du heaume lustré, les lourdes épaulières, les épais gants de cuir et les bottes fourrées, le plastron et les jambières, le tout couvrant une cotte de mailles noir de jais, ajoutaient à l'aspect irréel du chef de guerre redouté. Les guerriers qui l'entouraient, tenant hache, lance, masse ou épée, étaient telles des statues, figés par la tension palpable de l'air gelé. Sans dire un mot, le combattant leva sa lame et se mit en garde, ses yeux emplis de flammes.

Comme un seul homme, les guerriers se jetèrent à l'assaut. Leurs mouvements coordonnés, pourtant si parfaits, ne semblaient jamais parvenir à le toucher ; il maniait son imposante épée comme la plus légère des dagues, fouettant l'air de sa lame, fluide comme la vague. Un guerrier frappa d'estoc avec sa lance ; elle fut brisée, et son cœur percé. Deux autres attaquèrent de concert, avec aisance, l'un d'un mouvement circulaire ascendant, l'autre verticalement ; tous deux furent fauchés avant même de voir leur arme levée, l'un eut la tête tranchée, l'autre fut éventré. Sans même se retourner, le Svardrekkin empala d'un coup sec le guerrier derrière lui avant de retirer sa lame en un mouvement. L'escarmouche fut terminée en un éclair.

Ils se tenaient désormais tous les deux face à face, l'homme à l'armure d'acier et le guerrier aux cheveux d'or.

« Tu oses me défier, moi qui suis le Dragon Noir, la voix de stentor du Svardrekkin claqua comme le tonnerre dans l'air.

– Tu es un garçon brave, mais seras mort ce soir.

– Ne m'appelle pas "garçon". Mon nom est Balder Wodenson, roi des Æsir ! »

L'idiot ! Un nom n'était rien, tout juste une commodité bonne à l'identifier. Ce n'était nullement le nom reçu à la naissance qui déterminait qui l'on est, mais celui que l'on se forgeait dans le feu et la glace, celui né de son sang. Pour l'épée du Svardrekkin, son adversaire n'était qu'un autre cadavre inconscient. Son nom n'était rien. Son titre n'était rien. Il n'était *Rien* ! Sans plus d'ambages le guerrier noir attaqua. L'autre esquiva et se mit en garde instantanément. Ils se tournèrent autour un instant, comme le jeune loup tourne autour du chef de meute avant de frapper. Ils échangèrent quelques passes d'arme, plus pour se jauger que pour tuer. Balder, entre deux estocs, siffla :

« Tu dis qu'un nom n'est rien ; pourtant rappelle-toi bien : Si je te dis "Siegfried", que me réponds-tu donc ?

Le Svardrekkin se figea un instant.

– Ce nom ne signifie plus rien pour moi. Ce Siegfried dont tu parles, tiré de mon passé, n'est qu'un fantôme de plus, que j'ai assassiné. »

Pourtant, malgré son impassibilité, malgré le vide en son cœur, malgré les ténèbres en son esprit, il se souvenait.

I

LUEUR DE DRAGON

Ici sont répertoriés les neuf enfants de la Dame
et du Seigneur, ainsi que leurs domaines :

Nott la Ténébreuse, dont les domaines sont la nuit et le
givre ; gardienne des étoiles, elle guide les voyageurs
nocturnes et veille à la tranquillité de Mannheim lorsque la
lune est levée. Elle est la patronne de tous ceux qui marchent
dans l'ombre. L'écume de son cheval Hrimfaxi crée la rosée
du matin.

Dagon le Clair, dont les domaines sont le jour et le feu ; il
guide le soleil chaque jour, sur son cheval Skinfaxi à la
Crinière d'Or. Il prodigue la chaleur à la terre et les
bienfaits des moissons. Il est bon de l'invoquer pour la

prospérité du logis.

Beyla la Douce, dont les domaines sont l'amour, la procréation, la nature et le cycle de la vie. Elle fait naître les animaux et pousser les moissons. Il est bon de l'invoquer pour toutes les choses de l'amour et des champs.

Donar le Tempétueux, dont les domaines sont l'orage et les éclairs. Il est la colère divine, et provoque la pluie et le tonnerre sur la terre. Il confère la puissance et la rage victorieuses aux guerriers qui l'invoquent et il est le patron des forgerons.

Windir le Vif, dont le domaine est le vent. C'est lorsqu'il court à une vitesse faramineuse que les vents se lèvent. Il est le patron des chasseurs.

Selkie la Capricieuse, dont les domaines sont les fleuves, les rivières et les océans. Elle aime nager, créant ainsi le courant. Son caractère changeant fait qu'elle protège les marins ou bien coule leurs navires.

Kvasir l'Eloquent, dont les domaines sont la poésie, la connaissance et la sagesse. Ceux qui cherchent le savoir invoquent son nom.

Syn la Silencieuse, dont les domaines sont le mystère et

l'obscurité. Gardienne des secrets et des portes verrouillées, on l'invoque lorsqu'une parole ne doit être révélée. Les Draugar, les morts qui marchent, lui appartiennent.

Vittolfar le Manipulateur, dont les domaines sont la logique, la magie et la divination. Il est à l'origine du Seidr, la magie runique, et les sorcières et les devins invoquent son nom.

Anonyme, *Les Enfants de la Dame*

« Ah, Siegfried, te voilà pour le Thing, toi aussi ! »

Il venait juste de finir de monter sa tente comme chaque printemps lorsqu'il fit face à la jeune fille qui lui souriait. Qu'il était bon de revoir Hrorki ! Il lui donna l'accolade, puis elle lui prit la main tandis qu'ils traversaient Thingwald, la plaine où se tiendrait l'assemblée. Les marchands avaient déjà posé leurs étals, les Skaldar jouaient de la harpe en chantant, et les chamanes préparaient leurs totems pour la célébration qui aurait lieu le soir. En chemin, un homme de son village demanda de l'aide à Siegfried pour décharger quelques sacs de grain de son chariot, ce que le jeune garçon accepta aussitôt, échangeant mots et sourires avec le marchand. Une voix annonça enfin que le Thing allait débuter, et invitait chacun à prendre place. Siegfried et Hrorki s'assirent sur les bancs, face à une estrade de bois sur laquelle se trouvaient deux sièges : celui du Récitateur de la Loi, et celui du Jarl, qui prirent place à leur tour. Derrière eux se trouvaient les trois jurés qui rendraient les jugements finaux avec le Jarl. Le Récitateur rappela un tiers des lois claniques, puis il ouvrit l'assemblée. Une fois le prix des marchandises fixés, les alliances entre les clans scellées ou rompues, les mariages annoncés et les nouvelles des autres districts et provinces du Midland propagées, l'on en vint aux procès. Le premier sujet était de déterminer la peine de Bjarnulf Ronulfson, accusé du meurtre de son frère Geralt. Lorsque le Jarl lui intima l'ordre de se lever, un homme au visage fermé fit face au clan assemblé. Bon nombre de témoins avaient déjà parlé contre lui. À son tour désormais de se défendre.

« Je n'ai jamais voulu le tuer…, marmonna l'homme. Cet idiot est mal tombé et son cou s'est brisé… »

Le fratricide était un cas d'*Obotamal* ; aucune compensation directe n'était prévue par la loi. Il appartiendrait aux jurés de décider de sa peine, lorsque chacun se serait exprimé. Le Jarl, vêtu d'une riche tunique carmine, considéra d'un œil dur l'homme qui se trouvait en face de lui avant de parler :

« Tu n'as donc aucune excuse. Pour ma part, je te souhaite la mort. »

Des murmures se firent entendre. L'exécution était une peine rare, encourue par les violeurs, les traîtres et les lâches de la pire espèce. Le Jarl défia quiconque de le contredire quant au sort de cet homme.

Siegfried prit la parole ; à son sens, la mort était un châtiment injuste pour Bjarnulf. Il le connaissait, pour avoir déjà eu affaire à lui lorsqu'il venait lui livrer ses outils. Ce n'était pas un mauvais homme, mais la mort de son épouse des suites d'une longue maladie l'avait fort affecté. Il avait tout vu, et la scène s'était bien déroulée, comme Bjarnulf l'avait décrit : Géralt était tombé. Il était certain que le pauvre homme n'avait jamais voulu cela. Perdre son frère, par sa propre faute, n'était-ce pas là déjà peine suffisante ? L'accusé lui lança un regard dans lequel il lut autant de douleur que de reconnaissance. D'autres murmures s'élevèrent, et les jurés débattaient entre eux.

« Très bien. Si la mort te paraît trop cruelle, je demande le bannissement. »

Le Jarl savait ce châtiment pire que la mort, se dit Siegfried. Un banni était un homme en sursis ; n'importe qui pouvait le tuer sans pénalité, et nul ne pouvait lui offrir asile ou bien assistance.

C'était là le condamner à une vie d'errance solitaire, une mort lente et déshonorante. Il en eut la confirmation lorsque Bjarnulf s'exprima, une fois que les jurés eurent voté la décision : le condamné préféra encore la mort au bannissement. Il se tenait droit, désormais.

« Comme tu le souhaiteras, dit le Jarl. » Siegfried ne perçut aucune compassion dans sa voix.

Bjarnulf fut conduit un peu plus loin, sous un arbre. Un billot fut apporté, sur lequel il posa sa tête sans mot dire. Le Jarl exécuta lui-même la sentence, et le *tchac* sonore résonna longtemps dans l'esprit de Siegfried. L'assemblée reprit après un moment.

– Justice est rendue, déclara le Jarl. Passons à un autre sujet : les disparitions inquiétantes de plusieurs fermiers et voyageurs sur la grande route menant à Ramsund.

– C'est là l'œuvre d'un monstre ! cria quelqu'un dans l'assemblée, approuvé par nombre des hommes.

– Ne soyez pas idiots, les tança le Jarl. Il s'agit plus probablement de bandits ou de bannis. Peut-être même une bande de Thurse. Ce serait bien là le genre de ces chiens...

– Les Thurse laissent les cadavres sur place, contredit quelqu'un d'autre. Or, nous ne retrouvons aucun corps, dans les fermes ravagées.

– Peut-être les capturent-ils pour en faire des esclaves. Qu'en sais-je ?

– C'est un monstre ! répéta encore un autre homme. Mon cousin Arnald l'a vu ! Il accompagnait un groupe de marchands en route vers Volsung, lorsqu'un serpent géant les attaqua ! Il fut le seul à survivre !

– Ton cousin Arnald n'incarne-t-il pas le héros, quoique peu glorieux, d'une aventure imaginaire ?

– Certes non ! Il vit la bête repartir en direction des collines, au nord-ouest ! Elle se terre probablement dans l'une des nombreuses cavernes qui rongent la roche !

Les hommes exigèrent si férocement qu'un groupe de guerriers fût envoyé pour écumer la région que le Jarl leva les mains en signe d'apaisement et soupira. Il enverrait plusieurs hommes explorer les grottes alentours, bien qu'encore une fois, il s'agît plus certainement de Thurse ou de bannis. Il avait toutefois une annonce à faire sur un autre sujet d'importance. À ces mots, le silence total s'installa. Il tenait ceci d'un marchand de confiance qui naviguait entre le Midland et les Royaumes Goth et avait reçu le Message par la Flèche aux couleurs de Woden Burrson : Le roi d'Asaheim était porté disparu. Des murmures excités s'élevèrent. Woden, disparu ? Était-il mort ? Son règne était-il enfin fini ? Encore une fois ce fut Siegfried qui prit la parole : Qui serait son successeur ? Cela serait décidé au Thing national d'Asaheim, qui devait prochainement avoir lieu. Toutefois, Woden voulait que son fils Balder lui succédât, et il était en effet fort probable que le garçon fût élu roi malgré son jeune âge. L'agacement se lisait sur tout le visage du Jarl ; ils verraient bien lorsque l'annonce aura été faite au prochain Thing national. Il n'en savait guère plus pour le moment. Peut-être même Woden allait-il revenir. Peut-être était-il simplement coincé par les glaces et serait-il de retour cet été. Et sur ce, l'assemblée fut levée. Le Jarl quitta son siège, laissant les hommes et les femmes discuter fébrilement cette soudaine nouvelle. Sans Woden Burrson, peut-être le Midland allait-il connaître une nouvelle ère ! Depuis trop longtemps, le roi d'Asaheim régnait-il d'une main de fer sur cette terre voisine alors qu'il n'y avait nul droit.

Tous étaient réunis autour d'un grand feu, plus tard. Les chants des Skaldar parvenaient à leurs oreilles, ponctués par des rires ou des exclamations, ainsi que par le choc des cornes à boire les unes contre les autres. Siegfried laissait son esprit vagabonder vers des temps anciens, au gré des histoires tragiques portées par les notes.

Il était un roi
Qui un jour croisa
Une belle dame
Qui lui ravit l'âme

Ils s'aimèrent un soir
Sous un ciel noir
Et elle disparut
Comme elle fut venue

Le roi roi ne parvint
Malgré tout son vin
À ne plus penser
À cette nuit rêvée

Alors il pria
La déesse Beyla
De lui indiquer

Quelle voie adopter

Lorsqu'elle apparut
Là il reconnut
Celle qu'il aimait
Dans ce beau reflet

Elle lui révéla
Qu'ils ne pourraient pas
Être réunis
Et ce pour la vie

Une vieille loi
Privait de tout droit
Les hommes et les dieux
De s'unir entre eux

Alors le bon roi
Au Mont-de-la-Loi
Sauta dans le vide
Vers une mort rapide

Ils furent réunis
Une fois son esprit
Librement semé
Dans Mannheim entier

Le silence s'installa quelques instants avant que Hrorki ne parlât, son regard toujours braqué vers les flammes :

– Tu n'aurais pas dû t'exprimer ainsi. Tu sais que le Jarl supporte mal que l'on conteste son autorité ; surtout toi, fils de forgeron, qu'il considère comme son inférieur.

– Pourtant j'ai le droit de m'exprimer comme chaque homme libre…, gronda Siegfried.

Si le Jarl se pensait au-dessus des autres et au-dessus des lois, une amère déception l'attendait, et il comptait sur l'assemblée pour le lui rappeler !

– Je m'inquiète simplement pour toi, tu sais… Elle marqua un silence. Pourquoi s'en est-il pris ainsi à Bjarnulf ? Pauvre homme… Pas même sa famille n'osa élever la voix. Et les jurés se sont empressés de voter la décision du Jarl.

– Il a de nombreux Thingsmenn ; c'est un homme puissant. Mais il ne se comporte pas comme le devrait un seigneur ! Si seulement j'étais à sa place, mes jugements seraient tellement plus justes…

– J'en suis persuadée, sourit-elle.

Le chant des Skaldar devint plus épique. Nombreux furent ceux qui poussèrent des vivats à l'évocation des héros du passé, levant haut leur corne. Siegfried repensa aux nouvelles de tantôt ; Woden avait disparu… Le Midland allait-il enfin récupérer son indépendance ? Il ne pouvait que trop l'espérer ! Tout dépendrait du nouveau roi, supposait-il. Bien qu'après plus de quinze hivers de domination, il était peu probable qu'Asaheim les libère aussi facilement. D'autant plus qu'ils n'avaient pas de roi pour les fédérer et les représenter efficacement. Leurs terres, si elles étaient gérées par des Midlander, appartenaient à Woden. Les Æsir allaient-ils les leur rendre ? Ils le verraient bien... Une ère de changement approchait. Peut-être l'essor du Midland était-il enfin venu...

– Ces valeureux guerriers des temps passés me font penser qu'il serait bon de se débarrasser de ce serpent géant qui terrorise la région, dit Hrorki sans détacher ses yeux des flammes.

– Ne me dis pas que tu crois à ces fadaises !

– Et pourquoi pas ? Notre monde est empli de mystères au-delà de notre compréhension... Regarde le Rayonnement Magique ; regarde les runes !

Mais Siegfried ne croyait pas qu'un monstre massacrât les pauvres gens. Non, c'était là l'œuvre de bannis qui pensaient avoir trouvé ainsi le moyen d'obtenir la paix tandis qu'ils pillaient à loisir. Hrorki se renfrogna : Que faisait-il du témoignage d'Arnald ? Le jeune homme haussa les épaules ; les gens voyaient ce qu'ils voulaient bien voir, et croyaient ce qu'ils voulaient bien croire. N'était-il pas étonnant que personne d'autre n'eût vu, ou même seulement aperçu, la bête ? Ils seraient fixés lorsque les hommes trouveraient non un dragon mais des bandits.

La conversation mourut et ils restèrent un moment au coin du feu. Hrorki avait posé la tête contre l'épaule de Siegfried. Le jeune garçon portait occasionnellement une corne de bière à ses lèvres, laissant son esprit se perdre dans le bourdonnement musical. Le chant du Skald devint plus lyrique ; il racontait les amours des dieux ainsi que les épreuves qu'avait dû surmonter le Seigneur pour séduire la Dame, et se terminait par la séparation des deux amants. Désormais, ils se réunissaient à chaque nouvelle lune lorsqu'ils arrêtaient l'espace d'une nuit leur course éternelle. Siegfried regardait fixemement une braise se consumer dans le grand feu alors que sa main caressait distraitement les cheveux de Hrorki. Après une transition instrumentale, le chant abordait les amours de Dagon et de Beyla, ainsi que leurs déboires causés par la jalousie de Vittolfar. Le dieu de la magie avait enchanté Beyla pour qu'elle n'ait d'yeux que pour lui, brisant le cœur de Dagon, et ce ne fut qu'après de nombreuses épreuves que le dieu lumineux parvint à briser le sort. Siegfried sentit à ce moment son amie lui serrer la main jusqu'à lui en faire presque mal. Du coin de l'œil, il vit le regard brillant de la jeune femme le fixer.

Plus tard dans la nuit, bien après qu'ils s'étaient séparés en se souhaitant la bénédiction de la Dame, le jeune garçon fut réveillé par une voix et des bruits de tissus qu'on agitait. Ouvrant les yeux instantanément, il chercha à tâtons son épée avant de reconnaître la silhouette féminine.

– Hrorki ! Veux-tu me faire mourir de frayeur ? Elle s'allongea contre lui. Que fais-tu ?

– Rien, répondit-elle en calant son visage contre le creux de son épaule. Dors.

Siegfried n'insista pas et referma les yeux, souriant.

Le lendemain, ils démontèrent leurs tentes et s'en retournèrent chez eux après avoir reçu la bénédiction des chamanes.

– Père t'apprécie beaucoup, tu sais.

– C'est réciproque. C'est un homme de bien. Et puis, il a élevé une si charmante fille !

Elle éclata de rire.

– Il n'aurait rien contre notre union... Il te considère déjà pratiquement comme un fils !

– Hrorki, nous en avons déjà parlé ; tu es comme une sœur, pour moi.

– Tu n'entendras donc jamais raison ? Que te faut-il de plus ? Je t'aime, tu m'aimes –

– Comme une sœur, répéta-t-il. La jeune fille avait désormais la mine renfrognée.

– Si tu ne cèdes pas aux sentiments, considère au moins les avantages ; Père est riche, et le tien n'est pas non plus à plaindre, bien qu'il n'ait aucun clan avec lui. Nos deux familles bénéficieraient d'une telle alliance...

– Hrorki..., soupira-t-il.

– Tête de mule..., murmura-t-elle en retour.

Le reste de la chevauchée se fit dans le silence. Traversant la grande plaine à l'herbe verdoyante parsemée de buissons et de longues fleurs, Siegfried considérait la lointaine ligne de la forêt. Les oiseaux chantaient, le vent adoucissait la tiède chaleur du soleil ; c'était pour le jeune garçon une belle journée.

Ils traversèrent la Grande Porte du village de Ramsund à la nuit tombante. Siegfried choisit de raccompagner Hrorki jusqu'à chez elle malgré ses protestations. Le jour ne durerait plus longtemps, mais la maison de son père nétait pas si loin. Une fois devant la halle, ils descendirent de cheval et virent une petite forme prostrée au sol non loin. Ils s'approchèrent ; ses grands yeux baignés de larmes, l'enfant tenait dans ses bras le cadavre d'un chat.

– Skig est mort, dit le petit être en caressant son animal.

– Allons, Ragnar, le consola sa sœur, tu devais t'y attendre ; ce chat était déjà vieux avant que tu ne sois né !

– C'était mon ami ! »

– Il eut longue et heureuse vie. Viens, Ragnar. Skig mérite des funérailles dignes de son rang.

Siegfried se dirigea vers la maison longue. Avec quelques morceaux de bois, il fabriqua de ses mains un petit radeau dans lequel rentrait tout juste l'animal. Puis il prit un arc, des flèches, un peu d'huile et un briquet d'amadou. Sans mot dire, Hrorki et Ragnar le suivirent jusqu'à la rivière, dans laquelle le jeune homme déposa délicatement le radeau qui glissa le long du courant. Puis il enveloppa une flèche d'un tissus huileux, y mit le feu, et arma son arc. Le projectile incandescent décrivit une courbe luminescente dans le ciel noircissant et frappa le petit radeau, y mettant le feu instantanément. Adieu, Skig, noble ami. Puisse ta prochaine incarnation être meilleure encore que celle-ci. Hrorki lui prit la main tandis que Ragnar fixait en silence le radeau, son petit corps agité de soubresauts.

De retour à la halle, la jeune fille se hissa sur la pointe des pieds et apposa un baiser sur la joue de Siegfried.

« Ce que tu fis pour Ragnar était noble et altruiste. Je te remercie. »

Ils se souhaitèrent la bénédiction de la Dame avant que Siegfried ne reparte en direction de sa maison sous les derniers rayons diurnes.

Le soleil levant éclairait de sa douce lumière rosée la petite maisonnée, nichée au milieu d'une clairière en forêt, ses rayons octroyant une teinte mordorée au tapis enneigé. L'on pouvait déjà entendre, à plusieurs pas de distance, les coups répétés du marteau sur l'enclume, *ting... ting... ting... tingtang*. La forge enténébrée n'était éclairée que par la lueur rougeoyante des braises ardentes ; le jeune homme, tous muscles tendus, était entièrement concentré sur son ouvrage. Torse-nu, il était vêtu d'un épais tablier de cuir et de larges gants. Après un dernier coup de marteau, il immergea la lame, provoquant une épaisse fumée blanche tandis que crépitait l'acier.

– Cette épée n'est pas mal, Siegfried, mon cher. Mais tu peux bien mieux faire. Quand donc appliqueras-tu les conseils que je te donne sans cesse ?

Le jeune homme apostrophé se retourna, un sourire flottant sur ses lèvres.

– La paix, père, je suis encore loin d'avoir ton savoir-faire ! Il partit d'un rire fort et clair.

Le petit homme noueux secoua la tête, agitant sa longue barbe de droite à gauche.

– La forge est un véritable art. Tu dois être patient et ne pas précipiter les choses, il te faut manier l'acier avec précision. Tu as du talent ; si tu savais te concentrer ne serait-ce que quelque peu mieux, tu serais un maître forgeron, par Donar et son marteau !

Mais le garçon, toujours souriant, préférait de loin manier l'épée et chasser en forêt. Ce n'était pas fait pour lui, de rester enfermé au coin d'un feu douillet, à marteler l'acier. À ces mots, le vieil homme secoua la tête, et Siegfried lut dans ses petits yeux noirs un mélange de désapprobation et d'affection.

– Pourtant tu en as fort besoin, mon garçon. La forge ne se résume pas à marteler un bout d'acier. Un véritable forgeron met toute son âme dans son ouvrage, et c'est ce qui lui permet de créer une pièce exceptionnelle. Pour ma part, c'est aussi une façon de me sentir exister. Moi, les flammes, l'acier que je plie à ma volonté... Cela me donne l'impression de faire partie d'un tout, qui est bien fini. Mais je doute qu'un jour tu aies la patience de le comprendre...

Siegfried partit d'un nouveau rire. C'était exactement là le sentiment qu'il éprouvait dans leurs forêts westphaliennes, l'arc en main, traquant le cerf, ou bien lorsqu'il mettait soudain toute son âme dans un seul coup d'épée. C'était dans ces moments-là qu'il se sentait réel, le plus proche de la Dame. Leurs forêts et leurs plaines étaient si belles, si paisibles ; on ne pouvait que se sentir entier, dans cet environnement plein de sérénité. Lorsqu'il s'y retrouvait, il ne pouvait s'empêcher de s'imaginer lié à tout ce qui l'entourait ; arbres, ruisseaux, bêtes, plantes... Comme s'il n'était pas seulement Siegfried, guerrier et forgeron, mais un simple élément appartenant de fait à un cosmos entier, si grandement supérieur. Le vieil homme posa une main sur son épaule.

« Je n'ai plus grand chose à t'apprendre, désormais. Par les dieux, tu es déjà meilleur que moi à l'épée ! Heureusement qu'il me reste la forge pour te surpasser... Tu es devenu un homme, et il sera bientôt temps pour toi de quitter la maison et de vivre ta propre vie. Tu seras bon guerrier, mon garçon. »

Reginn regarda de côté. Siegfried sut instantanément que son père adoptif avait quelque chose sur le cœur. Le vieil homme soupira. Siegfried se souvenait-il de sa mère ? Le jeune homme fit une moue pensive avant de répondre. Sa mémoire était floue à ce sujet. Il était encore très jeune lorsqu'il fut envoyé chez Reginn pour y être élevé afin d'unir leurs deux familles, comme le voulait la coutume usuelle. Il n'avait plus revu sa mère depuis de nombreux hivers. Des souvenirs lui revinrent en mémoire : une maison longue sous une tempête de neige ; le froid ; le doux visage de sa mère ; la chaleur de ses mains ; la boisson chaude qui lui est offerte dans la halle enfumée après que sa mère se fût agenouillée devant un homme imposant à la barbe brune. Son dernier contact avec elle fut sur le pas de la porte de Reginn, un soir d'hiver, alors qu'elle lui avait murmuré, tenant sa tête enfantine entre ses mains, *Je reviendrai pour toi lorsque le temps sera venu.* Mais elle n'était jamais revenue. Quant à son père, il n'en gardait aucun souvenir. Reginn sembla s'apprêter à parler, mais n'en fit rien.

« Repose-toi, mon garçon. Tu as eu une dure journée, dit-il finalement. »

Dans l'obscurité du petit logis, éclairé par la lumière chaleureuse d'un feu de bois, Siegfried s'endormit en pensant à sa mère.

Le feu était désormais presque mort. Seules quelques braises rougeoyantes agonisaient dans l'âtre encore. Un jour nouveau se levait, et ses rayons filtraient à travers les petites ouvertures à la base du toit, mordorés. Assis sur la banquette, ses longs cheveux châtain cachant un visage assombri par une nuit au sommeil agité, Siegfried restait immobile. Pourquoi sa mère n'était-elle encore revenue le chercher ? L'avait-elle abandonné ? Oublié ? Avait-elle refait sa vie ailleurs, avec d'autres enfants ? Reginn entra soudain dans la salle de vie.

– Debout là-dedans !, tonna-t-il. Oh... C'est déjà le cas...

Sourire de Siegfried. Son visage était totalement changé ; en surface il semblait toujours être le garçon souriant et insouciant que Reginn connaissait.

– Père, comment vas-tu ?

– Bien, bien... Ne t'occupe pas de moi, marmonna dans sa barbe le vieux Nibelung. Prépare-toi, mon garçon, tu vas livrer nos outils, forgés d'une main experte par l'inimitable maître forgeron Reginn, aux fermes environnantes ! Quinze hivers aujourd'hui ou pas, il te faut travailler !

Le petit homme semblait, une fois n'était pas coutume, plutôt enjoué.

Siegfried venait tout juste d'atteler le chariot après une belle journée de labeur lorsqu'une voix familière le salua. Il n'eut que le temps de se retourner avant qu'une silhouette menue ne se jette à son cou. Il sourit en voyant le visage fin constellé de taches de rousseur, les grands yeux bleus et les lèvres finement ourlées de Hrorki. Il était si bon de la revoir ! La jeune fille se serra contre lui et inspira profondément comme s'il était une bulle d'air.

– Joyeuse fête ! Quinze hivers, voilà un événement à marquer d'une blanche pierre ! Viens avec moi. J'ai envie de me promener !, lui dit-elle en l'entraînant par la main.

Ils traversèrent la campagne westphalienne à la nuit tombante. Un peu plus loin, Siegfried regarda distraitement les deux fermiers dont il ne parvenait à retenir le nom, ennemis de toujours, hausser le ton pour une histoire de délimitation terrienne.

—Et moi je vais te les envoyer dans le museau, tes choux, vas-tu voir !

Et l'autre de vertement répliquer :

- Hé bien vas-y, et moi je te brûle ta ferme, et tous tes champs autour !

Le reste se perdit en insultes et en coups de légumes indignes de capter plus longtemps l'attention du jeune homme.

Ils finirent par arriver dans un grand pré solitaire, bordé d'arbres et traversé par une rivière. Un orme gigantesque siégeait sis au milieu, surplombant le cours d'eau. À cette saison, le tapis habituellement émeraude était blanc immaculé.

- Voici mon endroit favori, déclara Hrorki, s'asseyant près de l'arbre. J'y viens toujours lorsque j'ai besoin de calme et de solitude, loin de toutes ces querelles de fermiers. Père veut que j'épouse le fils du tanneur ; plus tôt que je meure ! Je veux tailler le métal en beaux bijoux comme il le fait, et tous les Jarlar et Theinar porteront ce que de mes mains j'aurai créé !

Elle se fendit d'un sourire radieux.

- Une activité qui ne sied guère à une frêle jeune fille, remarqua Siegfried, plein d'affection.

Elle partit d'un rire cristallin.

- Voici pour toi. Modeste cadeau de ma part..., dit-elle en lui tendant un petit paquet, les yeux baissés.

Il ouvrit la petite bourse de cuir et en sortit un petit pendentif d'argent. Le marteau de Donar...

- Un talisman, créé de mes mains, pour te protéger, sourit-elle.

Il la remercia en lui apposant un baiser sur la joue.

– Quel homme veux-tu être plus tard, Siegfried ?, demanda Hrorki tout en regardant le soleil se coucher. Elle posa une main féminine sur celle de son ami.

– Je veux devenir Jarl, ou peut-être même Thein, à la pointe de l'épée, répondit le jeune homme en bombant le torse. Et mon clan guiderai vers la prospérité, refusant l'injustice et toute iniquité. Je les protégerai, les défendrai de ma main et leur accorderai cette si chère liberté due à tout un chacun.

– Un fils de forgeron devenu Jarl... Pourquoi pas ! Après tout, bien des Jarlar ont été élus suite à leurs prouesses guerrières ou leur habileté politique, alors qu'ils furent nés dans une famille ordinaire. Je sais que tu montreras à tout le Midland ce dont tu es capable !

Elle sourit encore une fois, d'un sourire à faire fondre neige. Puis son visage s'assombrit et elle frissonna.

– J'ai entendu dire que la guère couvait... Les raids Thurse se multiplient et deviennent de plus en plus violents. Nombreux sont ceux qui craignent une invasion...

Ses yeux étaient toujours fixés sur le ciel rubescent, et ses nattes noisette volaient au vent. Plus loin, quelques arbres nus déchiraient le tapis neigeux de leurs longues branches griffues. Elle avait raison ; même dans leurs petites fermes reculées de tout, ils sentaient cette terrible présence... Les Royaumes Thurse, Jotunheim et Muspelheim, avaient toujours causé soucis aux Midlander. Siegfried les pensait pareils à la pie qui harcèle le faucon, le drainant de ses forces petit à petit, excepté que la comparaison était une insulte envers ce pauvre oiseau. Depuis la mort du roi Sigmund, chacun des quatre Theinar gouvernait sa province comme si ce fût un royaume, et cela faisait désormais seize hivers. Pour faire face à une invasion Thurse de masse, il faudrait que les Midlander soient unis, mais aucun chef de clan ne souhaitait se montrer conciliant, et chacun défendait ses propres intérêts au détriment des autres, ne pensant qu'à étendre son influence lors des assemblées. Siegfried assistait à tous les Thing locaux, payant de sa poche l'impôt pour y siéger, et n'avait de cesse d'observer comment se comportaient les Jarlar et les jurés. Le Thing était une excellente idée, mais tant que les clans ne seraient pas fédérés, l'assemblée ne servirait qu'à régler les problèmes de fermiers. Le jeune homme craignait que faute d'union, les Thurse de plus en plus présents, ne leur déclarassent la guerre.

– La guerre..., cracha Hrorki. Quel gâchis de temps, et quelles perte de vies.

– C'est pourtant dans notre nature, répondit Siegfried en haussant les épaules.

Tant qu'il y aurait des hommes, il y aurait des guerres. Si cela était le prix à payer pour amener la paix et la tranquillité, n'était-ce pas là un sacrifice nécessaire ? Si les Thurse les attaquaient, il fallait le leur rendre au centuple !

– Le trépas de jeunes gens n'est, du moins à mon sens, jamais bien nécessaire. A quoi sert donc la guerre ? Causer chagrin immense ? Détruire et ravager ?

– Voudrais-tu laisser les Thurse te violer et te tuer, sans rien faire pour te défendre ? La guerre n'est pas une fin, mais une nécessité. C'est tout juste un moyen, fait pour nous protéger. Voici bien une réaction de femme !, acheva-t-il en riant doucement.

– Idiot…, marmonna-t-elle avant de se jeter sur lui. Admire comment une fille se bat ! cria-t-elle en riant.

Ils échangèrent quelques prises jusqu'à ce que le jeune homme, plaqué au sol, s'esclaffât :

– Je me rends ! Pitié, ma dame, je me rends !

Elle resta un moment à le tenir à terre, dans la neige, le regardant, sourire aux lèvres. Puis elle se pencha et l'embrassa aussi férocement qu'elle s'était battue. Le frisson électrique passé, le jeune homme la repoussa doucement.

– Je t'en prie, Hrorki. Tu sais que je t'aime comme une sœur.

– Je comprends, dit-elle en baissant la tête.

Lorsque Siegfried rentra, la lune luisait déjà haut dans le ciel. Il plaça le chariot dans la remise et rentra les chevaux aux écuries attenantes. Il avait à peine franchi le pas de la porte que Reginn l'apostropha :

– C'est à la nuit tombée que tu rentres ? Par les dieux, t'es-tu coincé dans un trou d'eau sur la route ? Je te jure qu'avec le souci que tu me causes, je vais périr avant l'heure ! Moi qui comptais finir mes vieux jours sur un tas d'or… Viens par-là, enfant de malheur !

Le vieux forgeron lui fit signe de le suivre. Siegfried hésita.

– Viens, te dis-je ! J'ai quelque chose pour toi.

Sur la forge trônait une magnifique épée. Siegfried s'approcha, empoigna délicatement l'arme et la soupesa, en tâta le fil. Il laissa échapper un sifflement d'admiration.

– C'est une épée unique, elle est exceptionnelle ! s'exclama-t-il doucement. Pour qui est-elle forgée ? Elle est tellement belle.

– À ton avis ? Elle est pour toi, mon garçon. Elle s'appelle Balmung, « Fureur ». Porte-la avec honneur. Sinon, deux têtes de moins ou pas, je te botterai le cul !

Le visage de Siegfried s'emplit d'une révérence marquée de stupeur. De ce présent, il réalisait la valeur, et pourtant il ne parvenait pas à en saisir l'ampleur. Le vieil homme reprit finalement:

– Essaye-la, mon garçon. Frappe l'enclume de toutes tes forces.

Siegfried haussa un sourcil.

– Mais...

– Vas-y, par Syn et ses Draugar ! insista Reginn.

Siegfried brandit l'arme. Il la tint au-dessus de sa tête quelques instants avant de l'abattre violemment sur l'enclume. Tous ses muscles se tendirent, attendant l'impact et le recul qui s'ensuivrait. Lorsqu'il ne sentit rien, il rouvrit les yeux : la lourde masse de fonte était proprement fendue en deux, et le plancher de bois en dessous entièrement labouré, jonché d'échardes. Siegfried contempla l'arme, à la fois stupéfait et émerveillé. Cette lame était incroyable ! Il remercia son père pour ce cadeau de roi.

– J'y mis tout mon talent, répondit le vieil homme en s'inclinant. Jamais, non plus jamais, je ne reforgerai une pareille épée. Elle te sera utile lorsque sur les chemins tu devras te défendre. Alors prends-la et dis-moi merci...

Le jeune homme conservait son air d'enfant émerveillé. Caressant le fil de la lame, souriant de toutes ses dents, il fit gage de sa gratitude.

Le vieux forgeron prit un air contrit, fuyant le regard de Siegfried.

– Vois-tu, mon jeune garçon, j'aurais si tu le veux une faveur à mander, maintenant que tu es homme, en âge d'être un guerrier.

Siegfried accepta d'avance ; jamais il ne lui refuserait quoi que ce fût, surtout après un tel présent ! Reginn posa une main noueuse sur celle de son fils adoptif.

– Je savais que je pouvais compter sur toi. Jamais tu ne m'as déçu. Vois-tu, il y a longtemps, j'ai perdu quelque chose qui m'était très précieux, et j'aimerais t'envoyer pour me le retrouver.

Reginn entama son récit. Lors d'une partie de chasse en compagnie du roi Woden d'Asaheim, Loki Laufeyson, son plus proche conseiller, tua accidentellement Otr, le frère de Reginn, qui était occupé à pêcher la truite dans une rivière ; il fut atteint d'une flèche qui sembla manquer sa cible. Accompagné de son autre frère Fafnir et de leur père, Reginn exigea férocement compensation pour le trépas d'Otr. Loki, gestes grandiloquents à l'appui, montra force signes de remords et offrit une importante somme en Mörk. Mais les deux frères voulaient plus. Apercevant au doigt de Woden un anneau d'or, ils exigèrent ce bijou en compensation. Car les trois Nibelungen avaient instantanément reconnu l'un des trésors perdus de leur clan : l'Anneau de Pouvoir, forgé à Nidavelir des siècles auparavant, et disparu après le Grand Cataclysme. Woden refusa d'abord de payer, brandissant son épieu, mais Loki le persuada de se débarrasser de l'anneau, arguant qu'un simple cercle de métal ne valait pas bataille. Aucun des trois Nibelungen ne lui en révéla, bien évidemment, la véritable valeur.

Mais ce bijou attisa le désir dans leur cœur et instilla l'envie et la jalousie. Après que Loki eut déposé l'anneau d'or dans la paume avide de Reginn, il s'en fut, très visiblement soulagé de s'en être tiré à si bon compte, vantant à Woden comment il les avait tirés de ce mauvais pas. Fafnir tendit la main vers le bijou, le visage déformé par la convoitise, et Reginn recula brusquement, pris de panique, serrant de ses deux mains son précieux trésor. Fafnir empoigna alors sa dague et entailla le bras de son frère, lui faisant lâcher l'anneau. Lorsque leur père s'interposa pour mettre fin à leur querelle, la dague s'enfonça profondément dans son cœur. Fafnir s'enfuit après avoir ramassé l'anneau, courant presque à quatre pattes, comme quelque animal terrorisé. Ce fut ainsi que Fafnir, son propre frère, déroba l'anneau et tua leur père. Et depuis ce jour, Reginn ne souhaitait qu'une chose: venger les siens, et récupérer ce qui lui revenait. Il eut du mal à localiser le traître, durant de nombreux hivers, tant et si bien qu'il le crut mort ou définitivement disparu. Mais un soir lui apparut un devin qui lui dit savoir où trouver l'objet qu'il cherchait. Il n'en crut d'abord pas un mot et entreprit de le mettre dehors, mais lorsqu'il mentionna l'Anneau, Fafnir et le drame qui lui était lié, il sut qu'il disait la vérité. Il révéla que l'Anneau se trouvait au Midland, toujours en possession de Fafnir, qui vivait comme un proscrit. Reginn escomptait y aller séant afin de l'occire, mais le devin le mit en garde : Il n'avait vu que sa mort dans ses visions ; sa vengeance s'accomplirait au travers d'un jeune homme, de loin son supérieur au combat.

Reginn termina son récit :

– C'est ainsi que tu devins mon fils adoptif, et voici la raison de ma présence ici, au Midland, si loin des Monts du Bout du Monde là-haut vers le nord.

Siegfried ne trouva rien à répondre l'espace d'un instant.

– Est-ce à dire que je ne suis pour toi qu'un outil à ta vengeance ? Je ne peux le croire !

– Tout d'abord oui. Mais au fil du temps, j'en vins à te considérer comme mon propre fils, c'est pourquoi j'ai longuement hésité avant de te conter mon histoire. Je comprendrais que tu ne veuilles pas m'aider, mon garçon. Par Donar, je comprendrais même que tu veuilles quitter la maison et ne plus jamais me revoir...

Siegfried réfléchit un moment. Reginn avait toujours été un bon père pour lui. Et il le croyait lorsqu'il avouait s'être finalement lié d'affection avec celui qui ne devait être qu'un instrument. Il lui devait tout ce qu'il avait appris, aussi l'aiderait-il dans sa quête. Il posa les poings sur ses hanches :

– Restaurer l'honneur de sa famille et l'une des plus nobles choses qui soit. Et que j'estime beaucoup. Le prix du sang versé doit être remboursé. Dis-m'en plus.

– J'étais sûr de pouvoir compter sur toi, mon garçon ! Fafnir se trouve près d'ici, caché dans une profonde caverne. Peut-être ces lieux lui rappellent-ils les profondeurs de Nidavelir, notre cité natale, enfouie sous les montagnes. Je l'ignore. Et je m'en moque comme de ma première épée, d'ailleurs ! C'était un affreux bout de métal tordu... Mais je divague... Désormais il vit reclus dans sa grotte à quelques lieues d'ici, comme le font les bandits ou les bannis. Si tu venais à le tuer tandis que tu lui reprends l'anneau, je n'en serais pas désolé.

– Cet objet dont tu parles semble d'une grande valeur.

– Plus que tu ne le crois, mon courageux garçon. Plus que tu ne le crois. Alors, veux-tu m'aider ? Tu ne le regretteras pas. Avec un tel trésor, nous serons outrancièrement riches ! Il te serait aisé, après cela, de devenir un grand Jarl...

Siegfried avait revêtu l'armure forgée par son père, une tunique cloutée en cuir bouilli, assortie de lourds gants en cuir sertis de plaques. Un bouclier de bois, sans nulle peinture, était pendu à son dos. Il approchait de la caverne, située non loin d'une ruine du Deuxième Âge et de ses immenses cheminées depuis longtemps éteintes ; il en vit l'entrée. Une lueur verdâtre suintait des parois rocheuses. Tout semblait étrange. La végétation paraissait malade et disproportionnée, anormalement grande ou au contraire petite et flétrie, et l'air semblait empli d'un halo vert, si lourd à respirer. Le Rayonnement Magique devait être très fort, ici. Siegfried devrait faire vite pour éviter d'en subir les effets, il le savait. Il s'arrêta un moment, circonspect ; une odeur caractéristique, qu'il identifia sans pourtant la connaître, assaillit ses narines : la puanteur des cadavres en décomposition.

– T'apprêtes-tu à occire le dragon qui se terre ici, armé de la sorte ? l'interpella soudain une voix forte.

Siegfried s'arrêta net et fit volte-face. Un homme à la barbe blanche se tenait devant lui. Pourtant, quelques secondes plus tôt, le jeune homme eut juré être seul en ces lieux. Vêtu d'un manteau bleu et coiffé d'une capuche, le vieil homme était d'allure simple, mais imposait la crainte et le respect. Il était presque impossible de ne pas l'écouter, comme si les dieux parlaient à travers lui. Ses yeux restaient dissimulés dans l'ombre.

– Le dragon ? Vieil homme, ce n'est pas là l'objet de ma quête.

– N'es-tu pas au courant ? Voilà qu'au fil du temps, Fafnir, l'homme que tu cherches, est devenu un monstre, un immense serpent.

Ainsi le monstre existait réellement... L'inconnu reprit :

– Il dégage devant lui un énorme nuage fait de poison mortel, et ses crocs acérés sont grands comme ton épée. Il ne sort que très peu, sauf pour aller chasser quelque bête en forêt, ou même un voyageur, imprudent innocent, ne faisant que marcher. Avec le temps passé, c'est un immense trésor qu'il a su amasser, accumulant les morts. Car la légende veut que la race des dragons n'ait réellement d'yeux que pour ce qui est d'or. Il marqua une pause. En combat singulier, tu n'as aucune chance de vaincre et de gagner l'anneau ni le trésor. Est certes exceptionnelle Balmung ta belle épée, mais l'écaille d'un dragon résiste à tous les coups. Il te faudra ruser avec l'esprit du loup.

– Je croyais les dragons disparus depuis des millénaires, bien avant le Grand Cataclysme.

– Disparus, certes pas. Endormis, il est vrai, loin dans les terres du nord, prisonniers des glaciers. Mais n'est pas né dragon celui nommé Fafnir. Tu venais chasser l'homme, serpent devras occire ; le Rayonnement Magique, si présent en ces lieux, l'a transformé en monstre, abandonné des dieux.

Le jeune homme haussait un sourcil lorsqu'il demanda finalement à cet homme qui il était. Était-il celui qui apparut à son père pour lui révéler l'emplacement de ces lieux ?

– On m'appelle Grimnir, répondit son interlocuteur, en hochant la tête. Je suis Skald et prophète. Entends bien mes paroles, car sache que sans mon aide tu vas sans doute périr.

– Pourquoi donc m'aiderais-tu ? Qu'as-tu à y gagner ?

Siegfried n'était toujours pas convaincu.

– J'ai mes propres desseins. Sache toutefois qu'en retour je ne demanderai rien. Entendras-tu mes dires, ou préféreras-tu m'ignorer et mourir ?

Mû presque malgré lui, Siegfried hocha la tête, invitant ce Grimnir à poursuivre son récit. Il se sentait dominé par cet être, comme si les dieux lui ordonnaient de l'écouter. Si les paroles de ce prophète se révélaient sensées, peut-être alors suivrait-il ses conseils avisés.

– Entends-moi donc, guerrier...

Torche en main, Siegfried franchit le seuil de la grotte. La lueur vacillante que projetait la flamme dansante était presque inutile ; le mucus vert qui recouvrait la roche était phosphorescent, et l'on y voyait presque comme en plein jour. Il déambula dans un labyrinthe de corridors grossièrement taillés, prenant bien soin de tracer son chemin de la pointe d'un morceau de charbon. Il se guidait à l'odeur : plus il approchait du centre de la caverne, plus la puanteur pourrissante se faisait forte.

Déjà, des cadavres commençaient de joncher le sol. Il vit des restes de moutons, de chèvres, et de vaches. Il reconnut aussi les guerriers de Ramsund qui avaient été envoyés à la chasse au monstre l'été passé. D'autres formes attirèrent son attention, des formes humanoïdes, mais plus petites. Sûrement des Nibelungen, naturellement petits et courtauds. Mais non, ces cadavres étaient trop fins pour cela. Des enfants ! Cela le frappa comme un coup de bouclier en plein visage. Le monstre ne s'attaquait pas qu'à des bêtes, ou des hommes capables de se défendre, mais aussi à des enfants, fragiles et innocents. Le sens de la justice du jeune garçon fut plus encore piqué au vif. Coûte que coûte, il allait occire cet immonde serpent, ou bien il mourrait en essayant ! Il ne rendrait pas service à son père simplement mais à la Westphalia toute entière.

Après un temps indéterminé à déambuler dans l'horrible repaire, Siegfried atteignit une immense caverne, si vaste que le plafond et les parois se perdaient dans l'obscurité. Dans le silence pesant, il entendait un bruit sourd et régulier, comme un ronronnement. Il moucha sa torche et s'approcha à pas de loups. Le dragon était là, endormi, entouré d'un monceau de pièces, de pierres et de bijoux. Il était à plusieurs dizaines de pieds de distance, mais Siegfried le voyait déjà distinctement, éclairé par la lueur verdâtre qui émanait de son corps énorme et boursouflé. Sa silhouette et son visage reptiliens aux crocs pointus ne gardaient que quelques traces de leur humanité passée. Siegfried se sentait comme un héros de conte, devant cette scène presque irréelle. Il remarqua qu'un nuage vert flottait alentour et lui piquait déjà les bronches. Du poison ! Retenant son souffle, il fit jouer nerveusement entre ses doigts le petit marteau qu'il portait autour du cou et recula. Puis, gonflant ses poumons, il hurla de toutes ses forces :

– Fafnir ! Fafnir ! Sors donc de ta cachette, pleutre pusillanime, à moins que tu n'aies peur d'affronter à cette heure adversaire qui t'est digne !

Il fit demi-tour et courut aussi vite qu'il le put en direction de la sortie. La bête le suivit aussitôt : ses yeux s'ouvrirent en un éclair, et elle fut éveillée, comme une statue de pierre soudainement animée.

– Qui ose défier Fafnir ? tonitrua le monstre. Qui convoite mon trésor ? Cet anneau est le mien, je l'ai gagné alors, il me revient de droit ! Viens rencontrer ta mort !

La course fut effrénée, mais Siegfried, essoufflé, parvint juste à l'entrée, le dragon aux talons. La bête braillait et projetait des jets de mucus verts qui rongèrent la roche comme si c'eût été du sable. Bondissant aussi loin qu'il le put, le nuage toxique explosant juste derrière lui, il se jeta ventre à terre dans la tranchée qu'il avait auparavant creusée, suivant les conseils du mystérieux Grimnir. Et alors que Fafnir y passait par-dessus, sans même rien remarquer, tant il était colère, tremblant et désireux de déchirer des chairs, Siegfried bondit soudain et lui planta violemment sa lame dans le cœur. Sa peau était d'écailles, solides comme la pierre, mais sur son abdomen, elle était bien plus tendre, et la lame acérée y rentra facilement. Le nuage toxique enveloppa le guerrier au moment de l'impact, noircissant sa peau et rongeant le bouclier qu'il tenait fermement devant lui. Il hurla de douleur mais tint bon malgré tout, se débattant, dans un même temps, pour se débarrasser de ses vêtements brûlants. Lorsque la bête s'agita, Siegfried fut entièrement aspergé d'un sang impur. Le dragon tenta de le happer de ses puissantes mâchoires mais ne mordit que son bouclier.

Fafnir maudit Siegfried dans un dernier soupir ; que cet anneau doré soit sa perte attitrée et celle, à l'avenir, de tous ses possesseurs.

Serrant les dents, Siegfried vit la bête expirer. C'était la destinée de tout homme de trépasser un jour. Il prendrait son trésor et en assumerait les conséquences futures, car en tant qu'homme libre, il ne craignait ni la mort ni les malédictions !

– Sot..., murmura le dragon, avant que Siegfried ne l'achève d'un grand coup sur le crâne.

Puis, de façon rituelle, le guerrier extirpa le cœur de la bête et mordit dedans, laissant le liquide chaud et épais couler dans sa gorge. D'après Grimnir, c'était là le seul moyen de contrer le poison de Fafnir. Presque incapable de marcher, le jeune guerrier trouva néanmoins la force de se traîner jusqu'à l'anneau, que le dragon portait autour du cou, pendu à une chaîne. Serrant les dents, il tendit la main vers le bijou, sentant la froideur du métal précieux contre sa paume. Il n'eut la force que de faire quelques pas, avant de s'écrouler dans la neige, les bras en croix. Tandis que sa conscience le quittait, il vit deux corbeaux se poser de chaque côté de son corps étendu.

– Crôa ! dit le premier corbeau. Reginn le savait bien, tu n'avais aucune chance d'en réchapper vivant.

– Crôa ! dit le second corbeau. Te voilà victorieux, pourtant.

– Crôa ! reprit le premier corbeau. Tu vas mourir seul dans le froid et la neige, et pour quoi, finalement ?

– Crôa ! reprit le second corbeau. Pour gagner un bijou plus important que toi aux yeux de ton tuteur. Quelle ironie, vraiment !

– Crôa ! termina le premier corbeau. Il mériterait mille fois de subir ton destin...

– Crôa ! fit en écho le second corbeau. Mille fois...

Siegfried fut incapable de déterminer si cette scène avait

réellement eu lieu ou si elle n'était que le fruit d'un délire provoqué par l'intoxication.

Il reprit lentement conscience. La lumière, quoique douce et légère, lui brûla les yeux, qu'il referma aussitôt en grimaçant. Après plusieurs tentatives, il parvint finalement à observer ce qui l'entourait, les paupières plissées. La lumière chaleureuse provenait d'un âtre crépitant, et faisait danser les ombres sur l'intérieur modeste mais accueillant d'une maison de bois et de tourbe.

– Te voilà réveillé, guerrier, entendit-il dire une voix féminine, douce et mélodieuse.

Il tourna la tête et vit une jeune femme, occupée à préparer quelque mets, sa robe simple, ornée d'un tablier et d'une large ceinture, trahissant une silhouette fine mais musclée. Sa longue tresse blonde s'agitait tandis qu'elle pilait des herbes dans un mortier. Lorsqu'elle fixa son regard bleu acier sur Siegfried, il crut y lire de la douceur, mais aussi une forte volonté.

– Qui... Que... Oh..., tenta-t-il d'articuler, avant d'abandonner, grimaçant de douleur.

Elle posa un doigt délicat mais ferme sur ses lèvres.

– Ch... guerrier. Repose-toi encore. Tu étais presque mort ; le Rayonnement Magique t'a imprégné très fort.

Il parvint finalement à demander qui elle était.

– Mon nom est Brynhilde, répondit-elle en se redressant de toute sa stature. Maintenant dors...

Son corps était en voie de guérison, mais son esprit restait confus. De son séjour dans la maison de Brynhilde, il ne garda que de brèves séquences, entrecoupées du néant total de l'inconscience.

Battements de paupières. Siegfried voit la jeune femme, de dos, près de l'âtre.

Il s'éveille à nouveau dans la nuit. Déchirant les toiles d'araignées brumeuses qui obscurcissent sa vue, il la regarde dormir près de lui, vêtue d'une simple robe légère, enveloppant ses courbes délicates.

Elle lui soutient la nuque pendant qu'elle lui fait avaler une soupe chaude. Il repose la tête sur ses genoux et elle lui caresse les cheveux.

Elle l'aide à retrouver sa forme d'antan ; tout d'abord elle accompagne ses mouvements afin qu'il récupère force et souplesse. Puis, au fil des jours et des semaines, il devient de plus en plus autonome, jusqu'à être capable de se battre correctement. Elle le rosse impitoyablement et l'envoie rouler dans la neige, avant qu'il ne soit finalement capable de dévier sa lance et de la désarmer. Plaquée contre un mur, la lame de Balmung contre sa gorge, elle fait face à un Siegfried souriant. Elle attrape son visage et ils s'embrassent, d'abord tendrement, puis de plus en plus fougueusement.

Elle se donne à lui, et il se donne à elle. Dans la pénombre, entre les murs de bois et de tourbe, son magnifique corps lui semble irréel, onirique. Il a l'impression de faire l'amour à la Dame elle-même, ses immenses cheveux blonds cachant son doux visage.

Siegfried dormait profondément. Nue près de l'âtre, sa chevelure répandue sur son corps et sur le sol de bois, Brynhilde consultait ses augures. Elle inspira profondément la fumée dégagée par les herbes divinatoires, et ses yeux s'ouvrirent, luisants. Dans les flammes dansantes, elle y vit Siegfried, qui la tenait par la taille, dans un décor lumineux. Peut-être une forêt, ou bien juste le ciel. Elle était heureuse, et il avait l'air aussi heureux qu'elle. Soudain, il disparut, et l'obscurité s'abattit sur elle. Terrorisée, elle courut en tous sens, l'appelant désespérément. Elle tourna sur elle-même, encore et encore, jusqu'à en être malade. Seules les ténèbres lui répondirent. Soudain, au loin, elle le vit. Son visage s'illumina ; elle courut en sa direction. S'arrêta net lorsqu'elle le vit embrasser une autre femme, sans visage, et lui passer une bague au doigt. Elle fut soudain aspirée vers l'arrière, laissant au loin le couple.

Elle recula vivement, le souffle court, et resta un long moment immobile. Les flammes s'agitaient doucement, mais n'offraient désormais nulle vision. Elle tourna la tête vers Siegfried et le regarda dormir paisiblement. Ses longs cheveux cachaient les perles qui coulaient le long de ses joues. L'amour était une chose bien étrange. Elle ne connaissait le guerrier que depuis quelques semaines, et pourtant elle lui vouait déjà une affection sans borne. Quelque chose en lui l'avait touchée ; peut-être ce mélange de virilité et de naïveté, ou bien de force et de détresse, alors qu'elle l'avait recueilli à demi-mort, la peau noircie, serrant toujours la poignée de son épée. Elle espérait de tout son être que cette vision n'était que le fruit de quelque inquiétude de sa part, et non une prémonition envoyée par la Dame.

– Je n'ai jamais rencontré une femme comme toi. Es-tu la déesse ? lui demanda-t-il un soir, le regard émerveillé. Elle rit doucement.

– Non, je ne suis que femme, de chair et de sang. As-tu si peu fréquenté notre gente, pour être désorienté à ce point ?

Il rougit de la pique. Il avait grandi avec son père adoptif, dans leur petite maison non loin du village. Les autres garçons le considéraient comme... étrange, probablement... Car contrairement à eux, il ne vivait pas dans une maison longue, avec les membres de son clan, mais avec un vieux Nibelung, dans une petite forge. Pourtant il avait connu des femmes ! Pas comme il la connaissait désormais elle, expliqua-t-il, mais il avait Hrorki...

– L'aimes-tu ? le coupa-t-elle.

– Comme une sœur. Bien que je croie qu'elle voit en moi l'époux parfait. Nous nous sommes embrassés quelques fois. Mais ce n'était rien qu'un jeu d'enfants, maintenant que je suis un homme je le sais.

Elle rit de bon cœur :

– Tu n'es encore qu'un garçon ! Crois-moi, mon beau guerrier, tu as encore un grand chemin à faire. Connaître une femme pour la première fois ne suffit pas à faire de toi un homme. As-tu déjà tué un autre guerrier ?

Il marmonna une réponse négative. Certains disaient qu'un garçon devenait un homme lorsqu'il prenait une vie de sa main, expliqua-t-elle. La consécration par le sang.

– J'ai occis un grand dragon ! protesta-t-il.

– Et tu fus très brave, accorda-t-elle. Mais tuer bête ou monstre n'a rien de semblable à tuer l'un de tes pairs. As-tu déjà vu la vie quitter lentement les yeux d'un homme ? Entendu un guerrier s'étouffer dans son propre sang ? Lu dans son regard toute la haine et la colère pour une vie brisée ? Et vu là le reflet du sort que tu pourrais partager ? Ce n'est que lorsque tu seras face à la mort que tu seras un homme, un homme vraiment vivant. Quelle valeur a une paisible vie, si rien ne sait la mettre en péril ? Comment réaliser pleinement la valeur de ce cadeau de la Dame et du Seigneur, sans risquer de le perdre à tout jamais ? Mesure tes paroles, et ne laisse pas les élans de ton cœur dicter tes pensées. Plus vite tu sauras dissocier tes passions de l'amour, plus tu t'épargneras de peine.

– Pourtant je sais ce que je ressens, répondit-il, l'air renfrogné.

– En es-tu si sûr ? Tu n'es qu'un garçon, je suis déjà une femme.

– Oui, je le jure ! De tout mon amour je te fais part !

– Nous verrons dans le temps si tu es sérieux, garçon, ou si cette passade disparaîtra de même que tout souvenir de moi. Mais oublions ceci, pour le moment vivons l'instant présent.

Elle laissa glisser sa robe blanche le long de ses hanches.

Plus tard, alors qu'elle était nue dans ses bras, il lui demanda pourquoi elle ne s'était jamais mariée. La question si directe surprit Brynhilde et la fit sourire. Elle lui répondit les yeux dans le vague. Elle attendait son promis. Une nuit, lorsqu'elle avait le même âge que lui, elle consultait ses oracles et eut une vision. Beyla lui apparut, et elle sut alors qu'elle devrait refuser tout prétendant jusqu'à ce que Dagon lui envoie son champion.

– Mais alors, toi et moi..., bredouilla-t-il.

Elle partit d'un grand éclat de rire.

– C'est toi, mon champion, grand nigaud ! Je le sus dès que mes yeux se posèrent sur toi.

Siegfried l'embrassa en souriant et se leva de la couche. Il passa un pantalon de cuir et une paire de bottes, ceignant son arme à sa ceinture.

– Je n'avais jamais remarqué cette trace dans ton dos, dit Brynhilde.

– Une trace ? s'étonna le garçon.

– Une trace plus claire sur ta peau, dit-elle en passant un doigt délicat sur son dos. On dirait une feuille de chêne.

Siegfried haussa les épaules. Sa peau s'était quelque peu assombrie lorsqu'il fut aspergé du sang corrosif du dragon, comme si elle avait été brûlée. Quelque morceau de vêtement sera resté collé là, protégeant une partie de son dos. Il avait cicatrisé étonnamment vite, tant et si bien que sa peau était aujourd'hui comme neuve.

– Dois-tu vraiment partir ? demanda-t-elle tandis qu'elle l'aidait à passer une tunique bordée de fourrure

– Oui. Je dois voir mon père. Je ne veux pas qu'il s'atterre de ne me voir revenir.

À ces mots, un frisson parcourut sa peau blanche. Il se

pencha pour l'embrasser dans le cou.

– Tu fus ma toute première. Aussi longtemps que je vivrai, je te garderai en mon cœur et t'aimerai.

– Promets-moi de me revenir dès que tu le pourras...

Il le lui promit en prenant les délicates mains féminines dans les siennes.

– La Dame veille sur toi.

Depuis le seuil, elle le regarda s'éloigner en direction de la forêt enneigée avant que la porte ne se refermât avec un clac sonore sur l'immensité désormais déserte de la clairière.

La suite des événements resta confuse dans l'esprit abîmé de Siegfried :

Il marche dans la forêt d'un pas volontaire et décidé.

Une dispute l'oppose à Reginn ; il se sent trompé, hurle-t-il. Depuis tous ces hivers le vieux forgeron l'a élevé et lui a appris à manier l'épée uniquement pour accomplir cette basse besogne à sa place ! Envoyer un jeune garçon d'à peine quinze hivers affronter un dragon ; quel genre de lâche Reginn est-il ? Des larmes de fureur perlent au coin de ses yeux.

– Prends garde à ce que tu dis, gamin ! tonne le forgeron. J'ignorais que Fafnir s'était changé en monstre, sans quoi jamais je ne t'aurais envoyé l'affronter ! Et tout ce que tu sais, tu me le dois ! Fais preuve de respect et d'humilité, ou bien je vais t'apprendre une bonne leçon, façon Nibelung ! Maintenant donne-moi l'anneau et disparais ! Ne reviens pas avant que j'aie oublié l'affront que tu m'as fait !

Le petit homme tend une main avide vers l'anneau. Siegfried marque un brusque mouvement de recul ; il ne reconnaît pas son père adoptif, mais voit à la place un monstre au visage déformé par la convoitise.

Le corps de Reginn gît, décapité. Siegfried, épée en main, est interdit. Il ne saisit pas ce qui s'est passé. Il regarde sans comprendre sa lame désormais écarlate. Les yeux écarquillés, il recule lentement vers la porte de la maisonnette. Il attrape le petit marteau qu'il porte au cou, symbole de la protection de Donar, et le jette au sol avant de faire demi-tour hâtivement. Car comment pourrait-il, désormais, bénéficier de la bienveillance du dieu du tonnerre ?

Siegfried court aveuglément dans la neige, le visage tordu par la douleur et le remords.

Il marche avec difficulté, trébuchant sur les cailloux qui jonchent le sol neigeux parsemé d'herbe terne. Il ne prête aucune attention à l'épais couvercle de plomb survolant les montagnes, loin vers l'ouest, qui menace de déverser sur lui des trombes d'eau glacée à chaque instant.

Ses pas errants le mènent près de Gjukungar, sur les terres du Thein Gunther Gjukison, en Burgundia. Après des lunes de marche, il est crasseux, affamé, le vêtement en lambeaux. Il s'écroule près d'une ferme, à bout de force, avant d'être recueilli par quelqu'un et mené au Thein. Une fois remis, il s'agenouille devant le monarque, inconscient du regard fasciné que lui lance la sœur de celui-ci, une petite blonde au visage angélique, à peine en âge de se marier.

Le temps passa. Siegfried vivait désormais dans la halle de Gjukungar, simple suivant au service du Thein. Il n'avait rien révélé de son passé malgré les questions qui lui furent d'abord posées. Et les saisons défilèrent en Burgundia, tandis que le jeune exilé tentait d'oublier sa vie passée, se consacrant au service de son seigneur comme le plus humble des servants.

Ce fut lors d'une partie de chasse que Siegfried connut sa première bataille. Il accompagnait Gunther et son frère Gunnar débusquer le sanglier lorsque soudain, un guerrier presque nu, vêtu de peaux et de feuilles, sauta sur le groupe, comme sorti de la forêt elle-même. Avec un cri barbare, il se lança sur le Thein, qu'il renversa. L'assaillant était immense, et de sa barbe broussailleuse sortait un flot de paroles incompréhensibles. Un Thurse ! Bientôt, quatre autres sauvages sortirent des fourrés et encerclèrent les Midlander. Alors qu'il se relevait tant bien que mal, Gunther planta son épieu dans le ventre de son ennemi, qui s'écroula en hululant.
– Siegfried ! Dos à moi ! cria Gunnar, qui avait déjà tiré son épée.

Le jeune homme resta la main sur le pommeau de son arme, incapable de bouger. Les yeux rivés sur le Thurse agonisant, il ne voyait dans la mare de sang sombre sur l'herbe terne que la tête tranchée de son père.

– Siegfried, réveille-toi ! hurla Gunnar. Bouge, par tous les dieux !

L'escarmouche fut brève ; les armes rudimentaires des Thurse, de pierre ou de fer, n'étaient pas de taille face à l'acier du Midland. Bien vite, cinq cadavres barbares gisaient au sol, dans la forêt grise sous un ciel de fin d'été. Les chiens firent leur part du travail, déchirant les muscles des géants tandis que leurs maîtres profitaient de cette distraction pour les abattre.

Gunnar s'approcha de Siegfried à grands pas, et d'un revers de la main lui fit lâcher l'épée qu'il avait dégainée.

– Stupide ! Lâche ! Couard ! siffla-t-il les dents serrées. Quelle est l'utilité d'une épée si tu ne t'en sers pas pour frapper ? Retourne chez ta mère, gamin, tu n'es qu'un fardeau parmi les hommes. Quelle idée Gunther a-t-il eu de t'intégrer à notre clan, toi qui n'es même pas de notre sang.

Gunther leva les mains :

– Allons, Gunnar, ce n'est encore qu'un vert arbrisseau. Il manque simplement d'expérience et de maîtrise.

Puis, posant une main sur l'épaule de Siegfried :

– Ce n'est rien, mon garçon. Peut-être n'es-tu simplement pas taillé à être un grand guerrier. Viens, rentrons.

Brûlant de honte et de colère, Siegfried suivit, se jurant de ne plus jamais laisser sa peur le dominer.

Cette nuit-là, la lune était déjà haute dans le ciel lorsqu'il termina son entraînement, éclairé par la lueur d'une lampe à huile. Sur la place derrière la halle, le mannequin de bois était ravagé de puissants coups d'épée, et les mains du jeune homme étaient tout endolories. Il s'était couvert de honte. Était-ce ainsi qu'il espérait devenir Jarl, un jour ? S'il n'avait été que simple chef, déjà, son clan aurait été déshonoré. Il rangeait ses affaires, s'apprêtant à rejoindre la halle, lorsqu'il entendit un pas léger dans l'herbe derrière lui. Il se retourna pour découvrir une petite poupée blonde qui n'osait le regarder dans les yeux.

– Que veut Krimhilde, la sœur du Thein, au servant sans courage ni honneur que je suis ? demanda-t-il sans pouvoir réprimer une grimace sur son visage fermé.

La jeune fille ouvrit la bouche, la referma, puis la rouvrit à nouveau. Sans le regarder, elle dit :

– Sans honneur, tu ne l'es pas. Et sans courage encore moins. Je sais que tu es destiné à de grandes choses, Siegfried. En moi je le sens. Garde courage !

Elle posa une main délicate sur son bras masculin et repartit d'un pas rapide vers la halle, laissant Siegfried seul avec le silence.

Seulement quelques jours plus tard, un jeune messager, essoufflé, saisit avec plaisir la chope fumante que lui tendait une servante. On rapportait de nouvelles incursions Thurse à l'est, révéla-t-il entre deux gorgées. Plusieurs fermes avaient été pillées...

– Syn emporte ces Jotnar..., maugréa Gunnar, sis à la droite de Gunther.

Siegfried, occupé à polir l'épée du Thein, feignit d'accorder nulle attention à la conversation tandis que les guerriers s'attroupaient, curieux autant qu'inquiets.

– En ce cas, il nous faut intervenir, dit Gunther, assis sur son trône. Gunnar, réunis une dizaine de bons guerriers. Nous partons en chasse dès demain.

– Ne peut-on parlementer avec ces gens ? demanda Krimhilde, sise plus loin devant son métier à tisser. Ce qui provoqua un rire cynique de Gunnar.

– Non, ma sœur. La seule chose que comprennent les Thurse, c'est une hache dans le crâne. De plus, personne ici ne parle leur langue barbare. Et qui voudrait l'apprendre ? Quelle horreur !

– Notre frère a raison, ma douce Krimhilde. Je n'aime pas cela plus que toi, mais les Thurse ne peuvent être combattus qu'avec l'acier, pas avec les mots.

Le moment était venu pour Siegfried. Le cœur battant dans sa gorge il posa l'épée du Thein et se leva. Un feu ardent brûlait en lui. C'était sa chance de se rattraper, de montrer au clan entier de quel bois il était fait ; que personne ne dise plus jamais que Siegfried était un lâche ou un escouillé ! Lorsqu'il intervint, le silence s'installa. Tête basse, il pria Gunther de le laisser les accompagner. Il ne souhaitait rien de plus qu'être utile à son clan et prouver sa valeur.

Le Thein secoua la tête.

– Non, mon garçon. Tu es un bon suivant, et un excellent forgeron, mais tu n'es pas un grand guerrier. Du moins pas encore. Peut-être un jour seras-tu prêt, mais pour l'heure je te demande de rester à Gjukungar. Une démonstration de courage ne vaut pas ta vie.

– Oui, reste avec les femmes et les enfants, appuya son frère, sourire sardonique en coin, provoquant les rires des guerriers présents.

– Gunnar ! le tança Krimhilde.

– Il suffit ! Le Thein leva la main. J'ai parlé. Préparons-nous.

Siegfried regarda tristement la troupe partir, le lendemain matin. Ils traversèrent, à cheval pour le Thein et son frère et à pieds pour leurs hommes, le chemin qui serpentait entre les maisons basses. Celles et ceux laissés derrière – dont, à sa grande honte, Siegfried – s'étaient attroupés à la Grande Porte pour acclamer le Thein. Comme il voulait être avec eux ! N'avait-il pas occis un grand dragon ?

Les mots de Brynhilde lui revirent en tête avec vivacité : *Tuer bête ou monstre n'a rien de semblable à tuer l'un de tes pairs. As-tu déjà vu la vie quitter lentement les yeux d'un homme ? Entendu un guerrier s'étouffer dans son propre sang ? Lire dans son regard toute la haine et la colère pour une vie brisée ? Et vu là le reflet du sort que tu pourrais partager ? Ce n'est que lorsque tu seras face à la mort que tu seras un homme, un homme vraiment vivant.*

Combien c'était vrai ! Mais il allait leur prouver, il allait prouver à Gunther, à Gunnar, à Krimhilde, et surtout, il allait se prouver à lui-même qu'il était du bois dont on fait les grands guerriers !

– Halte ! ordonna Gunther en descendant de cheval. Suivons la piste à partir d'ici.

Ils se trouvaient au milieu des ruines fumantes d'une petite ferme, sous un soleil de début d'automne. Les armes à la main, les habitants gisaient, ainsi que les cadavres de quelques Thurse. Les Midlander avaient vendu chèrement leur vie.

La troupe suivit sans difficulté les traces laissées par les envahisseurs jusqu'à la forêt non loin.

– Je me demande, marmonna Gunnar, sont-ils vraiment stupides ou bien pensaient-ils que nous resterions sans rien faire ?

– Ils ne restent jamais très longtemps en place, répondit le Thein. Nous avons de la chance d'avoir trouvé une piste si fraîche. Continuons.

Ils ne tardèrent pas à repérer les envahisseurs. Dos à eux, une femme au corps presque entièrement tatoué et scarifié, nue mis à part un pagne de peaux et de fourrures, montait la garde. Plus loin, d'autres barbares étaient rassemblés autour d'un feu sur lequel cuisait quelque viande. Sous les arbres, dissimulés par les fougères et les buissons, les Midlander s'arrêtèrent. Gunther fit signe à son frère, qui arma son arc et décocha un trait mortel. Touchée entre les omoplates, la Thurse s'écroula. Prise dans les rets de la mort, elle émit un cri strident. Instantanément, ses compagnons se levèrent et, comme un seul homme, dégainèrent leurs armes.

– En formation ! cria Gunnar en tirant son épée et son bouclier peint d'un sanglier.

Il frappa, para, esquiva, frappa encore, si bien qu'à lui seul il tua plusieurs Thurse. Chacun de son côté, ses compagnons tranchaient têtes et membres, aidés encore une fois par un meilleur armement, et compensant en tactique la férocité bestiale des envahisseurs. Les Thurse se battaient individuellement, sans aucune cohésion de groupe, et avec plus de rage que de technique.

Malgré cela, Gunther était aux prises avec un géant aux muscles massifs, encore plus grand que ses semblables. Le guerrier, vêtu d'une peau d'ours pour seul habit, lançait de grands coups de hache vers le Thein, qui reculait, reculait, reculait, son bouclier brisé. Et petit à petit, d'autres Thurse encerclaient le pauvre homme.

Gunnar se rua vers son frère, mais ses adversaires ne lui laissèrent aucune occasion de filer. Lorsque Gunther fut projeté au sol, il hurla son nom. Le chef Thurse esquissa un sourire féroce, levant haut sa hache.

Soudain, un cri de guerre retentit : *Balmung !* Siegfried, tout de noir vêtu, bondit depuis les fourrés en direction du géant. Le jeune forgeron chargea avec toute la fureur de Donar. Envolée, sa peur ! Oubliée, sa honte ! Il était un Midlander, et il devait sauver son Thein. Il trancha une tête Thurse, puis empala un buste qu'il projeta d'un mouvement circulaire vers les ennemis, en reversant trois. Un barbare tenta de lui fendre le crâne et perdit un bras, puis la vie, et un autre qui tenta de fuir vit son cœur percé. Le jeune garçon, son épée sanglante à la main et ses longs cheveux emmêlés, fit face au géant gris. Le Thurse frappa, mais Siegfried était déjà à plusieurs pieds lorsque la hache mordit le sol couvert de feuilles brunes. Le temps qu'il relève son arme, Balmung hurla vers lui, et une estafilade se dessina sur son torse, le laissant frôler de peu la mort. Il envoya une patte griffue vers le jeune homme qui contra, tranchant plusieurs doigts. Le géant hurla, sa barbe frémissante, et lorsqu'il porta de nouveau son regard vers son adversaire, ce fut pour voir une lame pénétrer son crâne. Il resta immobile quelques secondes, les yeux grands ouverts, avant de tomber à genoux, puis face contre terre. Le jeune forgeron se tenait là, et seul son souffle rauque brisait le silence.

– Siegfried ! l'appela Gunther en se relevant. Tu nous as suivis depuis tout ce temps, à travers la forêt, quand je t'avais dit de rester à Gjukungar. Tu as désobéi à ton Thein, risquant par là-même ta vie.

Il s'approcha du jeune forgeron, dont le cœur battait à tout rompre : après telle furie guerrière allait-il être admonesté comme un enfant trop peu discipliné ?

– Les dieux bénissent ta tête de mule ! rit Gunther en lui serrant le poignet. Aujourd'hui, tu as sauvé ton Thein, prouvé ta valeur et acquis le titre de Jarl. Rentrons festoyer !

– Mon frère, tu n'y penses pas ! protesta Gunnar.

– Et pourtant ! Siegfried vient de nous montrer à tous qu'il avait l'étoffe d'un grand guerrier, et même d'un seigneur. Comme je regrette ce que je te dis tantôt, mon garçon ! Il se pourrait bien qu'au combat tu n'aies nul égal parmi nous.

– Mais... C'est un sans-le-sou ! Et un suivant ! Donne-lui quelques Mörk et une femme, mais pas un titre égal au mien !

– Maître Gunnar, interrompit Siegfried, je me dois de te rectifier. Sans le sou, je ne le suis pas, en vérité. Caché dans un endroit connu de moi seul, je dispose de plus d'or que tu n'en as jamais vu, qui me revient de droit après que j'eus tué Fafnir le dragon vert. Et quant à ma position, elle est manière de remercier ton frère pour son hospitalité.

Gunther laissa échapper un sifflement.

– J'entendis parler de cet exploit, quelques lunes auparavant, raconté par un marchand de Westphalia. Le monstre qui massacrait fermiers et voyageurs aux alentours de Ramsund fut retrouvé mort, mais personne ne vit nulle trace du héros qui l'avait occis. Pourquoi ne pas nous avoir dit cela plus tôt, jeune Siegfried ? Je t'aurais alors offert une position bien plus à ton avantage que simple suivant.

– Je voulais que mon Thein me reconnaisse pour ma valeur et mon honneur, non pour ma richesse.

– Et c'est désormais chose faite ! sourit Gunther. Voici une leçon d'humilité dont nous devrions tous nous inspirer, finit-il en dirigeant son regard vers Gunnar. Tu vas devoir trouver un emblème pour orner les boucliers de ton clan. Il te faudra y réfléchir.

Le jeune garçon choisit instinctivement le loup.

– Ma foi, cet animal te sied. Très bien, tu seras donc Siegfried Tueur-de-Dragons, Jarl de Xanten, dont l'emblème et totem est le loup.

– Un loup face à un dragon, corrigea le jeune homme. Pour représenter le courage face à l'adversité, et rappeler à chaque membre du clan qu'à cœur vaillant rien d'impossible.

Gunther s'esclaffa.

– Nous avons vraiment beaucoup à apprendre de toi, jeune Siegfried !

Avec l'or du dragon qui lui revenait de droit et qu'il fit chercher dans la caverne, Siegfried disposait de suffisamment de richesses pour s'établir comme l'un des Jarlar les plus puissants de la Burgundia, voire du Midland tout entier. Richement paré, il siégeait sur un trône, à Xanten, sa précieuse Balmung sur ses genoux, et l'anneau à son doigt. Tout était allé si vite ; de forgeron il fut propulsé Jarl, et dut tout apprendre de Gunther avant de prendre ses fonctions. Il ne se sentait pas prêt, mais le Thein lui avait assuré, en riant, que l'on n'était jamais prêt pour ce genre de choses.

– Lorsque les responsabilités te tombent sur la tête, mon ami, » avait-il dit, « tu te dois de les endosser. Comporte-toi comme un Jarl ; un jour tu te réveilleras et en seras un vrai. » Et Siegfried les endosserait. Il était un Jarl, désormais, et conformément à son rêve d'enfant, il allait guider son clan vers l'honneur et la prospérité. Mais quand le temps lui était laissé, il regardait souvent dans le vide, l'air lointain, l'esprit empli de pensées noires et confuses.

II

SUR LES TRACES DE MON PÈRE

Mes fils présentent chacun des qualités essentielles pour un roi;
Thor, mon aîné, est fort comme un taureau ; intrépide ; courageux.
Balder, son cadet, est intelligent ; réfléchi ; juste.
Quel dommage qu'ils ne soient pas qu'un seul et même garçon !
Quant à Höd... Bah, j'aurais pu faire quelque chose de ce garçon,
n'eût-il été aveugle !
Mais il ne pourra jamais être guerrier, encore moins roi...
Alors lequel choisir ?
Lequel se montrera le meilleur héritier ?
Dois-je, comme me le conseille Loki, les mettre à l'épreuve afin de
juger leurs aptitudes ?

Woden Burrson, *Tablettes personnelles*

– C'est avec la bénédiction de la Dame et du Seigneur que les chefs votent à l'unanimité l'accession de Balder Wodenson à la royauté d'Asaheim. Le Récitateur posa une main sur l'épaule du jeune garçon. Autour, les guerriers assemblés sous les ramures d'Yggdrasil l'Arbre du Monde poussèrent des vivats et levèrent bien haut leurs cornes à boire.

– Merci, Tyr. Je saurai me montrer digne de cet honneur.

– Il te faut choisir un emblème dont tu orneras ton bouclier pour te représenter, toi et ton clan. Quel sera ton animal protecteur ?

Le jeune garçon en décida aussitôt : un cerf blanc. Un majestueux cerf blanc qui veillerait sur son clan avec bienveillance.

Sa réponse arracha quelques sourires, mais il ne sembla pas le remarquer. Le Récitateur invita ensuite chaque Thein à prêter allégeance au nouveau roi d'Asaheim. Thor Wodenson de Sturmvangar jura fidélité d'un air qu'il voulut enjoué comme solennel, sans être sûr d'y parvenir ; Freyja Njordsdottir de Folkvangar porta une main sur son cœur et jura au nom de son époux qu'elle représentait et au sien ; Nep Bertilson d'Hardangervid en fit de même avec un grand sourire. En dernier vint le tour de Loki Laufeyson de Sigyngar.

– Si je jure fidélité, loyauté, amour, paix et bonheur pour l'élan d'albâtre ? Oui, oui, oui, de tout cela j'en prête le serment. Cela fait trois fois que la même promesse est répétée, nous ne sommes pas sourds, à la fin.

La remarque de l'homme mince au sourire en coin arracha quelques rires.

Ce fut ensuite au tour des Jarlar et des chefs de clan de prêter allégeance. Une fois la cérémonie terminée, Thor vit Balder s'approcher de lui à grands pas. Autour d'eux, les guerriers riaient, chantaient, trinquaient, jouaient aux osselets, et congratulaient leur nouveau roi à grand coup de claques viriles dans le dos.

– Mon frère ! Mon frère ! Je suis roi d'Asaheim !

Il sourit.

Thor voyait devant lui non un roi, mais un enfant à peine sorti des jupes de sa mère. Il le félicita encore une fois et lui souhaita un long et heureux règne, puis il leva sa corne, qu'il descendit d'une traite. Déjà vide ? Il s'excusa auprès de son frère et s'en alla remplir ce maudit récipient. Il aurait juré que la corne était percée, tant elle se vidait rapidement ! Il tirait sur un énorme tonneau de bière autour d'autres guerriers éméchés lorsqu'une voix mélodieuse l'interpella:

– Tu ne sembles pas te réjouir comme chacun ici de la nouvelle royauté de ton frère... Qu'as-tu en tête ?

Sa réponse fut à peine plus qu'un grognement ; ce qu'il avait en tête, Freyja le savait très bien... Balder était peut-être le fils de Woden, mais il n'était pas prêt à lui succéder.

– N'y a-t-il que cela ?

– Oui, il n'y a que cela ! tempêta Thor. Je sais à quoi tu penses ; sache que j'ai abandonné tout espoir à la royauté des hivers auparavant. Mais il n'empêche que mon frère n'est pas prêt, voilà tout.

– Il est pourtant en âge ; il a eu treize hivers peu auparavant.

– Ce n'est pas une question d'âge, cela tu le sais ! tempêta le jeune homme. Son corps massif était tendu d'agacement. Il est à peine capable de tenir une épée; il n'est pas outrancièrement mauvais, mais bon nombre de mes Thingsmenn sont plus doués que lui. Il passe son temps le nez dans les tablettes des Anciens au point d'en oublier ses entraînements.

– La force brute ne fait pas un roi. contra la jeune femme. Woden était peut-être un chef de guerre avant tout, mais Balder saura diriger par son intelligence et sa bonté.

– Bonté ? Tu appelles cela bonté ? tonitrua Thor.

Voyant qu'il attirait les regards, il baissa d'un ton.

– Bah... Si ce sont tes augures qui le disent... Qu'as-tu fait de Hnoss et Gersimi ?

– Mes bébés sont dans ma tente, attendant mon retour, sourit Freyja.

Thor éclata de rire :

– Ce sont tes servantes qui doivent être contentes ! Devoir s'occuper de deux chats géants caractériels !

– Ce sont des lynx, corrigea la jeune femme, et ce sont des amours.

– Certes. Toujours est-il qu'en jouant ils peuvent te décoller la tête...

Du coin de l'œil, il vit son épouse leur lancer des regards noirs ; visiblement elle n'appréciait guère de les voir discuter ainsi tous les deux aussi longtemps. Lorsqu'il prit congé de son amie, elle répliqua, un sourire en coin :

– Sif est la bienvenue pour se joindre à la conversation. Je te pensais plus affranchi, Thor Wodenson !

Thor s'éloigna en grognant.Par Donnar, son épouse allait-elle lui faire payer son erreur toute sa vie ? Lorsqu'il l'eut rejoint, elle passa un bras autour de son épaule et lui donna un fougueux baiser, sous le regard interloqué autant que dégoûté de leurs deux jeunes enfants. D'un œil, il vit que durant toute leur étreinte elle ne décrochait pas son regard de Freyja. Elle eut toutefois la décence de ne rien dire, et Thor lui en fut silencieusement reconnaissant. La dernière chose dont il avait besoin était une dispute entre femmes. L'avant-dernière chose, corrigea-t-il en grinçant des dents, voyant la riche dame approcher en louvoyant sous le pâle soleil. Si son port était royal, aux yeux de Thor elle était semblable à une vipère. Mais entouré qu'il était par les hommes et femmes venus assister au Thing, il n'eut d'autre choix que de respecter le protocole. Il choisit d'arborer son plus beau sourire, bien qu'il sentît sa mâchoire se serrer :

– Mes plus sincères félicitations pour ton fils, Frigg. C'est un grand honneur qui lui est fait.

– Je te remercie, Bâtard. Balder se montre digne d'éloges, *lui*.

Il retint son bras ; frapper la reine lors de l'accession au trône de son fils eut été d'un goût discutable. Pourquoi diantre tous fêtaient-ils ainsi la nouvelle royauté de Balder ? Le seul roi était Woden, par Donar ! Chacun semblait penser qu'il ne reviendrait plus jamais. Comment pouvait-il en être ainsi ? Woden était son père, son roi, son modèle ; il était invincible ; fort comme un ours ; rusé comme un renard ; agile comme un lynx. Il naviguait aussi bien que la déesse Selkie elle-même. S'il n'était toujours pas rentré, cela voulait simplement dire qu'il avait connu un empêchement. Pourquoi personne ne partait-il à sa recherche ? Frigg lui adressa un sourire condescendant avant de s'éloigner.

– Je suis surprise que tu te laisses parler ainsi, Thor Wodenson, dit Sif les bras croisés. Lorsque je te fais la moindre remarque, tu m'envoies paître en Nifelheim, mais lorsqu'il s'agit de Frigg... Eh bien, on croirait que tu en perds les grosses couilles que tu dis posséder.

– Silence, femme ! rugit-il. Prends garde de ne pas subir une correction pour tes affronts, ainsi que pour ceux de Frigg par ricochet !

À ces mots, le plus jeune des deux enfants se réfugia derrière la robe de sa mère.

– Merci de me donner raison..., renifla-t-elle. Magni, Modi, venez. Laissons votre père seul quelques instants.

Thor resta un long moment à bougonner, vidant corne d'hydromel sur corne d'hydromel, espérant que l'alcool absorberait sa mauvaise humeur. Dégageant quelque guerrier, il s'affala sur un banc, rejeta la tête en arrière, et laissa échapper un long soupir.

– Tu as quelque chose en tête, mon ami..., dit une voix douce, à côté de lui.

– On ne peut rien te cacher, Loki..., maugréa-t-il en retour. Il n'avait pas vu l'homme mince, tant il était absorbé par ses pensées.

– La moquerie n'est pas ton fort... Laisse cela aux maîtres comme moi, et raconte-moi ce qui te tracasse.

– Tu es bon juge de caractère. À toi de me le dire...

L'homme mince sourit en coin.

– Tut tut. Ce serait trop facile. Je préfère te tourmenter un peu jusqu'à ce que ta colère explose. S'agit-il d'une femme ? De Balder ? Ou bien un problème de virilité peut-être ? Les Skaldar font des merveilles en ce domaine, sais-tu, si tu veux –

– Personne ne se soucie du sort de mon père ! explosa Thor.

– Personne ; certes pas. Je m'en soucie aussi.

– Pourtant, tu restes là sans rien faire, comme les autres ! Voilà maintenant un hiver entier que Père aurait dû rentrer, en compagnie d'Oncle Vili et d'Odar ! Pourquoi personne ne part-il le chercher ?

– Pour commencer, je ne supporte pas de naviguer. Toute cette eau, quelle horreur... Je suis bien mieux chez moi. De plus, il existe une différence entre partir en exploration comme Woden, dans le but de rapporter des richesses, et partir aveuglément à la recherche d'un roi disparu Syn sait où. Cette dernière option n'est dans l'intérêt de personne.

– Il s'agit de mon père, dont tu parles ! N'es-tu pas censé être son plus proche ami ?

– Il est difficile de parler d'amitié avec un vieux briscard comme Woden. Je ne fais que t'exposer la réalité, qu'elle te plaise ou non. Me hurler dessus n'y changera rien.

– Alors si personne ne le fait, je partirai moi le rechercher !

– Si tu t'en crois capable..., sourit Loki en se levant. Ce sont tes funérailles, après tout.

Il lui adressa un signe de la main tandis qu'il s'éloignait.

Thor assista distraitement à la célébration de l'équinoxe de printemps, ce soir-là ; il ne prêta presque aucune attention au son des tambours battus par les chamanes, ni à Freyja qui menait les rites, nue devant les flammes, et participa d'un air absent. Thor n'avait qu'une chose en tête, tant et si bien qu'il regagna sa tente aussitôt le rituel terminé. Sif avait à peine couché les enfants qu'il avait déjà commencé de rassembler quelques affaires. Elle lui demanda ce qu'il fabriquait à cette heure, visiblement agacée. Il lui exposa ses intentions, tout en continuant de fouiller dans les malles. Il envoyait valser vêtements comme ustensiles et ramassait ce qui lui semblait utile, laissant le reste traîner au sol. Sif s'arrêta un instant de brosser ses longs cheveux d'or et le considéra d'un œil perplexe :

– Ne sois pas ridicule. Comment parviendrais-tu à suivre le chemin dont même Woden, marin, et grand explorateur, n'est jamais revenu ?

– Peu importe, j'irai. C'est ce que je dois faire, et ceci tu le sais.

– Je ne puis t'empêcher. Toutefois j'aimerais qu'enfin tu considères les devoirs que tu as comme Thein et comme père.

– Laisse les enfants en dehors de cela, femme ! De même que mes devoirs de Thein. Tu devrais t'estimer fortunée que je te fasse suffisamment confiance pour te laisser ce titre en mon absence !

– Où t'en vas-tu, Père ? demanda une petite voix.

– Et voilà, félicitations ! Tu as réveillé les enfants, à crier ainsi.

Thor se retourna vers son fils aîné.

– Je pars à la recherche de grand-père Woden, Magni.

– Je veux t'accompagner !

L'enfant se releva sur un coude.

– J'apprécie l'intention, sourit Thor, mais tu es encore trop jeune. Et puis, qui veillera sur ta mère et sur Modi, en mon absence ?

– Je comprends, répondit Magni.

Sif se dirigea vers la couchette et borda Modi.

– Rendors-toi, mon bébé, susurra-t-elle.

À son tour elle se coucha sans décocher un mot à son époux.

Le lendemain, les hommes démontaient le camp, s'apprêtant à rentrer chacun chez eux après le Thing. Thor traversa la plaine jusqu'à trouver Loki, adossé à un arbre les bras croisés. Celui-ci invectivait ses servants qui, visiblement, s'affairaient trop lentement à son goût. Ses deux fils, Narfi et Vali, se tenaient de manière identique à ses côtés. Thor salua Loki d'un air aussi cordial et enjoué que possible. L'apostrophé leva un sourcil et le regarda en coin.

– Pose-moi ta question, Thor ; ces fioritures sont inutiles. Faites attention à ce coffre ! cria-t-il à l'attention de ses servants. Son contenu vaut plus que toutes vos vies !

– Où Père est-il parti ? demanda Thor sans plus de politesse.

– Comment le saurais-je ? J'étais son conseiller, non sa mère !

À ces mots, ses deux fils ricanèrent.

– Tu étais son *plus proche* conseiller ! Il a dû te révéler où donc il voyageait.

– Eh bien, je suis navré de te décevoir, mais je n'en ai nulle idée. Pourquoi ne pas voir à Breidablik ? Woden aimait à conserver trace de ses pérégrinations sur des tablettes.

– C'est vrai, je n'y avais guère pensé...

– Là est bien le problème, sourit Loki. Cela t'arrive trop peu... Y aurais-tu pensé que tu te serais épargné cet inutile détour.

Nouveau ricanement des deux garnements.

– Ainsi que ta délicieuse compagnie... Mes amitiés à Sigyn... Narfi, Vali...

Les deux jeunes lui répondirent d'un signe de tête à peine poli.

En réalité, il avait espéré que Loki aurait su lui fournir les informations souhaitées sans avoir à passer par Breidablik. Car il devrait demander les tablettes à nulle autre que Frigg, l'épouse du roi disparu... De retour à sa tente, il dit au revoir à Sif et aux enfants, qui feraient route vers Bliskirnir, tandis que lui voyagerait vers le nord.

Son épouse ne lui adressa qu'un adieu tendu, les lèvres fermées. Magni promit de veiller sur sa mère et son frère.

– Je sais que je peux compter sur toi, mon fils. Donar veille sur toi. Et sur toi aussi, Modi.

Lorsqu'il adressa un signe de la main à son cadet, celui-ci se cacha un peu plus derrière Sif. Thor s'en fut en soupirant, les yeux au ciel.

La traversée fut plutôt morne. Depuis son char tiré par deux puissants boucs, Thor regardait les plaines et les vallons défiler, fixant son regard sur la Couronne Gelée loin à l'horizon. Heureusement avait-il la compagnie de Heimdall. Ce dernier, bien que simple guerrier, méritait bien plus d'éloge que Balder. Thor le considérait comme un véritable frère, bien qu'aucun lien de sang ne les unît. Il se souvint du jour où son père avait ramené un petit bébé de l'un de ses voyages.

– Ainsi tu comptes partir à la recherche de Woden, dit Heimdall du haut de son cheval. Thor acquiesça. Il est comme un père pour moi. Ne m'eût-il recueilli sur la plage, effrayé et affamé, je ne serais pas là aujourd'hui.

– Woden *est* ton père, corrigea Thor. Il t'a officiellement adopté, et bien que tu n'en portes pas le nom, tu es tout autant un Wodenson que Balder, Höd ou moi.

À ces mots, le jeune guerrier sourit. Il pria Thor de le laisser l'accompagner avec tant d'insistance que celui-ci éclata de rire.

– J'apprécie ton enthousiasme, mais tu es à peine un homme, du haut de tes quinze hivers.

– Balder est plus jeune et il est déjà roi ! protesta Heimdall.

– Balder est à peine plus qu'un bébé, qui va veiller sur lui, si tu n'es pas là ?

– Tu parles du roi !

– Je parle avant tout de mon petit frère. Je te demande d'être son protecteur en l'absence de notre père. Te sens-tu à la hauteur de cette tâche ?

Heimdall prit un air solennel et fier ; il jura de faire honneur au nom de Woden et de protéger son fils au péril de sa propre vie. Thor n'en attendait pas moins. Il sourit, faisant claquer les rênes de son char.

Ils parvinrent à Breidablik, après quelques jours ; déjà, le paysage commençait de changer, à l'approche de la Couronne Gelée, dont la halle marquait l'entrée. Les arbres se faisaient plus épars, la végétation moins dense, le sol plus rocailleux. Le convoi dut ralentir à mesure que la route grimpait vers les montagnes, longeant les berges de la Blanchécume, mais une fois parvenu au sommet du plateau, ils avaient vue sur toute la plaine æsyne ; lorsque le temps était particulièrement radieux, l'on pouvait observer jusqu'à la côte ou presque, et même sous un ciel couvert l'on distinguait clairement les plaines et les champs de Folkvangar, les lacs et les fjords de Sturmvangar, le plateau d'Hardangervid, et les vallons herbeux de Sigyngar loin à l'est.

Une fois la Grande Porte franchie, Thor traversa la cité et ses maisons basses, longeant les louvoiements de la Blanchécume entre les parois rocheuses de la Couronne Gelée. Confiant les rênes de son char à un guerrier, il se dirigea à grand pas vers les portes de la halle. Il repéra Frigg, occupée à diriger les servants qui rangeaient les malles et les affaires, et lui présenta sa requête sans plus attendre. Il prit d'une main distraite la corne de bière que lui tendait une jeune femme et la vida d'un trait.

– Et pourquoi donc, Bâtard ?

Elle dit cela sans le regarder, tout en continuer de donner des ordres aux servants affairés.

Thor réprima l'envie qu'il avait de voir le visage royal fracassé, tuméfié, mortifié.

– Je souhaiterais partir sur ses traces laissées, et si je peux, vivant ou mort le retrouver. S'il est vivant, par chance, lui porterai secours, et s'il est mort, alors... ramènerai son corps pour que Himinbjorg en soit le dernier séjour.

– Oh, tu te crois donc capable de naviguer aussi bien que Woden ? Si cela peut me permettre de te voir disparaître... Fulla, dit-elle en se tournant vers une servante non loin, va donc chercher pour le bâtard les tablettes de Woden.

La jeune fille s'exécuta. Un silence tendu s'installa tandis que Thor faisait de son mieux pour ignorer l'œil scrutateur de Frigg, si vert et si pénétrant. Il laissait voler son regard en tous coins de la sombre halle enfumée. Balder était assis plus loin à boire un Skyr fumant et ne lui manifestait aucune attention. Comme le jeune roi était différent, dès que sa mère était à proximité... Thor se demanda si sans elle son frère serait un homme digne de Woden. Lorsque son regard se posa sur Höd, et en particulier sur le bandeau qui lui couvrait les yeux, il réprima un frisson de dégoût et ne s'attarda pas. Le silence commençait à lui vriller les nerfs. Les guerriers qui se reposaient, les servants qui déchargeaient les malles, les femmes occupées sur leur métier à tisser, tous et toutes prenaient soin de ne pas se mêler des affaires de la reine-mère. Les chiens, majestueux animaux si semblables à des loups, dormaient tranquillement par terre, leur tête altière posée sur leurs pattes croisées. Thor les envia un instant. Lorsque Fulla revint, portant dans ses bras plusieurs lourdes tablettes de cire gravées d'une fine écriture, il la remercia hâtivement et s'en fut dans un coin de la halle. Il parcourut longuement les tablettes de cire sans trouver d'indices quant à la destination qu'avait alors choisie Woden pour son prochain voyage. Toutefois, l'un des derniers passages l'interpella :

Le voyage à Slavland se passa mieux que je l'espérais. Là où je m'attendais à devoir piller, conquérir par Gungnir ma lance, les populations locales se montrèrent plutôt amicales, quoique méfiantes. Je réussis à communiquer avec eux par des gestes et quelques mots, et pus échanger aunes de laine et armes contre bijoux et provisions. Leurs steppes parsemées de toundra, leurs paysages mornes et froids, ne sont pas si différents d'Asaheim en hiver, et leur mode de vie pas si différent du nôtre. Nous pourrions installer un ou deux ports marchands sur les côtes, plus à l'ouest. Mais pour l'heure, rentrons ! Frigg me manque, par Beyla ! Les filles de Slavland sont belles et pleines d'un feu insatiable, mais elles n'ont pas la dignité de mon épousée. Qui plus est, mon bateau est plein d'une précieuse cargaison, l'automne point et les glaces bientôt recouvriront la Mer Nordique. Bien qu'il ne m'enchante guère de faire une halte si près de Nifelheim, cette terre maudite où seuls vivent les Draugar et les sorcières, nous devrons nous réapprovisionner chez Ægir, sur l'île de Hlesey. Il a beau être un Jotun, il est presque aussi honorable qu'un Æsim, et il parle notre langue. Je n'aurais donc pas à supporter cet infâme idiome qui est le leur.

Thor posa la tablette et ordonna que l'on préparât son char. Il partirait pour Hlesey.

Il parcourait les plaines Æsir en direction du nord-est par une magnifique journée ensoleillée à la douce brise. Il laissa son regard vaquer sur les montagnes de la Couronne Gelée, à l'ouest, sur la forêt d'Alfvid au loin à l'est, et sur la cime d'Yggdrasil, l'Arbre du Monde, qu'il pouvait voir même à telle distance. Le premier soir il fit une halte au milieu d'une plaine parsemée d'herbe courte et de rochers. Il établit son campement non loin d'un cours d'eau, sous un gros roc qui le protégerait du vent et d'une éventuelle pluie, et laissa brouter paisiblement les deux immenses boucs qui tiraient son char.

La lune était haute dans le ciel lorsqu'un bêlement strident le réveilla. En un instant il fut debout, marteau en main. Et il vit. Devant lui se trouvait un immense humanoïde, difforme, affreux. Il était nu, le cheveu hirsute, la peau rugueuse, et tenait dans une patte massive l'un des boucs terrorisés. Un Troll ! Sans plus attendre, Thor lui asséna un coup de marteau dans le genou – la seule partie du corps monstrueux qui lui était accessible. Le Troll lâcha l'animal qui s'enfuit en bêlant, et se retourna contre l'impudent qui avait eu l'outrecuidance de lui infliger cuisante blessure. L'énorme gourdin manqua Thor de peu. Le fils de Woden brandit à nouveau son marteau et l'écrasa sur les orteils du monstre, qui sautilla sur un pied, hurlant de douleur. Puis il leva son arme et l'abattit dans l'entrejambe du Troll, qui couina d'une manière assez cocasse pour une telle créature. Un nouveau coup de gourdin s'abattit pour rien et mordit le sol, brisant les cailloux et arrachant l'herbe. Thor arma son bras pour frapper à nouveau, mais reçut un pied massif dans le buste. À terre, il roula juste à temps pour esquiver un nouveau coup de gourdin, et un autre, et encore un autre. Luttant pour se relever, le souffle court, il n'eut le temps d'éviter l'énorme main griffue qui l'attrapa, et vit l'arme de bois levée dans les airs, prête à l'écraser comme un cafard.

– Attends ! s'écria-t-il.

Et à sa surprise le Troll suspendit son mouvement. Il put lire dans les yeux monstrueux les restes d'une humanité passée et se souvint des contes de son enfance : les Trolls étaient autrefois des hommes, comme les Æsir, jusqu'à ce que le Grand Cataclysme ne détruise leurs villages et ne les exile dans les hauteurs reculées des montagnes. Au fil des siècles, ils devinrent de plus en plus monstrueux et primitifs, touchés par le Rayonnement Magique. Le Troll semblait reconnaître, lointain souvenir rémanent, la langue des hommes. Thor devait gagner du temps ; pour la première fois, la force brute ne suffisait pas. Lui qui avait toute sa vie vaincu ses ennemis par le combat ou l'intimidation, il était aujourd'hui face à un adversaire plus puissant que lui. Qu'aurait fait Woden, à sa place ? Qu'aurait fait Loki ? Nul doute que tous deux auraient trouvé une ruse afin de se sortir de ce mauvais pas, ajoutant un nouveau fait d'arme à leur histoire. *Réfléchis, Thor Wodenson !* Et soudain, il se souvint d'un détail, entendu dans un conte d'enfance.

– Dis donc, mon gros, tu aimes la poésie ? Les jolis mots, les longues phrases... Le Troll sembla l'écouter avec attention. Thor devait gagner du temps, captiver le Troll par la parole, comme l'aurait fait Loki. Sais-tu comment l'on désigne la terre, dans les poèmes des sept royaumes ? Au Midland, ils l'appellent tout simplement « la terre ». Nous autres, Æsir, l'appelons « Champs Infinis ». Les Vanir l'appellent « Sentier de la Dame », les Thurse « la Verdoyante », les Elfar la nomment « Mère », et les Nains « la Grande Humide ».

Le Troll sembla l'écouter, mais au moment où Thor se tut il s'agita. Le Fils de Woden s'empressa de continuer ; il devait parler, peu importe ce qu'il disait :

– Et le ciel ? Sais-tu comment l'on appelle le ciel, en Asaheim ? « Là-haut » ! Et les Vanir, « Tisse-vent » ! Les Thurse « Le Monde Au-Dessus », les Elfar « Joli-Toit », et les Nains « La Halle aux Mille Gouttes » !

Son esprit filait à toute allure, tentant de se remémorer les poèmes d'antan.

– Et la lune ! Nous l'appelons « la Flamme » ! Les Vanir la nomment « la Grande Roue », les Thurse « Celle qui File », les Elfar « la Dise du Temps », et les Nains « la Brillante » ! Quant au soleil, nous le nommons « la Grande Orbe », tandis que les Vanir l'appellent « la Toute-Brillance », et les Thurse « Brille-à-Jamais » ! Les Elfar l'appellent « la Belle Roue », et les Nains : « la Tromperie de Dwalinn » !

Le Troll dodelinait de la tête, désormais. Thor se demanda s'il comprenait un traître mot ou bien n'appréciait que les sons.

– Quant aux nuages, on les appelle « Espoir de Pluie » chez nous, tandis que les Vanir les nomment « Moutons des Vents » ! Les Thurse « Espoir d'Eau », les Elfar « Force des Cieux », et les Nains « le Heaume des Secrets » ! Le vent ? « Soufflante », « Hennissante », « Hurlante », « Rugissante », et « Bourrasque » !

Thor surveillait nerveusement le sombre horizon.

– La mer, on la nomme « Etendue Paisible », « Grande Vague », « la Halle aux Anguilles », « Remplisseuse », et « Profondeurs ». Et le feu ? « Grande Flamme », « Flamme Sauvage », « Mordante », « la Rapide », « Le Brûloir ». Et la bière ? Tu aimes la bière, mon gros ?

Le Troll souriait, désormais. Il posa Thor au sol, presque délicatement, et continua d'écouter.

– Nous autres la nommons « Cervoise », mais les Vanir « la Mousseuse ». Les Thurse « Gorgée Glacée », les Elfar « Vin de Grain », et les Nains « Nectar de Fête ».

– ... Ami ? articula péniblement le Troll.

Diantre ! Cela parlait ? Un long moment passa ainsi, Thor récitant des poèmes d'antan, et le Troll répétant un mot par-ci par-là. Et soudain, le soleil pointa à l'horizon. Le Troll se retourna et sembla paniquer. Mais presque instantanément il se figea, une horrible grimace sur son grossier visage, et fut comme calcifié. Thor lui tapota le genou en lui présentant des excuses mentales. Il semblait que les légendes dissent vrai ; les Trolls se changeaient bien en pierre, lorsque le soleil les caressait. Si dans sa prochaine vie leurs routes se croisaient à nouveau, Thor lui offrirait une cargaison de bière... Et il défit son camp, rassembla ses boucs et repartit en direction du nord-est, par une belle matinée.

Depuis la rive, Thor pouvait voir Hlesey, de l'autre côté du fjord. Autour de lui, rien d'autre qu'une terre stérile et gelée. Loin à l'ouest se dressaient les Monts du Bout du monde, et quelques lieues à l'est la forêt d'Alfvid s'étendait, verte étendue contrastant avec la pâleur de ces lieux. Les seuls êtres vivants à part lui étaient quelques morses, plus loin sur les rochers, ou bien des phoques et des macareux baignant joyeusement dans l'eau. Il apporta son char jusqu'au rivage et laissa ses boucs brouter l'herbe terne alentours. Le bras de mer était assez étroit pour que l'on fût à portée de voix d'une berge à l'autre.

Il héla un pêcheur, de l'autre côté du fjord.

– Quel est ce fermier, répondit l'homme, qui de l'autre rivage m'appelle ?

– Mon brave, fais-moi traverser ; je te récompenserai d'un bon repas, car j'ai des provisions plein ma besace.

– Est-ce là ta seule fierté ? J'ai beau n'avoir qu'un œil, tu m'as l'air d'un mendiant, si mal vêtu et si crotté.

– Amène donc ta barque ici, par Donar ! Je veux passer !

– Ægir, mon maître, n'aimerait guère que je fasse traverser les bandits ou les voleurs de chevaux ; seuls les hommes de bien, dont je connais les faits d'armes, seront les bienvenus. Dis-moi ton nom, si tu veux emprunter mon bateau.

– Je vais te le dire mon nom ! Je suis Thor Wodenson, l'Ours Roux, le plus fort des Æsir ! Quel est le tien ?

– Harbarth je me nomme. Et je tire grande fierté à nul ne le cacher.

– Et pourquoi donc cacherais-tu ton nom, à moins d'avoir grande honte ?

– Honte je n'ai point ! Si toutefois j'en avais, il est vrai que mon nom je cacherais, face à un minable guerrier tel que toi, Thor Wodenson, l'Ours Roux.

– À toutes les offenses que j'ai subies, j'ajoute la tienne aujourd'hui...

Sache vieil homme, que si j'atteins l'autre rive, tes paroles sarcastiques te ferai regretter.

— Eh bien viens, je t'attends ! Depuis Hrungnir, tu n'auras pas connu tel adversaire.

La fierté de Thor fut piquée au vif. Il se souvenait de Hrungnir le Jotun ; son marteau lui avait fracassé le crâne et mis fin à ses pillages.

— Tu me dis vouloir connaître mes faits d'armes avant de me laisser passer, mais toi, de quoi donc, Harbarth, peux-tu te vanter ?

— Cinq hivers durant je résidai avec Fjolvar le Grand, héros de la Guerre des Géants. Je combattis à ses côtés, et reçus de toutes les femmes sur ses terres les baisers enflammés. J'ai même partagé la couche de ses sept sœurs, toutes ensemble ! Que faisais-tu, durant ce temps ? Sûrement rien, tu n'étais qu'un enfant.

Plus cet homme le raillait, et plus il sentait en lui la colère monter. Il allait le lui prouver, le lui montrer ; il était un guerrier né, digne des chants les plus grands. Il avait certainement accompli plus de prouesses qu'un vieux pêcheur !

— Le clan de Thjazi le Jotun j'ai occis, et lui arrachai les yeux pour les lancer vers les cieux ! Il était une bête immonde qui tuait, pillait, violait ; même les Jotnar m'ont remercié ! Qu'as-tu accompli de mieux, toi ?

— Je partageai la couche des sorcières de Nifelheim, et lorsque l'une d'elle m'offrit en gage d'amour sa baguette, de magie faite, je l'utilisai pour voler ses secrets !

— Rembourser la bonté par la tromperie, voilà une infamie ! s'indigna Thor. Même face à une sorcière, un homme d'honneur était un homme d'honneur.

– L'on ne récolte que ce qu'on a semé. Qui es-tu pour juger ? Et toi qu'as-tu donc fait ?

– À Jotunheim encore je suis allé, et là-bas, Svarig ai tué. Eut-il vécu, les terres d'Asaheim auraient été pillées, ravagées, piétinées. Est-ce assez pour toi, désormais ?

– Eh bien non, sourit le vieil homme, je regrette mais je ne peux pas te laisser passer.

– Par Donar ! Peux-tu de mieux te vanter ?

– Certes. En Gallia je me rendis, où chef contre chef je montai, sans me soucier de qui gagnait. Car ainsi je laissais à Woden l'occasion de piller, ou bien d'intimider, et il repartit avec moult richesses. Tandis que toi, jamais ne fis rien pour ton père !

– Tu sembles doué à diviser ; mais traîner ainsi mon honneur dans la boue est injuste !

– Pourtant, Thor, tu es très fort, mais ton esprit, lui... pas encore ! J'ai ouï dire que dans la halle de Fjollar tu te cachas, redoutant ton trépas, mais que par chance jamais le Géant ne te trouva.

– Qui t'a raconté cela ?

Il sentit la honte brûler en lui, et chassa ce mauvais souvenir de son esprit. Cesse ces allégations ! Tu as de la chance que pour te fracasser, mon bras ne soit pas assez long !

– Pourquoi vouloir m'occire ? sourit Harbarth. Je n'ai nulle querelle avec toi, jeune sire ; je ne fais que répéter la vérité...

– Sais-tu aussi que je combattis le clan des fils de Svarig, à la frontière Thurse, jusqu'à ce qu'ils capitulent et demandent la paix ? Est-ce assez désormais pour passer ?

Cette joute verbale l'excédait ; qu'essayait donc de prouver l'étranger ?

– Eh bien non, car moi-même, à Jotunheim je suis allé. Là-bas une damoiselle je parvins à séduire, et elle m'offrit mille plaisirs. Je la rencontrai en secret, car elle était la fille d'un roi !

– L'on dirait que tes aventures ne sont qu'amoureuses, brave Harbarth ! Quel guerrier !

– Quel dommage que tu n'aies pas été là ! Nous aurions pu la partager. Ma foi, quel appétit elle avait !

– Eh bien, les dieux m'ont refusé cette voie. Peut-être par chance pour toi, car sans nul doute la princesse aurait été satisfaite par plus jeune et plus viril !

– Peut-être. Ou bien aurait-elle préféré l'expérience et la connaissance ? Qu'as-tu fait d'autre, tandis que je profitai du sourire de cette dame ?

– Les femmes Berserkar j'ai tué, ces êtres abjectes qui tout homme trahissaient.

– Oh, bravo à toi, fier guerrier, d'avoir occis des femmes ! Voilà magnifique fait d'arme !

– De femmes, elles n'avaient que l'aspect ; elles étaient pareilles à des louves affamées, et depuis mon bateau m'ont traîné loin vers leurs terres, pour me dévorer, ou du moins essayèrent. Pourquoi me parles-tu ainsi ? Pourquoi me railler ? Par Donar, de ton petit jeu j'en ai assez !

– Es-tu lassé, guerrier ? sourit Harbarth d'un air cynique. En ce cas, entends donc une vérité : chez toi, Sif a un amant, tandis que tu parcours les champs. C'est lui que tu devrais combattre, plutôt que moi.

– Tu mens ! rugit Thor. Vil sans-couille, lâche, fils de putain et suceur d'ours, attends que je traverse ces eaux !

– Eh bien, je te souhaite bon courage, répondit l'apostrophé sans se départir de son sourire. Car sans bateau, il te faudra repartir vers le sud, jusqu'aux terres de Sivia, puis de là remonter au nord-ouest, traversant la montagne et la forêt, pour enfin ici arriver. Tu en aurais facilement pour plusieurs jours. Ou bien il te faut attendre que la marée baisse pour que l'île te soit accessible, si toutefois tu ne t'enfonces pas jusqu'au cou dans la vase avant que le reflux ne vienne te noyer.

– Pas si je sais nager !

– Ne sois pas ridicule ; même un homme comme toi, avec ce courant et cette température, n'atteindra jamais l'autre rive.

C'était ce qu'ils allaient voir ! Et il plongea. Les eaux étaient glaciales, le courant puissant, et il sentit son corps s'engourdir, son esprit s'endormir. Mais sa volonté lui dictait de ne pas abandonner, de nager, nager, nager. Le courant le dévia, tant et si bien qu'il s'approchait de plus en plus de l'embouchure de la mer. Mais il tint bon. Tous les muscles de son corps étaient prêts à se rompre, ses poumons étaient en feu, mais il tint bon. Gelé, toussant, épuisé, il parvint sur l'autre rive. Il se défit de ses vêtements trempés, et s'écroula nu sur les rochers bordant l'herbe terne.

– Tu es encore plus idiot que dans mes souvenirs, Thor Wodenson... dit une voix féminine. Et il sentit une couverture envelopper son corps, réchauffant son cœur. Il rouvrit les yeux :

– Kolga..., dit-il faiblement. Toujours aussi charmante, je vois... Que fais-tu là ?

– Je rentrais de la pêche lorsque je te vis nager. Je pensai tout d'abord à un malheureux en train de se noyer, mais je reconnus ta chevelure rousse, flottant dans les eaux. Es-tu inconscient de traverser ainsi ? Le fjord n'est pas très large, mais l'eau est gelée, et le courant violent. Pourquoi n'as-tu pas hélé un pêcheur ?

– Je le fis... Harbarth, s'appelait-il. Le chien n'a eu de cesse de m'insulter, de m'agacer, de me railler ! Si je lui mets la main dessus...

Mais regardant plus haut, il ne vit nulle âme.

– Harbarth, dis-tu ? Non, je ne connais personne de ce nom, à Hlesey. Fait amusant : dans l'Ancienne Langue, ce voudrait dire « Grise Barbe »...

– Je me moque de son nom..., marmonna Thor. Si je recroise sa route, je lui rappellerai son insolence...

– Je suppose que tu n'es pas venu ici pour occire un pêcheur imaginaire, fier Thor. Quel vent te porte donc ?

Il lui résuma la situation.

– Eh bien... Père n'aime guère les visites impromptues, mais je vais te mener à lui. Lève-toi, Thor Wodenson.

Elle lui tendit une main délicate mais ferme, qu'il attrapa. Resserrant autour de lui la couverture, il lui emboîta le pas.

– Pour un si grand homme, tu as une bien petite virilité..., sourit-elle.

– Il fait froid... Je vois que tu t'habilles toujours comme un garçon.

– Me verrais-tu prendre la mer en robe ? rit-elle en retour, sa longue chevelure brune s'agitant dans les vents. Elle reprit après un instant :

– Tu fais toujours tirer ton char par des boucs. Je les vois brouter dans l'herbe, sur l'autre rive. Cette idée me paraît toujours aussi étrange, même en te connaissant.

– Tannjost et Tanngrisnir sont bien plus endurants que n'importe quel cheval, et n'ont pas peur du moindre serpent ou des chiens !

– Et puis, si jamais tu viens à manquer de nourriture, tu peux toujours les manger, sourit Kolga.

– Quelle absurde chose à dire..., répondit Thor en levant les yeux au ciel.

Ils avancèrent vers la halle d'Ægir, sise au bout de Hlesey, sur un promontoire rocheux dominant la mer. Plus bas, Thor voyait une petite jetée de bois, et quelques barques amarrées. Mais sur terre, rien d'autre que de la lande, de l'herbe éparse et quelques champs, sous un ciel grisé.

Où diantre avait bien pu passer ce vieux chien d'Harbarth ? À peine Thor avait-il eu le temps de traverser que ce maudit pêcheur avait déjà disparu... Pourtant ses yeux n'embrassaient que de la lande, à perte de vue, et s'il avait pris la mer son bateau serait en vue... De plus, d'après Kolga, personne du nom de Harbarth ne vivait à Hlesey. Quelle magie était-ce là ? N'était-il pas singulier qu'un mystérieux étranger l'empêchât de passer ? Il semblait tout savoir de son passé, de ses hauts faits, et même le nom de son épousée, qui à ses dires le duperait ! Thor était fort célèbre en Asaheim et il le savait. Tout le monde connaissait ses... altercations... avec les Jotnar, qui lui valurent de nombreuses remontrances de son père pour avoir mis en danger la trêve entre leurs deux royaumes. On les racontait au coin du feu aussi bien pour faire son éloge que pour amuser. Mais ce vieil homme semblait en savoir bien plus que quiconque... Qui était-ce donc ? Qui voudrait l'empêcher de s'entretenir avec Ægir ? Ce ton railleur lui était familier, en y repensant... Mais c'était impossible... Finalement, il dut interrompre le fil de ses pensées lorsqu'ils arrivèrent. Ægir se trouvait assis dans sa halle, près du feu central. Sur une table de tréteaux, force poissons et boissons. Autour de lui ses huit autres filles se trouvaient, occupées à tisser, coudre, cuisiner ou bien vider les poissons.

– Ah ! Voilà donc un petit Æsim ! Quel vent te porte à Hlesey, Thor Wodenson ?

Il n'usa d'aucune autre politesse, pourtant due entre chefs, pas plus qu'il ne proposa au visiteur de partager sa table. Encore une fois, Thor résuma la situation. Ægir semblait plus amusé que compatissant. Il ne décrocha pas les yeux de son assiette de poisson lorsqu'il répondit :

– Personne n'a rien pu te dire ? Je suis surpris que Loki n'en sût rien. Es-tu sûr qu'il ne te joua pas une mauvaise farce ?

À ces mots, un demi-sourire se dessina sur ses lèvres fines et il chassa un petit chat gourmand qui avait grimpé sur la table.

– Je ne saurais que trop espérer le contraire... Sauras-tu me dire, toi, vers quelle terre il partit hier ?

– Je n'en ai pas la certitude. À ces mots, Thor soupira. Toutefois, il mentionna en effet une destination qui l'intéressait.

Un éclair d'espoir et d'avide curiosité illumina le regard du fils de Woden.

– Dis-m'en plus !

Ægir laissa passer un moment avant de répondre. Il se resservit en poisson et en bière, but et mangea longuement.

« Tscht ! » fit-il en chassant de nouveau le petit chat gourmand. Thor trépignait, mais n'osait froisser son hôte. Durant ce temps, il put remarquer que les filles le dévoraient des yeux, surtout la plus jeune, à peine en âge d'être mariée. Il avait presque oublié qu'il n'était vêtu que d'une couverture ! Finalement, le chef de clan lâcha son information : Woden avait pensé explorer les terres de Vinland. Thor laissa échapper un sifflement. Vinland ? Ce n'était qu'une légende ! Depuis des siècles, les navigateurs tentaient de découvrir ce mystérieux continent, de vignes et de fruits, loin vers l'occident, sans jamais y parvenir.

– Tu as ta réponse, fils de Woden. Tu peux rentrer chez toi.

Thor reconnut bien là le sens de l'hospitalité d'Ægir. Toutefois, il avait une dernière faveur à demander. Le vieux chef soupira d'un air las ; que lui fallait-il, cette fois ?

– Un navire.

– Evidemment. Je ne le vis pas venir.

– Tu seras amplement récompensé, sois en assuré.

– Oh, je n'ai aucun doute là-dessus, répliqua le chef local. Récompensé comme Woden le ferait. C'est non.

– Père, intervint Kolga, je veux l'aider. Et j'aurai besoin de mes sœurs pour manier le navire.

– J'en doute fort, ma fille. Tu resteras ici à t'occuper de moi et à gérer les affaires de Hlesey.

– Père, nous avons toutes passé l'âge de rester à tes côtés !

– Comment ? Tu comptes me laisser seul, moi qui t'ai tout donné ? Moi qui t'ai élevée, nourrie, choyée ?

– Père..., soupira Kolga. Tu savais que ce jour viendrait. Chaque oisillon se doit de quitter le nid, lorsqu'il est prêt à voler. Je suis déjà restée de trop nombreux hivers à Hlesey, au lieu de fonder ma propre famille.

– Mais...

Il regarda tour à tour ses filles, qui ne dirent mot.

– Himingleva ? Halda ? Hefring ? Dufa ? Uda ? Hrann ? Bylgja ? Bara ?

La mine déconfite d'Ægir aurait paru à Thor presque comique, si elle n'avait été si pathétique.

– Très bien, allez-vous-en. Laissez votre vieux père seul. Après tout, ce n'est pas comme si vous étiez tout ce qui me reste depuis la mort de votre mère, emportée par les vagues.

– Tu n'es pas seul ! dit Bylga. Tu as tous tes servants, les pêcheurs et les fermiers de Hlesey. compléta sa jumelle, Bara.

Himingleva posa une main sur l'épaule d'Ægir.

– Ce n'est qu'un voyage en mer, nous reviendrons avant l'hiver.

Elle lui posa un baiser sur le front, qu'il chassa d'une main agacée. Le petit chat grimpa sur ses genoux en ronronnant. Cette fois-ci, il ne le repoussa pas.

– Alors partez, dit-il simplement. Partez, et ne soyez pas étonnées, à votre retour, de me trouver mort, mangé par les vautours !

– Nous te retrouverons en pleine santé, répondit Hrann.

– De plus, il n'y a nul vautour, si loin au nord. À très vite, Père. Venez, les filles !

Et Kolga quitta la halle d'un pas décidé, suivie par ses sœurs, qui embrassèrent chacune leur père. Thor, pris au dépourvu par la conversation, balbutia quelque remerciement pour son... hospitalité et son aide, avant de suivre les damoiselles. Dehors, elle pria Thor d'emprunter quelques vêtements et de l'aider à rassembler l'équipement nécessaire pour un si long voyage. Il trouverait à la grange des provisions. Vu sa force, il n'allait tout de même pas laisser de faibles femmes soulever les tonneaux d'eau ni les sacs de viande séchée... Thor doutait que ces femmes fussent « faibles » mais accepta de bonne grâce, tandis qu'elles se chargeaient d'affréter le navire. Un voyage si hasardeux ne se préparait pas à la légère. Ils ne savaient même pas si le Vinland existait bien, loin vers l'ouest, ou bien s'ils tomberaient dans les chutes des Confins du Monde. Ils devaient être parés à toute éventualité.

Le navire bravait les hautes vagues, l'écume et les lourds nuages. Pour abri, l'équipage ne disposait que d'une grande toile cirée tendue de proue en poupe. Thor maugréait ; quel temps digne de Donar...Au moins la pluie permettait-elle de remplir les réserves d'eau, après déjà cinq jours de traversée.

– Sois tranquille, sourit Kolga. Rien d'autre ne reste à faire que de patienter. Avoue que tu es au moins en bonne compagnie...

– Certes, toi et tes sœurs êtes délicieuses, (elles gloussèrent) quoiqu'un équipage de femmes... Je ne sais trop...

Kolga partit d'un rire hautain, et ses sœurs le huèrent gentiment.

– J'ai commencé à voguer avant même de savoir parler ! Je pense que chacune d'entre nous est meilleure navigatrice que toi, Thor Wodenson ! Laisse la mer à ses enfants...

– Pourquoi m'accompagner ?

Elles répondirent toutes en même temps. Thor éclata de rire. Qu'elles parlent une par une !

– Pour être la première à découvrir le Vinland ! dit Halda, avec un sourire plein d'espoir.

– Pour contrarier Père, répondirent en même temps les jumelles Bylga et Bara.

– Pour le plaisir de naviguer, sourit Hrann.

– Pour tes beaux yeux ! rit Himingleva. Ses sœurs gloussèrent à ces mots.

– Pourquoi devrais-je avoir une raison ? dit Dufa en haussant les épaules.

– Oh, ne me demande pas, j'ai simplement suivi mes sœurs, répondit Hefring avant d'éclater de rire, bien vite suivie par les autres.

– Je n'avais rien de mieux à faire, dit Uda en faisant la moue.

Tous les regards se tournèrent finalement vers Kolga.

– J'aime la mer, répondit-elle simplement. Je ne saurais te décrire cette sensation de liberté lorsque je navigue. Sur terre, je suis Kolga Ægirsdottir, liée par mes devoirs familiaux. En mer, je suis Kolga la navigatrice, maîtresse de ma vie ; je suis la vague, je suis le vent. Aurais-je pu trouver meilleur prétexte pour partir en une longue traversée ? Et puis quelle aventure ! Surtout si cela contrarie Père... Ses sœurs approuvèrent avec force hochements de tête.

Il ne répondit pas. La pluie battait fort sur la toile cirée, mais peu d'eau passait sous les ouvertures. Il appréciait cette relative sécheresse. Un long silence s'installa, brisé seulement par le clapotis des vagues et le ploc de la pluie sur la toile. De temps à autre, le craquement d'un éclair déchirait l'océan.

– Ainsi, un autre culbuterait Sif aux cheveux d'or, en ton absence...,
reprit Kolga. Difficile d'imaginer cela de cette froide beauté...

– Ce maudit vieillard mentait.

– L'on dit pourtant que toi-même tu succombas aux charmes de
Freyja Vanadis... Peut-être Sif veut-elle se venger ?

– Par Donar et tous les dieux, va-t-on me le faire remarquer
indéfiniment ?

– Personne ne te reproche d'avoir partagé la couche d'une autre
dame, sourit Kolga. Simplement de n'avoir pas été assez discret.

– C'était un simple écart de conduite entre deux amis d'enfance.

– En es-tu si sûr ? N'y a-t-il rien d'autre entre vous ?

– Oui, j'en suis sûr, Syn me maudisse si je mens !

Il jeta un œil circonspect aux cieux.

– Sif me punit déjà suffisamment comme cela. Elle est encore plus
jalouse que Frigg. Nul doute qu'elles s'entendent si bien...

– Si elle est femme jalouse à ce point, peut-être veut-elle se venger,
comme Kolga le disait, intervint Himingleva.

– Sif. N'a. Pas. D'amant.

– Très bien, libre à toi de choisir que croire, répondit la jeune femme.

Il ne comprenait pas Sif. Sa méfiance et sa jalousie, nées de
la peur qu'il n'allât voir d'autres femmes, ne faisaient que l'éloigner
d'elle. Parfois il en venait à croire qu'elle souhaitait le surprendre
avec une autre afin de se donner raison, et de le punir à loisir.
Pourtant elle lui manquait ; que ne donnerait-il pas pour qu'elle soit
avec lui en ce moment... Mais elle est ailleurs, murmurait une voix
dans sa tête... Alors autant anticiper les choses... Qui sait ce qu'elle-
même est en train de faire, à Bliskirnir, pour punir son époux de ses

erreurs passées... Lui revint soudain en mémoire un flot de souvenirs incontrôlés. Ces longues nuits où Sif, glaciale, lui refusait ses faveurs des lunes durant ; ses accusations lorsqu'il passait, à son goût, trop de temps avec Freyja ; ses reproches incessants, au moindre moment. Si tout semblait entre eux aller, et si Thor croyait avoir oublié, il n'en était rien. Un flux de colère, longtemps refoulée, fit céder les barrages de son cœur blessé. Il aimait Sif, du moins il le pensait. Mais en cet instant, toute sa rancœur, son malheur, sa fureur, lui revinrent sur l'heure. Il était un homme libre, et agirait en tant que tel ! Il n'était pas l'esclave d'une sorcière castratrice ! Il était Thor Wodenson, le plus fort des Æsir ! Il sentit un bras passer autour de sa taille, et une main féminine serrer la sienne. Alors il saisit Kolga et la plaqua sur le plancher du bateau, sous les rires et les encouragements des huit sœurs. Avec presque une semaine passée dans un espace confiné en compagnie de ces charmantes damoiselles, ses sens étaient en effervescence. Tandis qu'il défaisait hâtivement les vêtements de la jeune femme, il sentit d'autres mains lui caresser les muscles, d'autres lèvres lui baiser la peau, d'autres souffles se mêler au sien.

– Terre ! Et je vois quelque chose ! cria Himingleva.

– Tu as les yeux de Windir ! répondit Thor. Je ne vois rien.

– Fais confiance à Himingleva, intervint Kolga. Elle repérerait un phoque en pleine mer à cent lieues.

– On dirait un navire échoué sur la glace.

Le cœur de Thor fit une embardée. Ce ne pouvait être le Vinland... Si l'on en croyait la légende, c'était une terre fertile et verdoyante. De plus, ils n'avaient pas encore navigué assez loin vers l'ouest. Il devait s'agir là du Grunland. Le navire semblait s'être abîmé sur un iceberg, non loin des côtes. Peut-être Woden avait-il dû faire une halte ici. Peu de colons s'étaient installés sur l'île, depuis sa récente découverte, mais peut-être Thor y trouverait-il une piste.

– Nous approchons de l'épave, dit Bara. Tu devrais commencer par chercher ici.

L'absence de vent les obligeait à ramer. Thor, impatient qu'il était de découvrir le sort de son père, comptait pour dix hommes. Un frisson d'excitation parcourut son échine. C'était bien le vaisseau de son père ! Il reconnaissait cette figure de proue draconique, et les boucliers pendus à la coque, aux corbeaux noirs peints sur le bois !

– L'épave est à moitié immergée, remarqua Kolga. Je ne sais si tu trouveras grand-chose.

– Nous l'allons voir, dit-il en se déshabillant. Débarquez ici et allumez un feu sur la côte, si vous le pouvez. Et prenez mes vêtements.

– Tu ne vas pas..., hoqueta Dufa.

– Si.

– Mais tu es fou ! protesta Hrann.

– Laissez-le, intervint Kolga. Il est fou, mais si un homme peut survivre à telle température, c'est bien lui. Thor Wodenson, nous te retrouverons sur la côte.

Et il plongea. L'eau était glaciale, si bien qu'il crut perdre connaissance. Mais la tâche était trop importante pour qu'il laissât un peu de froid se mettre sur sa route ! Il progressa jusqu'au fond du navire où il trouva un coffre solide. Il ouvrit le couvercle ; ce n'était pas verrouillé, car qui aurait été assez fou pour voler Woden sur son propre navire ? Parmi les vêtements, le casque à visière, la hache et les outils qui s'y trouvaient, il vit quelque chose d'intéressant : des tablettes de cire, parfaitement conservées par le froid. Son précieux butin contre sa poitrine, il remonta vers la surface, où il inspira une profonde gorgée d'air.

Et coula aussitôt. Une intense douleur traversa son mollet droit. Un grand requin blanc ! Pourtant, ces eaux étaient bien trop froides pour l'animal. Qu'y faisait-il ? Avait-il été porté là par la tempête ? Il frappa le prédateur marin de son pied gauche, en plein museau, et lui fit lâcher prise. Mais le squale, en colère, revint à l'assaut. Ce fut un coup de poing en plein nez qu'il reçut. Il dut alors décider que cet étrange phoque roux n'en valait pas la peine, et disparut dans le trouble des eaux. Thor remonta vers la surface et nagea jusqu'à la côte, où il se hissa sur la terre. Kolga l'enveloppa d'une couverture et le guida jusqu'à un feu de fortune. Il était transi, gelé. Il ne pouvait s'empêcher de grelotter et ne sentait plus son corps, tandis que Bylga bandait son mollet. Autour de lui, n'existaient que les ténèbres. Mais il ordonna à son esprit de ne pas sombrer, et laissa la douceur du feu le réchauffer.

– Qu'as-tu trouvé ? demanda Kolga une fois qu'il eut arrêté de claquer des dents. Il lui montra les tablettes de cire. Et y trouves-tu quelque information ?

– Rien que je ne sache déjà. À ceci près... Écoute plutôt :

Ainsi je partis en quête du Vinland, la mythique terre des vignes et des moissons, sur les conseils de Loki. J'ai parcouru le monde connu. J'ai mis Vanaheim, Jotunheim et le Midland à genoux. J'ai baisé plus de femmes que ne peut s'en vanter quiconque. J'ai appris la magie du Seidr, pourtant

réservée aux sorcières, et je détiens les clés de la connaissance. D'après Loki,
le seul fait qui manque à ma gloire serait de découvrir cette terre légendaire.
Et plus jamais les Æsir ne manqueront de nourriture ni de ressources, les
poussant au commerce ou au pillage ! Ainsi la pérennité de mon nom sera
assurée. Personne, jamais, ne pourra oublier Woden !

Loki... Ce petit fumier lui avait menti ! Lorsqu'il rentrerait, il aurait quelques mots à lui toucher... Mais pour l'heure, il devait trouver une colonie. Quelqu'un avait certainement aperçu son père. Kolga l'aida à se relever, et Halda à se vêtir, n'osant regarder son corps musclé. Himingleva éteignit le feu de camp tandis que Hrann rassemblait leurs affaires. Ils marchèrent un long moment sur la côte rocailleuse bordée de glace et parsemée d'arbustes.

– Qui voudrait s'établir ici ? se demanda Thor tout haut. Cette terre était encore plus stérile et inhospitalière qu'Asaheim.

– Des fermiers fuyant le règne de Woden, répondit Kolga.

– Mon père est un bon roi !

– Pour son clan, certes. Mais certains ont senti leur liberté menacée et ont préféré venir s'installer ici afin de s'auto-gouverner.

– Ils sont fous, ces fermiers..., marmonna Thor.

Ils finirent par rejoindre une maison de pêcheur, à flanc de falaise. Si Woden était parti en cette direction, c'était forcément la première habitation qu'il avait rencontrée. Ils y trouveraient sûrement quelque indice. Thor tambourina sur la porte.

– Ohé, du pêcheur ! Tu as des visiteurs !

– Qui est là ? demanda une femme rubiconde en ouvrant après quelques instants.

– Thor Wodenson, l'Ours Roux, et les filles d'Ægir Fornjotson de

Hlesey. Ouvre-nous, femme, j'ai besoin d'informations.

– Alors entre, Thor Wodenson, dit-elle simplement en les laissant passer.

Lorsqu'il lui expliqua la situation, elle indiqua qu'il lui faudrait attendre que son époux rentrât de la pêche, s'il voulait ses réponses. Thor se demanda si elle les faisait patienter simplement pour les agacer. Après tout, les colons du Grunland n'aimaient guère les Æsir, et encore moins leur roi Woden. Elle leur servit tout de même une chope de Skyr chaud, et un temps indéterminé passa dans un silence lourd, seulement brisé par quelques toussotements, la succion des lèvres sur le liquide et le métier à tisser de la femme. Thor laissa son regard vaquer dans la petite habitation de bois, avec ses hamacs tendus pour toute couche, son petit feu central, et ses poissons suspendus au plafond. Il faisait de son mieux pour ignorer les regards curieux des trois jeunes enfants qui dévisageaient les nouveaux arrivants. Lorsque Kolga tenta de leur sourire, ils eurent un mouvement de recul vers leur mère, et elle n'insista pas. Finalement, entra un pêcheur à la barbe trempée.

– Bathilde, qui sont ces gens ? demanda-t-il en fronçant les sourcils.

– Thor Wodenson, dit le susnommé en se levant, et voici Kolga Ægirsdottir et ses sœurs.

Le pêcheur se présenta comme Einar Eivindson. De nouveau, Thor résuma la situation, et lorsque leur hôte lui apprit qu'en effet, Woden était bien passé, son regard s'illumina d'intérêt.

– Sais-tu où il est allé ? Lui as-tu parlé ?

– Pourquoi devrais-je t'aider, Thor Wodenson ? répliqua le pêcheur. Nous avons fui le joug de ton père car il bafouait nos droits. Et l'été dernier, le voilà, comme un roi, exiger nourriture et boisson, et même un bateau !

– Tu seras justement récompensé !

– Qu'as-tu sur toi, que je pourrais vouloir ? ironisa le pêcheur.

– Je t'enverrai de l'or, des aunes de laine ou bien de la viande séchée, depuis Asaheim.

– Les promesses des Æsir n'ont à mes yeux aucune valeur. Sitôt rentré chez toi, tu auras vite fait de m'oublier.

– Par les dieux, parle ou je te fracasse le crâne de mon marteau !

– Tu es bien comme ton père, répliqua Einar, attrapant une hache. Toujours à exiger, comme si tout t'était dû. Si cette réponse t'est si précieuse, pourquoi ne pas faire montre d'humilité, et me lécher quelque peu les pieds ? Peut-être alors te dirai-je ce que je sais.

– Par Donar et son marteau ! s'écria Thor, rouge de rage. Je suis à la recherche de mon père disparu, et tu voudrais que je perde mon temps avec toi ? Tu as peut-être une dent contre lui, mais en rien je ne t'ai froissé, moi !

– Oh, Woden a disparu, et tu le recherches ? sourit Einar d'un air cruel. En ce cas je n'ai rien à te dire, si cela peut faire que nous sommes définitivement débarrassés de lui. Peut-être l'avons-nous tué ici-même, et laissé son corps pourrir dehors à la merci des charognards...

– Mon père n'aurait jamais été vaincu par une bande de péquenauds comme toi... gronda Thor.

– Redis cela pour voir ? rugit Einar, brandissant sa hache.

– Péquenaud ! Péquenaud, péquenaud, péquenaud ! hurla Thor, agitant son marteau.

La tension était palpable entre les deux hommes. Dans un coin de la maison les enfants se terraient, regardant leur père et l'étranger d'un œil apeuré. Leur mère faisait devant eux barrage de son corps, le regard brillant de défi.

– Il suffit ! s'écria une voix féminine. Thor comprit avec étonnement qu'elle appartenait à Kolga. Les hommes, vous êtes tous les mêmes ! Thor, fais montre de respect à nos hôtes. Et toi, Einar, as-tu oublié les règles de l'hospitalité ? Quel mal t'a fait Thor pour que tu le railles ainsi ?

La tension retomba lorsque les deux hommes baissèrent leurs armes. Pour toute excuse, Einar révéla que Woden avait réquisitionné un bateau, qu'il avait payé en aunes et en viande séchée. Ensuite, il était reparti avec son équipage vers Asaheim.

– Asaheim, es-tu sûr ? N'est-il pas reparti vers Vinland ?

– S'il est reparti vers Vinland, alors il me mentit. Car il dit bien qu'il rentrait à Asaheim.

– Oh... Thor était déçu. Il avait espéré que son père aurait continué son périple. Ainsi aurait-il eu un but, celui de suivre ses traces sur une terre inconnue pour le retrouver. Mais il ne lui restait même plus cela, désormais. Si Woden s'était perdu en mer entre le Grunland et Asaheim, pourquoi n'avait-il trouvé aucun indice, aucune trace ? Le navire avait-il dévié ? Coulé ? Vinland était sa seule piste, et Thor n'en avait plus aucune désormais.

– Venez, les filles. Rentrons à la maison, dit-il la tête basse, les épaules affaissées. Merci pour le Skyr.

Et sans un mot de plus il quitta la maison pour rejoindre le navire.

Il était déjà hors de portée de voix lorsque Bathilde s'adressa à son époux :

– Pourquoi lui avoir menti ? Ce garçon cherche simplement son père.

– Cela ne me concerne pas, bougonna Einar. Tu as entendu le vieux sage ; Thor Wodenson ne doit pas apprendre que son père reprit la route pour le Vinland, après son escale ici. Il me donna suffisamment de Mörk pour s'assurer ma loyauté.

– La loyauté et l'honneur d'un homme de parole peuvent donc être achetés...

– Silence, femme ! Tu sais comme moi combien la vie est rude, sur ce caillou gelé ! Je fais ce qu'il faut pour survivre. Que m'importe d'aider le fils de Woden, si un étranger me propose, pour lui mentir, de quoi subvenir à ma famille ?

Elle franchit le seuil de la porte, secouant la tête en fixant le sol. Einar resta seul à l'intérieur.

– Je fais ce qu'il faut pour survivre..., répéta-t-il doucement, comme pour s'en convaincre.

– Balder, mon cœur, j'aimerais te présenter quelqu'un.

Curieux, le jeune roi suivit sa mère en dehors de la halle de Breidablik. Là se tenait une jeune fille aux longs cheveux noisette, visiblement tout juste descendue de son chariot. Les chiens de la halle s'étaient approchés en remuant la queue. La nouvelle venue ne semblait pas très à l'aise et se crispait à chaque fois qu'une truffe humide venait lui sentir les mains. Frigg fit rentrer les canidés avant d'entamer les présentations ; il s'agissait de Nanna Nepsdottir, la fille du Thein de Hardangervid et cousin d'Odar de Folkvangar ; l'union de leurs deux familles serait bénéfique à tout Asaheim. Balder regarda un instant la jeune fille, lui adressant un demi-sourire. Qu'elle était jolie ! Il se demanda la raison de sa venue à Himinbjorg. Et soudain il comprit. Il eut beau protester, expliquer qu'il escomptait épouser Freyja, puisqu'Odar avait disparu, Frigg éclata de rire. Freyja n'était pas pour lui, assura-t-elle. Elle était déjà une femme, tandis que lui n'avait que quatorze hivers. Nanna serait son épouse. Avait-il un problème avec cela ? Elle le considéra d'un œil sévère. Il secoua la tête et Frigg sourit à nouveau :

– Bien ! Je vous laisse faire connaissance, les enfants. Woden n'était qu'un étranger lorsque je fus mariée à lui. Profitez du temps qui vous est imparti pour éviter cela.

Et elle s'en fut en chantonnant.

Les deux jeunes gens observèrent un moment de silence. Balder ne voyait pas ce qu'il pouvait dire à cette étrangère. De plus, ses pensées étaient occupées par une autre femme. Il avait toujours présumé qu'il épouserait Freyja. Il avait été tellement soulagé lorsque Thor, son principal rival pour l'attention de leur amie, fut promis à Sif ! Et désormais voici qu'il apprenait que la princesse de Vanaheim ne serait pas sienne, quand bien même son époux était porté disparu depuis des lunes ! Le silence fut finalement brisé par Nanna.

– Ainsi tu fus élu roi d'Asaheim.

111

– Les jurés l'ont voté, certes.

Nouveau silence.

– Cela veut dire que je serai reine, sourit la jeune fille. Je n'aurais jamais cru cela... De plus, mon roi est très beau.

Il rougit et marmonna :

– Si tu dois devenir mon épouse, tu peux m'appeler Balder.

– Et toi Nanna. Marche à mes côtés, Balder, roi d'Asaheim.

Ils longèrent la Blanchécume, se tenant à une distance respectueuse. Soudain la jeune fille fit un bond sur place en hurlant et se blottit dans les bras du roi.

– Qu'y a-t-il ? s'inquiéta Balder.

– Un serpent ! s'écria Nanna, pointant du doigt.

– Oh, cela ? Il ne s'agit que d'une couleuvre, c'est inoffensif. Regarde.

Il trouva au sol un bâton ayant vaguement la forme d'une fourche. D'un mouvement vif il emprisonna la tête du serpent à l'aide de la branche avant d'attraper l'animal par le cou.

– Tu vois ? dit-il en faisant danser la couleuvre devant lui. Parfaitement inoffensif.

– Ôte cela de ma vue ! implora Nanna avec une grimace. Les serpents me terrifient !

Balder relâcha l'animal qui s'enfuit en ondulant, outré.

– Tu n'as aucune crainte à avoir des serpents, reprit-il après un moment de silence. Peu sont venimeux, et encore moins sont mortels.

– Mais... Ils rampent sur leur ventre, et te regardent de leurs yeux froids et dénués de sentiments... Tu es si courageux de ne pas les craindre !

– On m'a qualifié de bien des adjectifs, sourit Balder, mais jamais de « courageux ». Lorsque ce mot est prononcé, toujours est-ce à propos de mon frère Thor.

– J'ai entendu parler de Thor Wodenson ; ses exploits sont légendaires en Asaheim ! Mais les gens sont idiots : Comment ne pas voir que tu as un grand courage et une grande force en toi ?

Il rougit ; elle lui faisait trop d'honneur...

– Peut-être n'est-ce pas une si mauvaise chose que de t'épouser..., sourit-elle en prenant son bras.

– Je puis dire cela de toi aussi..., sourit-il en retour, la guidant à travers la campagne. Ils discutèrent joyeusement de tout et de rien un long moment avant de rentrer à la halle.

– Je dois t'abandonner afin de me préparer au Thing, car nous partons demain. Y assisteras-tu ?

– Bien sûr ! répondit-elle avec un large sourire. Mon père est venu également pour cela. Je serai parmi les spectateurs.

– En ce cas je te laisse rejoindre ta famille. Nous nous retrouverons à la Plaine de l'Assemblée au pied d'Yggdrasil dans trois jours. Peut-être te reverrai-je lors des haltes nocturnes. La Dame veille sur toi.

– La Dame veille sur toi aussi, sourit-elle.

– L'alchimie semble avoir pris entre vous, lui dit Frigg devant son métier à tisser, à peine fût-il arrivé dans la halle.

– Oui, Mère. Nanna est une jeune fille charmante. Je suis sûr qu'elle fera une très bonne épouse.

– J'en suis heureuse. Tu mérites ce qu'il y a de mieux au monde. Repose-toi avant le Thing. J'ai pris la liberté de faire préparer tes affaires pour le voyage, finit-elle en l'embrassant sur la joue.

Lorsqu'il protesta, arguant qu'il comptait le faire lui-même, elle rit ; il était un roi, désormais. Il n'avait pas à se charger de ces basses besognes, et devait se concentrer sur les affaires du royaume.

– Ta promise est fort jolie, sourit Heimdall une fois Frigg repartie.

– À entendre sa voix, en tout cas, elle en a l'air, confirma Höd.

– Oui, je suppose. Mais elle ne l'est pas autant que Freyja.

Le jeune guerrier éclata de rire.

– Nulle femme n'est aussi belle que Freyja Vanadis. Mais cette jeunette est bien charmante. N'eût-elle été ta promise, je serais ce soir en train de lui faire découvrir ce qu'est un véritable homme !

– Heimdall ! s'offusqua le roi. Son frère adoptif rit de bon cœur et lui passa un bras sur l'épaule.

– N'aie crainte, mon roi. J'ai déjà eu ma part de plaisir avec les demoiselles. Je ne toucherai pas à ta promise ; bientôt tu découvriras à ton tour le confort d'une paire de cuisses bien chaudes.

– Tu mens ! De qui donc aurais-tu partagé la couche ?

– Il ne ment pas, dit Höd. Sinon je l'entendrais.

– Je ne peux le dire, mon roi ; ce secret je ne peux trahir.

– Je savais bien que tu mentais, sourit triomphalement Balder.

– Non point !

– Alors prouve-le.

– Très bien. Ne le répète à personne, mais... Il s'agissait de Fulla...

Balder éclata de rire.

– Toi et la servante de Mère ? Allons, elle a dix hivers de plus que toi, et chacun sait qu'elle est vierge. Que trouverait-elle à un garçon sans nom comme toi ?

– Je suis autant un Wodenson que toi ! explosa Heimdall, les oreilles rougies. C'est Thor qui le dit tantôt ! Je regrette de lui avoir promis de veiller sur toi !

Sur ce, il tourna les talons et sortit en trombe de la halle, bousculant sans vergogne les servants sur son passage.

– D'accord... Peut-être mentait-il après tout..., admit Höd.

La chevauchée fut longue et sans intérêt, le lendemain. Ils se dirigeaient vers le sud-est, en direction d'Yggdrasil. Depuis son chariot, Balder regardait le paysage défiler lentement. Les vallons succédèrent aux plaines ; l'herbe recommençait à verdir sous le tapis neigeux fraîchement fondu ; les arbres épars bourgeonnaient et les insectes se remettaient timidement à voleter. Heimdall refusait toujours de lui adresser la parole et Höd passait le plus clair de son temps à discuter avec leur mère ; aussi lorsqu'ils montèrent le camp pour la nuit, il partit à la recherche de Nanna, qu'il trouva en compagnie de son père et des guerriers de leur clan, occupés à boire, rire, raconter leurs prouesses martiales ou jouer aux osselets. Il se souvenait de Nep Bertilson et de son épouse Sæming, qu'il avait vus lors de son couronnement. Le Thein d'Hardangervid semblait être un homme bon et jovial. Lorsque Balder lui serra l'avant-bras à la manière des chefs, Nep l'attrapa en une féroce accolade avant de s'excuser de cette familiarité. Le jeune roi balaya tout ceci d'un revers de la main ; après tout, Nep n'allait-il pas faire prochainement partie de sa famille ? À ce propos, le Thein s'enquit de ce qu'il pensait de sa promise. Et lorsqu'il répondit que ce serait un honneur de l'épouser, il réalisa qu'il était sincère.

– Père, puis-je marcher en compagnie de mon futur époux ? demanda

Nanna.

– Bien sûr, sourit le Thein. Dans peu de temps tu feras bien plus que *marcher* en sa compagnie, hein les enfants ?

Il éclata d'un grand rire avant de se reprendre.

– Mes excuses, mon roi ; il ne convient guère de parler ainsi à mon souverain...

Encore une fois, Balder n'en tint nul cas. Il préférait que l'on s'adresse à lui avec entrain et naturel plutôt qu'en respectant un protocole froid et rigide.

– La Dame veille sur toi et sur ton clan, dit-il en prenant le bras de Nanna.

Ils marchèrent quelques instants dans la campagne nocturne, toujours gardant bien en vue le camp illuminé par un feu. Bien que cela fût peu probable, il ne fallait jamais exclure une possible attaque de bandits ou de bannis. Ils n'oseraient s'en prendre au convoi, mais deux jeunes gens éloignés des leurs, dans les ténèbres... Un roi et sa promise, qui plus est... Ce serait là matière à demander belle rançon. Ils s'arrêtèrent non loin, au bord d'une rivière dont les eaux ondoyantes reflétaient la pâleur de la lune. Les rires, les chants et les tintements des cornes à boire leur parvenaient malgré la distance, portée par les vents de Windir.

– Fais-tu bon voyage ? demanda Balder.

– Pas vraiment, grimaça la jeune fille. Bien que le chariot soit confortable, il m'est difficile de rester ainsi bringuebalée toute la journée. Et je crains de n'avoir pas emporté assez de manuscrits des Anciens avec moi pour tenir les deux jours que durera ce voyage...

– Aimes-tu lire, toi aussi ? s'émerveilla le jeune roi. Je pensais être le seul !

– J'adore cela. Les manuscrits du Deuxième Âge sont fascinants, bien que je ne comprenne pas toujours tout... L'Ancienne Langue est difficile à déchiffrer...

– Je suis ravi de te l'entendre dire, sourit Balder. À part les Skaldar, les hommes ne se soucient guère des écrits des Anciens... Ils sont conservés à Breidablik, et à part moi, seul mon père et Tyr les consultaient de temps à autre. Tu me plais, Nanna Nepsdottir, acheva-t-il en regardant de côté.

– Tu me plais aussi, Balder Wo – Oh !

Ce disant, elle glissa sur l'herbe humide. Le jeune roi tenta de la rattraper et fut entraînée dans sa chute. Ils tombèrent tous deux dans la rivière glacée. Balder fut le premier à s'extirper des eaux.

– Rien de cassé ? demanda-t-il en tendant la main à Nanna.

– Je ne pense pas, répondit-elle en l'agrippant avec reconnaissance. Ouille ! Peut-être que si, en fait... Ma cheville me fait mal...

– Je vais t'aider à marcher. Donne-moi ton bras.

Il fit de son mieux pour ne pas fixer du regard les formes nubiles et délicates de sa poitrine qu'épousait le vêtement trempé, doux renflement aux pointes apparentes. Il dut également réprimer un frisson qui n'était pas tant dû au froid qu'au contact de la jeune fille contre lui. Il l'aida pour clopiner jusqu'au campement, où il fit mander Tyr. Les guerriers firent place pour laisser passer le Skald. Après un rapide exament, l'homme sans âge assura que ce n'était rien qu'une petite foulure. Que Nanna évite de marcher pendant quelques jours et elle guérirait vite.

– Aw..., lâcha la jeune fille tandis qu'il lui bandait la cheville.

117

– Balder, tu es roi, désormais. Tu dois te comporter comme tel, de manière responsable, non plus comme un enfant insouciant, le réprimanda sa mère. Je te jure qu'on croirait voir ce bâtard de Thor.

Sans qu'elle ne le sache, ces dernières paroles firent immensément plaisir au jeune homme, malgré la honte. Qu'on le comparât enfin au grand et puissant Thor, même pour partager ses mauvais côtés, quel honneur ! Il voulut toutefois répondre que s'il était roi il ferait bien ce qui lui plaisait, mais ne put s'y résoudre.

– Allons, ma reine, ce ne sont que deux jeunes gens qui voulaient passer un peu de temps ensemble, la calma Nep. Il y eut plus de peur que de mal. Nanna, voici une robe sèche ; va donc au chariot te changer avant d'attraper froid.

La jeune fille s'excusa à demi-voix et disparut en sautillant sur un pied. Les bras croisés, Frigg invita son fils à en faire de même, et ordonna à Heimdall de veiller sur lui sans le lâcher d'un œil. Le jeune guerrier suivit son roi, le visage fermé. Balder fut surveillé de si près durant tout le reste du voyage qu'il n'eut pas l'occasion de reparler à sa promise, pas même une fois arrivé au pied d'Yggdrasil, à la nuit tombante après une dernière journée sur la route.

Le lendemain, un soleil printanier éclatant illuminait la Plaine de l'Assemblée. Balder déambulait au milieu des étals en compagnie de Freyja, s'arrêtant çà et là pour acheter quelque friandise au miel, ou bien une corne de bière, Heimdall sur leurs talons. Autour d'eux, les hommes et femmes riaient, buvaient, chantaient, ou se battaient amicalement, sous les encouragements de leurs frères de clan. Ils parlaient de tout et de rien, riant comme les deux amis d'enfance qu'ils étaient, oubliant leurs titres de roi et de princesse.

– Comment va Odalrik ? demanda Balder.

– Je ne saurais dire. La disparition de mon époux l'a fort affecté, je pense, bien qu'il maintienne cette image de Jarl digne et droit qui lui est si chère.

– Il est étonnant qu'il n'ait pas encore été nommé Thein à la place d'Odar.

– Il refuse de croire en la mort de son frère ; pour lui, il ne connaît qu'un simple retard dans son périple, et reviendra en compagnie de Woden et de Vili. Il insiste sur le fait qu'entre-temps, je dois porter le titre de Thein à sa place, afin de le lui rendre une fois rentré.

– Et que penses-tu, toi ?

La jeune femme baissa la tête en marchant.

– Je sais que mon époux est mort... Je le sens... Mais Odalrik refuse de l'entendre, alors je fais fièrement mon devoir, jusqu'à ce qu'il ait fait son deuil.

– Tu sens qu'Odar est mort... Est-ce que..., le jeune roi hésita.

– Est-ce que je ressens la même chose à propos de ton père ? Non, mon ami, je ne saurais dire si Woden est mort avec Odar ou bien s'il a pu s'en sortir. Je ne le vois nulle part dans les visions que m'envoie la Dame. Il en va de même pour ton oncle Vili.

Une lueur d'espoir brilla un instant dans les yeux de Balder, mais s'estompa bien vite.

– Ce que tu dis là me rassure. Mais cela ne change rien à l'absence de mon père, ni à l'incertitude quant à son sort... Et entre temps, la royauté me tombe sur la tête comme un crottin sur l'herbe...

À ces mots, la jeune femme rit.

– Ne t'en fais pas, Balder. Lorsque les responsabilités te tombent dessus, tu te dois de les endosser, et avant même que tu ne t'en rendes compte, tu seras capable –

Soudain, une violente altercation les interpella. Une voix forte comme le tonnerre criait au mensonge, entre deux insultes. Échangeant un regard, ils se précipitèrent vers le bruit, pour y trouver, sans comprendre, Thor aux prises avec Loki. Son frère entrait souvent dans de noires colères, ceci Balder le savait, mais jamais ne l'avait-il vu dans une telle rage. Un attroupement de curieux s'étaient massé autour des deux Theinar. La plupart regardaient, interdits. Certains plaisantaient discrètement. D'autres encourageaient à la bagarre. Narfi, une dague à la main, hurlait à Thor de lâcher son père, le traitant de dégénéré. À ses côtés, son frère Vali était tout aussi tendu. Mais Loki leur fit signe de ne pas intervenir.

– À quel propos t'aurais-je menti ? sourit l'homme mince. Je parle tant et tant que je ne peux me rappeler tous les mensonges éhontés que je puis raconter...

– Et de plus tu te moques de moi ? hurla Thor de plus belle. Il saisit Loki par le col de sa tunique et approcha un visage stoïque à deux pouces du sien. À propos de mon père ! Tu me dis ne pas savoir la destination de son dernier voyage, et pourtant c'est toi-même qui lui conseillas de faire route vers Vinland !

– Oh, cela..., répondit Loki en regardant négligemment ses ongles comme si de rien n'était. Eh bien oui, je te mentis, car vois-tu, Woden ne souhaitait pas qu'on le suivît.

– Comment cela ? Le visage de Thor était tordu de rage. Explique-toi si tu ne veux pas que je te rompe le cou...

– C'est très simple : Woden est parti, me demandant de ne révéler à personne ici sa destination. Pourquoi alors il en fit part à Ægir, je ne saurais le dire. Il ne pensait probablement pas que tu serais assez intelligent pour arriver jusque-là.

Il sourit lorsque la mâchoire de Thor se serra plus encore. « Vois-tu, ton père est parti, ne souhaitant pas que tu le suives. Il abandonna son trône, son royaume, sa famille et son clan pour ses desseins personnels. Ne comprends-tu pas ? Woden n'a aucune envie que tu le trouves...

– Tu mens ! hurla Thor. Tu mens encore !

– Oh, peut-être... Au milieu des vérités que personne ne veut entendre, il m'arrive de mentir ; qui saurait le dire ?

Un poing massif interrompit son phrasé. Des huées amicales retentirent, bien vite recouvertes par des encouragements aussi bien envers l'un qu'envers l'autre. Visiblement, les hommes attroupés espéraient une bagarre en bonne et due forme et s'en amusaient beaucoup. Seuls Vali et Narfi assistaient à la scène les dents serrées, le regard luisant de haine et de colère. Freyja tenta néanmoins de faire entendre raison à Thor, lui rappelant que l'Assemblée était un lieu de paix marqué sous le signe des dieux.

– Voilà bien un comportement digne d'un bâtard..., sourit froidement Frigg, qui se tenait droite au milieu des hommes rassemblés. À son bras, Höd secouait la tête en faisant la moue.

– Ce n'est rien, interrompit Loki en essuyant sa lèvre coupée. Il repoussa d'une main son épouse venue le réconforter. Thor, à l'instar d'un petit enfant, s'exprime par les cris et la violence.

Heimdall dut s'y mettre avec Odalrik, Vali et Narfi pour retenir l'apostrophé de fondre sur un Loki souriant, qui n'esquissa pas même un geste de recul. Les autres hurlaient de rire. Frigg s'approcha de son fils ; un tel comportement ne saurait être toléré au sein du Thing. Allait-il laisser cette infraction impunie ? Le cœur battant, le roi répéta ces mots, et bannit Thor de l'assemblée pour la journée.

– Voilà une punition bien légère..., renifla Frigg. Mais c'est déjà mieux que rien, je suppose.

– Très bien, maugréa Thor. Je n'aurais pas envie de payer compensation à Sigyn pour le meurtre de Loki... Je t'ai à l'œil, petit Géant. Je vais continuer de creuser jusqu'à trouver la vérité, et alors l'affaire au Thing porterai.

Et il tourna les talons, écartant sans ménagement quiconque se trouvait sur son chemin.

– Ne faites pas attention à lui, dit Loki en agitant une main nonchalante. Il va bien, il a juste besoin de se calmer après sa grosse colère. Sigyn, Vali, Narfi, allons rejoindre des gens quelque peu plus fréquentables qu'un ours des montagnes.

Il tendit le bras à son épouse et ils s'en allèrent au loin, suivis de leurs enfants.

– Qu'était-ce que cela ? demanda après quelques minutes Odalrik, interdit.

– Visiblement Loki aurait menti à Thor à propos de Woden, ce qui ne m'étonne guère. Je n'ai jamais fait confiance à ce serpent..., renifla la jeune femme.

– Pourtant Père se référait constamment à lui, intervint Balder. Il ne prenait aucune décision sans le consulter, et ils échafaudaient toujours leurs plans à deux.

– C'est justement cela qui m'inquiète... Loin de moi l'idée de manquer de respect à ton père regretté –

– Tu ferais bien, oui..., grogna Heimdall. Visiblement, son humeur ne s'était pas améliorée depuis sa dernière dispute avec Balder. La jeune femme lui lança un regard noir puis tourna la tête et l'ignora.

– Loin de moi l'idée de manquer de respect à ton père regretté, disais-je, mais il était maître dans l'art de ruser ; je crains que Loki ne te souffle quelque mauvais conseil à l'oreille...

– N'aie crainte, rit le jeune roi. Quel intérêt aurait-il à me nuire ?

– Je ne lui fais toujours pas confiance..., soupira Freyja. Méfie-toi de lui, mon ami ; tu es encore jeune, non rompu aux jeux de la politique...

– Tu parles comme une véritable Thein ! rit Balder. Je vois que tu t'es vite familiarisée avec le rôle.

– Je n'ai guère le choix, depuis la disparition d'Odar..., souffla-t-elle.

Balder choisit de ne pas poursuivre ce délicat sujet ; Odalrik sembla en faire de même.

– Je vous abandonne un instant ; j'ai une chose à faire, dit-il en s'éloignant. Il posa une main sur la poitrine de Heimdall. Toi aussi, mon ami.

– Frigg m'a demandé de ne pas te laisser, bougonna le jeune guerrier. Et Thor de veiller sur toi en son absence.

– Je n'ai nul besoin de protection, ici, nous sommes entre amis. Profite de la fête avant le début de l'assemblée. *Tut-tut* ! Ordre de ton roi !

123

Il s'éloigna sans attendre de réponse pour héler sa promise, assise non loin sur un banc, son pied toujours bandé. À son approche, les hommes du clan de Nep firent place avec révérence. Lorsqu'il s'enquit de sa santé, elle lui sourit.

– Ma cheville est toujours quelque peu douloureuse mais cela ira. Merci de m'avoir portée jusqu'au camp. Tu fus très fort et très courtois.

– Je n'ai fait que mon devoir..., rougit-il.

La voix forte de Tyr retentit soudain, invita chacune et chacun à prendre place pour le Thing.

– Ma promise..., sourit Balder en lui tendant une main qu'elle attrapa gracieusement. Il la guida jusqu'à sa place, l'aidant à marcher, avant de rejoindre son trône sur l'estrade.

Les affaires du royaume furent difficiles à gérer. Balder se sentait perdu, insignifiant, au milieu de ces Theinar rompus au Thing. C'était à peine s'il savait que faire ! Le temps avait changé; de lourds nuages gris défilaient au-dessus de sa tête pour aller se cacher derrière la forêt plus à l'est. Les arbres épars commençaient à peine de fleurir et semblaient bien frêles, leurs longues branches tendues au-dessus de l'herbe terne, sous l'ombre des rameaux d'Yggdrasil. Après avoir décidé du prix des taxes et des marchandises, redélimité telle ou telle propriété, fait passer les nouvelles des Jarlar et des chefs de clan, le sujet de l'assemblée était tout aussi triste que le décor ; ils devaient décider du sort d'un Jarl accusé par ses gens d'avoir levé des impôts injustes afin d'éponger ses dettes. Le prévenu était représenté par Nep et attendait le verdict, silencieux dans l'assemblée. Le Thein d'Hardangervid défendait l'accusé ; il ne savait que trop penser. Sven

Olafson n'était pas un mauvais Jarl. Toutefois, une mauvaise récolte sur ses terres l'avait obligé à emprunter à ses voisins. Nep évoqua le déshonneur qu'il avait dû ressenti à cause de cela, et, bien qu'il eût enfreint la loi ce faisant, comprenait qu'il eût voulu rembourser au plus vite. Aussi plaidait-il la clémence à son égard. Loki, en revanche, fut bien plus tranchant. La clémence ? Pour lui, nul ne devait concurrencer la couronne ; les impôts et les taxes étaient strictement réglementés, et décidés par un consensus lors des assemblées. S'ils se creusaient la cervelle à discuter, ce n'était certainement pas pour que chaque Jarl dicte ses lois dans son coin ; ils n'étaient pas au Midland, ici... Freyja proposa que l'accusé, s'il avait commis cette erreur, payât une simple compensation aux gens qu'il avait lésés et remboursât ses dettes par lui-même.

– Les femmes..., soupira Loki, son regard passant de Freyja à Nep.

– Un commentaire, serpent ? le défia Odalrik.

– Qui traites-tu de serpent ? siffla Narfi. Mais son père leva une main pour le calmer.

– Aucun, si ce n'est qu'avec un tel laxisme, Asaheim est certain de sombrer dans le chaos le plus total, à l'instar du Midland... Woden, où qu'il soit, serait mort de honte à vous voir...

– Il ne s'agit pas de laisser passer cette infraction, mais de décider d'une peine juste, répliqua Nep. À t'écouter, on confisque les terres et on pend à tout va !

– Au moins, ma méthode calme-t-elle les esprits rebelles, sourit Loki. Mes Jarlar se tiennent sages et presque aucun criminel n'infeste mes terres, à part quelques fous qui croient pouvoir m'échapper.

– Pas étonnant ! s'exclama Odalrik. Ils migrent sur les terres des autres Theinar où ils ne risquent pas de se faire bannir pour un rien !

– Et de ce fait, vous avez tous les criminels et pas nous, ricana Vali.

Balder, prit alors la parole, tentant de masquer ses hésitations par une fausse confiance régalienne. L'accusé devait en effet être châtié ; toutefois, il lui paraissait important de lui accorder une seconde chance. Il ne semblait pas un mauvais homme, et s'il avait enfreint la loi, Balder était persuadé que ç'avait été sous le coup du désespoir. Frigg l'interrompit en se raclant la gorge. Alors qu'elle s'était tenue jusqu'alors silencieuse, l'observant de ce regard impénétrable qui était le sien elle se pencha vers lui afin que nul autre n'entendît :

– Es-tu certain de ton jugement ? Tu sembles penser que Sven leva un impôt injuste presque malgré lui ; pourtant il est de son devoir de Jarl de connaître les lois et de les observer autant que de les faire respecter.

– Il était sous la pression de ses créanciers.

– Il était sous la pression de ses créanciers, sourit Frigg. Et à qui donc est-ce la faute ? Depuis quand un Jarl emprunte-t-il à ses voisins au point de ne plus pouvoir lui-même subvenir aux besoins de son district ? Il ne fait que payer là les erreurs de sa gestion déplorable.

– Tu as entendu comme moi ; Sven est un bon Jarl, d'après les témoignages.

– D'après les témoignages de sa famille et de son clan, certes. Il est sûr, mon fils, que ses propres enfants ni ses Thingsmenn ne vont le décrire comme un seigneur incompétent. Ton père aurait certainement confisqué les terres de l'accusé pour les donner à un Jarl plus méritant.

– Mais ce serait injuste ! protesta Balder à voix basse. Sven n'avait nulle intention de flouer ses gens pour son propre profit ; il ne pensait qu'à sauver l'honneur et la prospérité de son clan.

– Est-ce l'intention ou bien le résultat, qui compte ? Tu es un jeune roi ; si tu veux être respecté, tu dois montrer ton autorité.

– Mais si je fais cela, je perds la loyauté de Sven et celle de ses Thingsmenn. Tandis que si je le traite avec clémence j'obtiendrai son amitié et son soutien, ce qui sera bénéfique pour le clan.

– Mon fils, sourit Frigg, le monde des hommes ne fonctionne pas ainsi. Il est hélas plus aisé d'être craint que d'être aimé. Celui que tu aides alors qu'il est dans le besoin se souviendra de toi lorsqu'il y sera de nouveau... Entre temps, il aura vite fait d'oublier ce que pour lui tu fis, et surtout de te le revaloir. Veux-tu détruire tout ce que ton père a créé ?

– Non...

– Alors tu sais ce qu'il te reste à faire, trancha Frigg en reportant son regard vers l'assemblée.

Le jeune garçon hésita un instant avant de parler.

– Sven Olrikson, je confisque tes terres et te déchois de ton rang de Jarl. Toi et les tiens pourrez vivre chez un parent, ou bien avec une famille de votre clan. Dans le cas contraire, l'impôt pour les indigents subviendra à vos besoins.

Quelque part dans l'assemblée, il vit Freyja secouer tristement la tête.

– J'applaudis cette décision digne de Woden ! Vive le roi Balder, légitime successeur de son père ! cria Loki dans l'assemblée, bien qu'il ne décrocha pas son regard de Frigg ce disant.

127

Malgré les protestations d'une grande partie de l'assemblée, les jurés votèrent la décision. Balder quitta l'assemblée sans un mot, mettant fin à la cession. Il faisait les cent pas dans l'herbe terne autour de la Plaine de l'Assemblée, à l'écart des autres, lorsqu'une voix puissante l'interpella :

– Balder, quelle était cette mascarade ? Même derrière les bancs de l'assemblée, de loin, je pus voir ce qui se passa !

– Laisse-moi seul, Thor ! Je n'ai nul besoin de tes reproches !

– Pourtant tu vas les entendre ! Te laisser diriger par cette sorcière vipère de Frigg ! Crois-tu que personne n'a remarqué ton brusque revirement après qu'elle t'a craché son venin à l'oreille ?

– Cette *sorcière vipère* est ma mère !

– Si ta mère est une putain, es-tu obligé pour autant de te comporter comme elle ? N'as-tu pas de plus grosses couilles que cela, Balder Wodenson ?

– Thor ! s'indigna Freyja en accourant vers les deux frères. Tu t'adresses au roi !

– Eh bien alors qu'il se comporte comme tel, et non comme une docile fillette. Il ne semblait avoir cure des larmes de colère et de honte qui coulaient le long des joues de Balder. Dire que tu succèdes au puissant Woden... Tu ferais honte à Père. Mon frère, je te conseille d'aller dans la forêt pour un ours y trouver, de le tuer, et de te coudre sa paire de –

– Thor ! s'écria Freyja. Laisse-le tranquille !

Le Thein roux tourna les talons en lançant un dernier regard empli de colère à Balder, murmurant, « Tafiole... » Du coin de l'œil, le roi vit Heimdall, hésitant, lui adresser longuement un regard peiné avant d'emboîter le pas de Thor.

– Il n'a pas tort, tu sais, le consola Freyja, une main sur son épaule, bien qu'il emploie de dures paroles que je ne saurais excuser. Il est temps pour toi de prendre tes propres décisions.

– Ne crois-tu pas que je le sais ? explosa-t-il. Pour qui se prend Thor, à me parler ainsi ? Je serais en droit de le faire rosser ! Et toi tu es une femme, tu ne devrais même pas t'en mêler.

Il réalisa trop tard ses paroles, lancées entre deux spasmes.

– Je suis certes une femme, mais j'ai grandi avec toi, et te connais mieux que quiconque ! Tu es comme un petit frère pour moi, roi ou pas, et si j'ai quelque chose à te dire, tu vas l'entendre ! Il avait rarement vu Freyja dans une colère pareille. Mais la belle soupira, et toute tension retomba.

– Tout ce que je veux, c'est te voir être toi-même. Ta mère voudrait que tu sois Woden, qu'elle aime et admire plus que tout. Elle voudrait que tu sois dur, sans pitié et rusé comme lui. Mais tu n'es pas ton père...

– Je pensais qu'il serait toujours là. C'est lui le roi, pas moi. Je devais être son successeur en temps venu, pas si tôt. Je ne suis pas prêt ; seulement il m'a abandonné. Il a abandonné ses fils !

– Il ne t'a pas abandonné, protesta Freyja. Il a disparu lors d'une expédition.

– Cela revient au même. Pourquoi est-il parti ? Parce que la gloire et la richesse, l'aventure et l'exploration sont plus importantes à ses yeux que ses fils. Tu as entendu comme moi Loki, lorsqu'il se querella avec Thor. Il se passa le pouce et l'index sur les yeux. Il est parti trop tôt et je lui en veux. C'est Mère qui devrait diriger en son absence. Dieux, que cette femme me terrifie... Mais elle fut toujours là pour moi, là où Woden était occupé ailleurs. Tout ce que j'ai, je le lui dois.

– Tout ce que tu as, tu le lui dois, répéta Freyja en tournant les talons. Réfléchis là-dessus...

Une main se posa sur son épaule. Il se retourna pour faire face au visage inquiet de Nanna.

– Mon roi, tout va bien ?

– Cela ira, ma promise. J'ai juste besoin d'un moment...

– Freyja Vanadis a raison, tu sais. Le Cerf Blanc mérite de sortir de l'ombre de son père.

Balder prit les mains de Nanna dans les siennes et la remercia. Elle lui sourit en retour, et il se sentit apaisé.

– Le Thing va reprendre. Viens-tu ?

– Avec joie. Et elle lui tendit le bras, qu'il prit pour l'aider à marcher avant de se diriger de nouveau vers le trône qui faisait face aux bancs de l'assemblée.

L'assemblée avait repris depuis un long moment. Divers sujets avaient été abordés, mais aucun n'avait fait autant de vagues que l'indépendance du Midland. Maintenant que Woden n'était plus, il était demandé à Balder de choisir quelle politique adopter, et le débat faisait rage. Freyja savait que le jeune roi partageait son avis quant à la liberté due à tout un chacun. Elle savait qu'il n'accepterait jamais de tenir par la force un autre peuple que le sien. Et pourtant elle le voyait rester sur son trône, n'osant rien dire au milieu de tous ces Theinar vociférant. Elle se rappela le moment où elle avait hérité du Theinhod, et combien elle avait changé depuis ce jour, qui lui paraissait si lointain et si proche à la fois. Elle espérait que Balder serait capable de changer lui aussi. Elle avait protesté ; elle n'avait nulle envie d'être Thein. Pourquoi Odalrik ne pouvait-il le faire lui ? L'homme imposant vêtu de fourrures lui avait expliqué que durant l'absence d'Odar, et ce jusqu'à ce qu'il ne fût déclaré mort, elle devait le remplacer. Si jamais il advenait que son époux avait subi un funeste destin, il lui faudrait alors nommer un autre homme à sa place. La jeune fille avait fait la moue ; si c'était elle qui dirigeait, elle décidait de le nommer Thein à sa place ! Odalrik en avait souri avant de lui expliquer que les choses ne fonctionnaient pas ainsi ; Thein ou pas, elle devait respecter les lois des hommes comme celles des dieux. Elle n'avait nulle idée de ce qu'était être Thein, mais apprendrait bien vite. Ses Jarlar la conseilleraient, lui le premier. Odalrik avait froncé les sourcils lorsque la jeune fille menaça de refuser ; elle n'était plus une enfant. En tant que femme, elle avait des devoirs à respecter. À Vanaheim et à Himinbjorg elle était peut-être une princesse gâtée, mais elle était l'épouse d'un Thein, désormais. Elle se comporterait en tant que telle, dût-il l'y forcer. Elle n'avait pas insisté. Odalrik l'intimidait fortement. Il était pareil à Odar si ce n'était plus dur, plus ferme, plus rigide. Elle savait qu'il pourrait la plier à sa volonté, aussi aisément que le forgeron plie l'acier. Elle n'était qu'une jeune fille, à peine mariée, et lui déjà un chef de famille avéré. Alors elle accomplit son devoir. Plus une seule fois elle ne rechigna ni ne se plaignit. C'est pourquoi elle s'exprima comme une Thein, lors de ce Thing, espérant que Balder la soutiendrait.

– Je ne pense pas que continuer la politique agressive de Woden à l'encontre du Midland soit une bonne idée, dit-elle, créant ainsi le silence.

– Que connaît une femme – non, une toute jeune fille – aux affaires des hommes et à la politique ? répliqua Loki, provoquant les ricanements de ses deux fils.

Elle hésita. Rassembla son courage à deux mains. Et enfin parla :

– Lorsque je m'exprime, c'est la volonté d'Odar, Thein de Folkvangar, que je transmets. En son absence, je dirige à sa place. Mes paroles ont donc autant de valeur que les siennes.

Son cœur battait à tout rompre, face au Thein moqueur. Elle connaissait Loki depuis son enfance, et savait que les mots étaient ses armes, sa langue son bouclier, et qu'il n'avait nul égal en joutes verbales. Mais elle ne reculerait pas, ni face à lui, ni face à aucun homme.

– Oh, la poupée a donc une langue, sourit Loki Et elle ne s'en sert pas que pour su –

– Laisse Freyja tranquille ! gronda Thor.

Odalrik s'était levé d'un bond, mais Freyja l'avait calmé d'un geste de la main.

– Ah oui ? Sinon ?

– Sinon tu pourrais bien retourner à Jotunheim... Et ce en volant !

– J'aimerais bien voir cela..., siffla Narfi les dents serrées.

– Lève la main sur Père et ta carcasse pourrissante finira aux pieds de Syn, confirma Vali.

– Venez, les enfants, je vous attends ! tonna Thor. Si je peux rosser ce serpent, je peux aussi m'occuper de ses serpenteaux ! Quelle différence, de toute façon ?

– Thor ! s'exclama Balder. Tu avais promis de bien te tenir !

– Ces trois salopards sont encore en vie, non ? contra son frère. C'est ce que j'appelle *bien me tenir*. Comment peux-tu laisser Freyja être traitée de la sorte ?

La jeune femme sentit que le rose lui était monté aux joues. Elle était coutumière du phrasé mordant de Loki, mais jamais ne l'avait-il humiliée en public. Elle était une femme, et la loi était le domaine des hommes. Si elle avait osé parler auparavant, elle n'en avait plus aucune envie. Odalrik dut lire en elle, car il lui glissa quelque conseil à l'oreille, tandis que Thor et Loki s'invectivaient vertement. Elle devait ignorer les remarques, ou plus exactement les entendre et les surmonter. Bien que ce fût là fait rare, elle était une femme Thein et devait accomplir son devoir, n'en déplaise. Elle le remercia d'un signe de tête. Il avait raison, et lui avait redonné quelque peu confiance. Elle coupa les deux antagonistes dans leur échange de politesses :

– Maître Loki, la *poupée* a bien une langue, et si celle-ci n'est pas aussi acérée que la tienne, elle doit néanmoins être écoutée, car je suis Thein durant l'absence d'Odar. À moins que tu ne souhaites défier les lois des hommes et des dieux ? Thor, je te remercie pour ta défense, mais elle n'est pas utile.

Odalrik lui adressa un signe de tête approbatif, et elle en fut très fière.

Loki partit d'un rire à la fois joyeux et cinglant.

– Si la princesse ne se vexe même pas, cela n'est nullement drolatique. Je me retire de la joute... Pour le moment...

– Tu as de la chance, bâtard..., siffla Vali.

– De quoi ? explosa de nouveau Thor.

– Il suffit, à la fin ! coupa Tyr, sourcils froncés. Après ces... mises en bouches... peut-être pourrions-nous en revenir au sujet lancé ? À savoir : quelle politique adopter face au Midland ?

– Qu'on continue de les tondre comme des moutons, à quoi d'autre sont-ils bons ? soupira Loki d'un air las. Ce Thing dure déjà depuis trop longtemps, ne peut-on en terminer une bonne fois pour toutes ?

– Ce sont des hommes et des femmes comme nous ! contra Freyja. N'ont-ils pas droit à leur liberté, leur honneur, leur propre voie ?

– Au détriment de *notre* prospérité et *notre* richesse ? Certainement pas. Ils n'ont même pas de souverain pour les gouverner ; ils ont *besoin* de nous. Sans quoi, ils ne seraient guère plus que des barbares, pareils aux Jotnar.

– Nous comprenons les intérêts financiers en jeu, intervint Odalrik. C'est pourquoi leur rendre leur indépendance contre une compensation paraît un bon compromis.

– Il est vrai que nous en retirerions un important apport, répondit Loki. Toutefois, comme tu n'es qu'une jeune fille ignorante, et Odalrik un simple Jarl de campagne, je vais vous faire la grâce de vous expliquer en quoi vous avez tort, et en quoi votre avis n'a aucune importance : Asaheim est une terre rude. Tu as beau être une étrangère, Freyja, tu vis ici depuis suffisamment longtemps pour savoir cela. Le Midland, au contraire, est un royaume riche et prospère, au climat clément. Depuis toujours, des conflits opposent les deux royaumes, dans le but de s'approprier ressources et richesses. Woden mit au point un accord avec le premier roi du Midland, Sigmund Vidkunson, afin de régler leurs conflits non par la guerre mais par la loi. Une sorte de Grand Thing, si tu préfères. Il se montra très rusé, car il put conquérir alors petit à petit plusieurs terres du Midland grâce à l'assemblée, chose qu'il ne parvint jamais à accomplir par la guerre. Il nous assura ainsi un tribut fixe, que nous envoient les fermiers du Midland chaque saison claire, et qui fait que nous ne manquons de rien. Ce confort dans lequel tu vis actuellement, fillette, tu le dois à la politique *tellement méchante* du plus grand roi d'Asaheim. Que vaut ton avis ignorant, contre cela ?

– Nous avons un nouveau roi ! insista Freyja en dernier recours. Pourquoi ne pas entamer une nouvelle ère ? Elle espérait de tout cœur que Balder la soutiendrait et ferait pencher la balance.

– Eh bien, demandons-lui, alors ; que pense le nouveau roi de tout ceci ?

Chacun se retourna vers Balder, et Freyja lut en lui la détresse et la panique. Elle connaissait le garçon comme s'il était son frère. Elle était persuadée qu'il serait un bon roi, meilleur que son père, meilleur que n'importe quel homme, si seulement il pouvait prendre confiance et assumer ses paroles et ses actes.

– Je... Je ne sais... Je...

– Notre bon roi pense comme moi ! triompha Loki. Cette discussion n'a nul intérêt, tant et si bien qu'il en reste muet. Je propose que rien ne change dans notre politique extérieure. C'est en tout cas l'avis du roi contre celui d'une femme...

– Un grand roi, qui plus est, renchérit Narfi.

– Si chacun s'est exprimé, déclara le Récitateur, que le jugement soit rendu.

Les jurés rendirent leur verdict, et Tyr l'annonça : Pour le moment, ils ne changeraient pas leur façon de traiter avec le Midland. Balder Wodenson validait-il ceci ? Frigg se pencha à l'oreille de son fils et lui murmura quelque chose. Le jeune roi opina avant de balbutier son accord et de baisser la tête. Freyja était dégoûtée. Comment Loki pouvait-il faire plier chacun à sa propre volonté, sans même le montrer ? Le Midland devrait vivre sous l'égide d'Asaheim encore quelque temps.

Tous s'étaient rassemblés autour des Skaldar et conversaient joyeusement, une corne à la main. Les sujets de conversations étaient bien plus légers et joyeux que durant l'asemblée, et Balder en fut soulagé. Le brouhaha mourut lorsque Tyr leva une main, invitant Freyja, représentante de la Dame sur terre, à s'avancer afin que débutât la célébration. La jeune femme s'exécuta, faisant glisser sa robe le long de ses épaules. En cet instant, son corps illuminé par le feu de joie, elle n'était plus une femme mais un avatar divin. Balder ne l'avait jamais trouvée aussi belle. D'une voix qui lui semblait ne pas lui appartenir, elle demanda de bonnes moissons à la Dame, au Seigneur et à Dagon. En cette équinoxe de printemps, ils fêtaient la fin de la saison obscure, et le début de la saison claire. Elle alluma symboliquement une petite chandelle de suif dans une coupelle de bois et se dirigea vers les sources, au pied d'Yggdrasil. Elle s'agenouilla et déposa le petit objet incandescent sur les eaux tranquilles, le faisant s'éloigner d'un geste délicat, suivie par les chamanes. Puis chacun en fit ensuite de même, tant et si bien que la surface cristalline fut vite recouverte de flammèches ondoyantes. Quelqu'un lui tendit sa robe, et lorsqu'elle l'enfila, elle redevint Freyja Vanadis, simple femme. Tyr fit sonner quelques cordes de sa harpe avant de parler. Il avait une annonce à faire, sur une note tout aussi heureuse ; le roi Balder Wodenson, le Cerf Blanc, épouserait cet été Nanna Nepsdottir. Que Beyla et Dagon leur donnent longue vie et nombreux enfants. Lorsque les vivats et les cris éclatèrent, et que les cornes furent levées bien haut dans le ciel nocturne, les deux promis se regardèrent en souriant, se tenant la main.

La cérémonie fut magnifique. Balder fut émerveillé ; sa mère n'avait rechigné à la moindre dépense, contrairement aux noces de Thor où elle s'était opposée à chaque Mörk dépensé. La bière et l'hydromel coulaient à flot, ainsi que du vin rapporté des lointaines terres du sud. Autant de plats différents qu'on pouvait l'imaginer étaient servis : porc rôti, sanglier farci, chevreuil, élan, saumon grillé, truite en sauce, ainsi que de nombreux fruits de saison juteux à souhait. La halle enfumée s'en trouvait pleine de vie, et il était devenu presque impossible de circuler tant elle était bondée. Les servantes devaient jouer des coudes pour passer, et firent tomber plus d'une fois leur plateau, bousculées par des guerriers ivres ou trébuchant sur les chiens qui cherchaient au sol quelque reste tombé.

Au cœur de la nuit, les guerriers s'en étaient allés continuer la fête dehors, au doux air estival. Dans la halle désertée, le couple était enlacé sur la banquette de peaux et de fourrures couverte.

– Tu n'as pas à rougir, dit Nanna. J'ai entendu que cette... malfonction... arrivait à nombre d'hommes... Probablement un excès de vin, ou la fatigue.

– Je ne suis même pas capable d'honorer mon épouse le soir de ses noces... Si Höd, Heimdall ou Thor le savait..., gémit Balder en cachant son visage sous un coussin. La jeune femme le lui arracha et se tint sur lui.

– Quand cela ne veut pas, cela ne veut pas, sourit-elle. Ton épouse peut attendre une nuit de plus. Nous avons tout notre temps.

Il se retourna sur le ventre en soupirant.

– Je ne te mérite pas, Nanna... Tu es douce et prévenante, là où d'autres femmes se seraient déjà gaussées de moi.

– Tu accordes trop d'importance au mérite.

– Et pour cause ; je n'en ai aucun ! Thor, mon frère, mérite l'affection de son épouse, lui, car il accomplit de nombreux faits d'armes. Nul doute qu'une honte telle que ce soir n'aurait jamais entaché son nom.

– Tu dis cela comme si le bonheur se méritait.

– N'est-ce pas le cas ?

– Non ! protesta la jeune fille. Chacun a droit au bonheur. Ne le pense pas une seule seconde hors de ta portée. Et quand bien même la félicité se mériterait-elle, tu serais le premier à y avoir droit !

Il leva les yeux au ciel.

– Pourquoi y aurais-je droit ? Je n'ai rien de spécial, mis à part cette couronne qui m'est tombée sur la tête.

– C'est faux ! insista-t-elle. Tu es beau, (elle lui apposa un baiser sur la joue) juste, (sur les lèvres) honnête, (sur le cou) courageux, (sur le torse) et doué d'une grande bonté... (sur le ventre).

– Nanna... Je crois que je suis prêt, désormais..., sourit-t-il.

– Tu vois, susurra-t-elle, tu n'as besoin que d'un peu de confiance en toi...

Il s'éveilla juste avant l'aube. À ses côtés, Nanna dormait encore. De même pour les guerriers sur leurs banquettes. Il se leva sans un bruit et sortit humer l'air frais du petit matin. Il se sentait différent. Il était un homme, désormais. Les mots de Nanna avaient touché son cœur plus profondément qu'il ne l'aurait cru. Pensant à elle, il sentit les pulsations en son cœur accélérer le rythme. Ce sentiment grisant instillait en lui une confiance qui lui était jusqu'ici inconnue.

– Quelle jeune femme admirable..., murmura-t-il dans la brise nocturne. Avec elle à mes côtés pour m'encourager, qui sait jusqu'où j'irai...

III

LA REINE GUERRIÈRE

L'amour est le sentiment le plus noble et le plus beau chez l'être humain, dit-on. Pourtant, l'amour est égoïste, destructeur ; c'est un poison nocif que nous recherchons malgré tout, incapables de vivre avec, mais plus encore de vivre sans. Qu'est-ce que l'amour, réellement ? Un désir dévorant, mêlé d'une pointe de jalousie, de possessivité, et de méfiance ? Où que je regarde, nulle part je ne vois ce sentiment d'abnégation noble et altruiste que nous chantent les Skaldar. Peut-être ne sais-je tout simplement pas ce qu'est l'amour. Quelqu'un peut-il se targuer de vraiment le savoir ?

Woden Burrson, *Pensées amoureuses*

C'est au solstice d'été que Freyja eut une vision de la Dame, la plus claire qu'elle n'ait jamais connue. Les gens de Sessrumnir réunis en silence pour le rituel, elle se tenait nue devant le grand brasier monté près du lac, illuminée par les flammes déchirant les ténèbres nocturnes. Ici, tous les éléments étaient réunis. Et lorsqu'elle inspira les vapeurs des herbes, la clarté se fit en son esprit.

Elle vit la Dame, ses pieds plongeant dans les racines du monde, ses bras soutenant la voûte céleste, écartés tels des branches. Ses seins étaient des fruits juteux nourrissant le monde de leur nectar, et ses cheveux offraient une ombre au soleil. À ses côtés se tenait le Seigneur, ses cornes courbées pointant autour de son visage, sa virilité dressée apportant la fertilité aux hommes et aux animaux. Et autour d'eux se tenaient leurs neuf enfants. Dagon le Clair, monté sur son cheval, parcourant le soleil ; Nott la Ténébreuse, abritant son visage sous la lune ; Donar le Tempétueux, chevauchant les nuages, un marteau d'éclair à la main ; Beyla la Douce, lascivement étendue sur le flanc, son corps nu si désirable sous la délicate brise ; Windir le Vif, qui parcourait le monde si vite qu'il en créait le vent ; Selkie la Capricieuse, nageant dans les eaux de l'Océan Infini ; Kvasir l'éloquent, récitant poèmes et sagas ; Vittolfar le manipulateur, occupé à graver des runes magiques ; et enfin Syn la Silencieuse, couverte de sa longue cape, les Draugar – les morts qui marchent – à ses pieds.

La Dame tourna son regard vers Freyja et sourit. Du ciel descendit un magnifique collier d'or et d'argent, serti de pierres précieuses, que la Dame passa délicatement autour du cou de la jeune femme. *Brisingamen*. Sans qu'aucun mot ne soit prononcé, Freyja sut le nom de ce bijou. Soudain, les ténèbres régnèrent, et seul le collier brillait, au cou de la jeune femme, à l'instar d'une balise dans la nuit. Un sentiment d'oppression l'assaillit, comme si un danger imminent s'apprêtait à fondre sur elle. Mais lorsqu'elle porta la main sur le bijou, elle sentit instantanément son cœur se calmer, et sut ce qu'elle devait faire. Elle revint à elle en frissonnant, un vague sentiment d'inquiétude s'attardant en son sein. Le soir même, elle annonça qu'elle allait s'absenter quelque temps. Odalrik leva un sourcil, l'invitant à poursuivre. Elle lui résuma sa vision, et lui expliqua qu'il lui fallait faire forger le collier que la Dame lui fit voir. Ce bijou devait être doté de grands pouvoirs, capables de décupler ses visions. Elle ne trouverait un tel artefact de magie pure qu'en un seul lieu...

– Nidavelir..., souffla Odalrik. On dit en effet que les créations des Nibelungen sont empreintes de magie, mais qui sait si c'est la vérité ou bien une légende ? Tu ne peux partir comme cela à l'aventure, en chasse d'une illusion. Tu as tes devoirs de Thein à remplir.

– Je serai vite revenue, sourit Freyja. De plus, je sais qu'en mon absence tu feras un excellent travail.

– Fais envoyer un messager avec les plans de ton bijou.

– C'est une épreuve que je dois traverser moi-même, mon beau-frère. Il ne s'agit pas simplement d'obtenir un bijou, c'est un rite initiatique.

– Et si tu rencontres une bande de brigands ? Ou bien des bêtes sauvages ? Et si les Nains ne te laissent pas repartir et demandent rançon ? Gisela, dis-lui, toi, que c'est de la folie ! compléta-t-il en se tournant vers une femme légèrement plus âgée que Freyja.

– Vanadis est bien plus que capable d'entreprendre un tel périple, répondit Gisela en haussant les épaules.

– La Dame veillera sur moi, sourit Freyja. Et puis, je ne serai pas totalement seule. J'emmène Hnoss et Gersimi avec moi.

– Je suis soulagé que tu prennes tes lynx ; je ne me serais pas vu m'occuper d'eux durant ton absence. Mais je serais quand même plus rassuré si tu partais avec une escorte. Je désignerai une dizaine d'hommes qui viendront avec toi.

C'est pourtant seule qu'elle se mit en route quelques jours plus tard. Elle avait quitté Sessrumnir la veille du départ annoncé, surprenant ainsi les guerriers désignés. Contrairement aux craintes d'Odalrik, rien n'arriva de tout le voyage. Vêtue comme un homme, dans son char tiré par ses lynx, Freyja parvint à Nidavelir crottée, affamée, fatiguée, mais en parfaite santé. Le voyage fut long et pénible, mais la jeune femme apprécia l'étendue sauvage qui s'était offerte à perte de vue. Elle ne croisa nul bandit, nul banni, nul monstre (bien que Thor lui avait confié lors du dernier Thing avoir rencontré un Troll.) À mesure qu'elle avançait vers le nord-est, franchissant vallons, rivières et collines, le paysage se fit de plus en plus plat, approchant du plateau de Hardangervid. Elle savait qu'ensuite commençaient les montagnes et qu'elle devrait ralentir son allure si elle ne voulait ni épuiser ses lynx ni risquer de briser un essieu. Le soleil décrivit une longue courbe dans le ciel, tandis que le char de la jeune femme avalait rapidement les lieues. Elle avait pensé faire une halte à la halle de Nökkvi et demander l'hospitalité à Nep, mais elle choisit de dormir à la belle étoile. Connaissant le Thein et son attitude protectrice envers sa fille Nanna, Freyja craignait qu'il ne la laisse pas repartir et la renvoie à Sessrumnir solidement escortée.

Elle allait s'arrêter pour la nuit lorsqu'elle aperçut au lointain, vers l'est, une forme étrange. Un rocher ? La silhouette se dessinant contre le ciel noircissant avait presque forme humaine... Elle fit claquer ses rênes, intriguée, et ce ne fut qu'à quelques pieds de l'objet de sa curiosité qu'elle comprit.

– Thor..., souffla-t-elle. Tu disais vrai ; tu as réellement changé un Troll en pierre...

Elle s'émerveilla, non pour la première fois, des prouesses de son ami d'enfance. Non seulement les Trolls étaient des créatures que l'on rencontrait si peu souvent que beaucoup doutaient de leur existence, mais en plus Thor avait-il démontré qu'ils se changeaient bien en pierre, comme le racontaient les légendes du passé. Freyja considéra d'un œil curieux autant qu'émerveillé la peau rugueuse de la créature, semblable à du roc au toucher, sous laquelle on sentait pourtant la matière vivante. Finalement, bien que le Troll fût censé être figé à jamais, elle préféra prudemment repartir un peu plus au nord-ouest établir son campement. Installée au pied d'un gros rocher pour couper le vent, elle tendit une grande toile huilée pour se protéger de la bruine qui commençait de tomber, et alluma un petit feu. Ses lynx allongés à ses côtés, leur tête massive posée sur ses genoux, elle fit un repas frugal de bœuf séché et donna un morceau crû à chacune de ses bêtes. Finalement, elle s'endormit contre le corps chaud de Hnoss et Gersimi.

Elle fut réveillée aux lueurs de l'aube. Quelques pas plus loin, les deux lynx jouaient dans l'herbe. Un instant, elle envia leur insouciance, et leur vie simple qui se résumait à manger, dormir, s'amuser d'un rien, et quelques fois se battre. Elle aurait aimé pouvoir passer sa vie auprès d'eux, à vivre comme eux, être heureuse comme eux. Mais elle était une princesse, et l'épouse d'un Thein. Elle était la voix de la Dame. Soupirant, elle rassembla ses affaires, siffla Hnoss et Gersimi, et se remit en route par une journée au soleil voilé. Les vallons succédèrent aux plaines, et très vite les montagnes furent en vue, pics noirs et blancs contre le ciel pâle. Une brise fraîche faisait flotter les cheveux de la jeune femme comme les feuilles des arbres épars. Au pied des Monts du Bout du Monde, l'immense porte de métal, insérée à flanc de montagne, se tenait devant elle, massive. Elle y frappa trois fois, et attendit que s'ouvre la petite grille à hauteur d'œil.

– Qui est là ? demanda une voix sèche après de longues minutes. Quelles sont vos affaires avec les Nibelungen ?

– Personne d'autre que moi, Freyja Vanadis. Je viens quérir un forgeron.

– Tu es au moins venue au bon endroit. Mais on ne fonctionne pas comme ça ; un message nous est envoyé, et on livre la marchandise.

– Ai-je fait tout ce chemin pour rien ? s'écria-t-elle d'un air qu'elle voulait outré et déçu. Allons, depuis quand les Nibelungen refusent-ils une belle affaire ? Elle fit son sourire le plus charmeur, celui qui, elle le savait, faisait fondre le cœur des hommes.

Le petit Nibelung grogna et lui ouvrit la porte. Descendant de son escabeau, il lui fit signe de le suivre à travers les couloirs de pierre noire, éclairés de torches, mais eut un mouvement de recul lorsqu'il vit les deux lynx à ses côtés.

– Ces monstres ne rentrent pas ! s'écria-t-il.

– Mes bébés viennent partout avec moi. Rassure-toi, ils ne mangent pas les Nibelungen.

C'était là un outil d'intimidation. Simple femme, et princesse de surcroît, elle était sans défense, en cet endroit inconnu. Exhiber ainsi deux bêtes féroces parfaitement éduquées à ses ordres était un signe de force. Le petit homme grogna, lança un œil torve aux animaux, mais montra la voie.

– Je vais t'amener au roi. Il décidera que faire de toi.

– Ne pourrais-je prendre un bain, d'abord ? Et peut-être manger et boire un peu ? Elle refit son sourire charmeur. Je n'oserais me présenter à ton roi en un tel état.

– Grmpf. Tu pourras faire cela le temps qu'il soit prêt à te recevoir.

Il la mena à travers les larges couloirs de pierre vers une salle de vie, où de nombreux Nibelungen lui jetèrent des regards suspicieux. Ceux qui étaient sur le passage se poussèrent bien vite devant les deux lynx, certains trébuchant, d'autres jurant.

– Qu'est-ce que vous regardez, vous autres ? aboya son guide. Faites place ! Ouste ! Laissez la dame faire sa toilette et revenez plus tard !

Il quitta la pièce après avoir fait apporter une bassine d'eau, de la viande, et un pichet. Freyja retira ses vêtements crottés et nettoya sa peau de nacre à l'aide d'un petit savon brun, voyant avec plaisir la crasse disparaître. Elle remarqua quelques yeux curieux, cachés au détour du couloir, mais n'osa rien dire de peur de provoquer leurs propriétaires. Elle fit du mieux qu'elle put pour les ignorer, concentrant son regard sur les statues de pierre sombre, les tapisseries colorées ou bien les armes pendues aux murs. De son sac, elle sortit l'une de ses plus jolies robes, qu'elle passa bien vite. Elle voulait être aussi belle qu'élégante pour le roi des Nibelungen. Autant le mettre dans de bonnes dispositions avant de lui présenter sa requête. Un joli sourire, un regard charmeur, un tissu fin épousant ses courbes... Elle mangea quelques morceaux d'une viande qu'elle ne reconnut pas, et but quelques gorgées d'un breuvage puissant qui lui était aussi inconnu, et dans lequel elle crut discerner un goût de champignon. Puis elle donna à ses deux lynx un morceau de viande crue chacun.

– Doucement, mes enfants, chuchota-t-elle, il y en aura pour tous les deux. C'est bien, oui, mangez ! Qui sont les plus beaux ? Oui, c'est vous ! Elle rit. Une fois que les lynx eurent fini leur sanglant repas, Freyja prit chacune dans ses bras. Oh, comme je vous aime ! s'exclama-t-elle.

Finalement, son guide revint peu de temps après.

– Le roi Alberich va te recevoir. Suis-moi.

Plusieurs sombres corridors de pierre défilèrent, jusqu'à ce que Freyja et ses lynx pénétrassent dans l'immense salle du trône. Entre les hauts piliers se tenaient de grandes statues, probablement des héros Nibelungen. La jeune femme se demanda un instant s'ils compensaient là leur petite taille. Elle rassembla toute ses bonnes manières féminines et salua :

– Je te remercie pour ton hospitalité, Alberich, roi de Nidavelir.

– Il paraît que tu recherches un forgeron.

Le petit monarque semblait, lui, n'avoir cure des bonnes manières.

– Certes. Il me faut un bijou que je porterai en l'honneur de la Dame. En un geste qu'elle voulait preuve d'assurance, elle caressa la tête de ses deux lynx. Alberich leur lança un coup d'œil méfiant.

– Tu seras présentée à nos meilleurs forgerons. Ce sont quatre frères : Alfrich, Dwalinn, Balinn, et Grer. Tant que tu as la monnaie pour payer...

– J'ai autant d'or qu'il le faudra, assura-t-elle.

– Nous verrons cela. Leur ouvrage est exceptionnel, mais ils demandent parfois un prix... élevé.

Le roi sourit d'un air cruel, sans que Freyja ne comprît.

Dans leur antre, les quatre frères étaient occupés comme des abeilles, allant et venant entre la forge, la réserve, et un tas de notes de cuir et de pierre. Ils ne prêtèrent presque aucune attention à la jeune invitée, et enregistrèrent sa commande d'une oreille distraite. Sur un morceau de peau, elle dessina à l'aide d'un charbon le bijou qu'elle avait vu en rêve éveillé : d'or et d'argent, le collier serait composé de deux cercles se rejoignant à la base, ornés de motifs, et décorés de ronds de cuivre à intervalles réguliers, dans lesquels seraient serties des pierres.

– Si tu sors de nos pattes, ta commande sera prête dans trois jours, lui dit l'un des Nains.

Alors Freyja patienta. Elle passa le plus clair de son temps dehors, loin des souterrains des Nibelungen, aussi bien pour éviter leur triste compagnie que pour respirer un peu d'air frais. Elle faisait courir ses deux lynx ou bien jouait avec eux. À l'intérieur, les Nibelungen s'écartaient d'elle avec des regards emplis de rancœur, mais elle n'aurait su dire si cela était dû à ses deux compagnons animaliers ou bien à sa simple présence ici. En trois jours elle n'eut que peu de contacts avec ce clan. Des oiseaux messagers allaient et venaient de temps en temps, porteurs de commandes diverses et variées. Se promenant dans les couloirs de pierre, elle put constater à quel point les Nibelungen étaient organisés : une partie d'entre eux étaient dévoués au piochage du minerai, loin, loin sous terre, bien après la cité. Mais Freyja ne fut jamais autorisée à pénétrer leurs galeries, étayées par de solides planches de bois ; probablement craignaient-ils qu'elle ne volât quelque chose. Une autre partie ramenait le minerai et le transformait en torrent liquide à la fondrière. Elle ne fut jamais admise sur place non plus. Même dans les couloirs avoisinants la chaleur était insoutenable, et Freyja se demanda comment ils pouvaient supporter cette température. D'autres encore, parmi les plus doués, d'après ce qu'elle avait compris, se chargeaient de la confection des armes, outils et bijoux. Et enfin, une partie des guerriers étaient dédiés à la protection du roi et à la surveillance, probablement pour que personne ne volât quoi que ce fût, encore une fois.

Les trois jours passés, Freyja pénétra dans la forge enténébrée.

– Ton bijou est prêt, lui dit le Nain nommé Alfrich. Maintenant, parlons de ton paiement.

La jeune femme délaça une bourse de sa ceinture.

– Ce ne sera pas nécessaire..., sourit durement Balinn.

– Que voulez-vous dire ? demanda-t-elle, son cœur accélérant malgré elle la cadence.

– Un joli brin de fille comme toi..., dit Dwalinn. On va bien trouver à s'arranger, non ?

Et soudain elle comprit.

– Comment osez-vous ? éructa-t-elle. La colère montait en elle ; en cet instant elle n'aurait rien voulu d'autre que de fracasser le crâne de ces impudents Nains. À ses côtés, ses lynx grondèrent sourdement.

– Tout doux, ma belle, dit Grer. Que tu payes ou pas, nous on s'en moque. On trouvera bien une donzelle à qui revendre ce bout de métal. Si le prix ne te convient pas, tu es libre de partir.

– On avait pourtant compris qu'il te fallait absolument un ouvrage Nibelung empreint de magie, dit Dwalinn.

– « Pour honorer la Dame », cita Balinn avec une voix de fausset.

– Mais si c'est trop cher payé pour ton rite sacré..., renchérit Alfrich.

Freyja se trouvait dos au mur. Elle comprit qu'il fallait parfois faire des sacrifices pour atteindre son but. Ravalant sa colère comme ses larmes et gardant en tête qu'elle agissait pour la Dame, elle afficha son sourire le plus charmeur. Son cœur continuait de battre la chamade, et elle sentait son estomac se révulser. Elle fit tout son possible pour ignorer ces organes récalcitrants.

– Lequel d'entre vous veut commencer ? demanda-t-elle en laissant glisser sa robe le long de ses épaules. Les yeux des Nains s'agrandirent lorsque le tissu glissant dévoila ses courbes.

– Moi ! s'écria Balinn.

– Non, moi ! s'écria plus fort Dwalinn.

– C'est moi l'aîné, c'est moi le premier ! protesta Alfrich.

– Idiots ! On peut y aller tous en même temps, proposa Grer. La jeune dame n'y verra pas d'inconvénient, n'est-ce pas ?

– Bien sûr que non..., sourit-elle alors qu'en son cœur elle hurlait toute sa haine. Je saurai contenter quatre Nibelungen virils comme vous...

Se défaisant de leurs vêtements, ils s'approchèrent d'elle en tremblant. Et tandis que leurs mains caressaient ses seins, ses cuisses, son visage, son intimité, elle faisait abstraction de leur physique grotesque, de leur peau rugueuse, de leur barbe hirsute, et n'avait en tête que l'image de la Dame et des neuf dieux qui la soutenaient et souriaient fièrement de son courage.

Elle s'en fut un peu plus tard, marchant avec difficulté, son collier en main, et se dirigea directement vers la sortie de Nidavelir. Elle avait vu assez de Nains pour toute sa vie ! Quelqu'un lui ouvrit la porte et elle se précipita dehors, avide d'air pur. Elle s'agenouilla au sol et vomit avant de s'écrouler en sanglotant. Elle se haïssait pour avoir partagé la couche des quatre forgerons ; elle se sentait responsable, comme si sa beauté et son charme avait provoqué les Nibelungen à la désirer. Ses deux lynx frottèrent leurs têtes massives contre son épaule, en signe de réconfort, mais elle les sentait à peine. Cette épreuve la rendrait plus forte. Elle *devait* devenir plus forte, car elle était Thein et princesse. La haine qu'elle ressentait pour elle-même changea d'objet pour se reporter sur les hommes ; en quoi était-ce sa faute, s'ils étaient des porcs lubriques ? Elle avait usé de ses charmes pour parvenir à ses fins. Dans un monde où les hommes gouvernaient, quel mal y avait-il à user de ce pouvoir qu'elle exerçait sur eux, malgré son dégoût, malgré son auto-flagellation, si cela lui permettait d'accomplir sa destinée ? Elle n'était pas une catin. Elle était une fille rusée et pleine de ressources, qui n'hésitait pas à faire ce qu'il fallait pour s'en sortir, dans ce monde dur et froid. Elle ne laisserait aucun homme lui dicter sa conduite ni la juger, car ce corps que lui avait donné la Dame lui appartenait, et malheur à qui prétendrait le contraire ! Mais pour le moment elle se laissa aller et sanglota longuement, car après tout, n'était-elle pas encore qu'une toute jeune femme ?

– Siegfried ?

La voix féminine tira le Jarl de sa contemplation.

– Tu passes de plus en plus de temps à regarder la neige tomber, la mine basse et renfrognée, perdu dans tes sombres pensées. Je t'en prie, mon aimé, ouvre-moi ton esprit tourmenté.

Il considéra la petite poupée derrière lui, dans l'embrasure de la halle chaleureuse et enfumée avant de rediriger son regard vers les maisons éparpillées jusqu'à la Grande Porte et la palissade de bois. Il répondit, sans détacher les yeux des blancs flocons qui virevoltaient.

– Mieux vaut que je garde pour moi-même cette rage, de peur que mon visage, à nu et tel qu'il est, ne te repousse et ne t'effraie. Je sens monter en moi une sourde colère qui gronde, si profonde, et embrume mon esprit. Je la sens avec moi, envers moi, de plus en plus grandie, murmurer doucement de sombres et noirs desseins, et finalement je crains qu'elle n'obscurcisse mon juste jugement. Ô mon épouse, ma douce, qu'est-il advenu de Siegfried, jeune forgeron insouciant, qui ne connaissait nul plaisir comme la chasse au cerf au printemps ?

Il caressa distraitement la tête du grand chien qui se tenait droit à ses côtés.

Le Jarlhod était plus éprouvant qu'il ne l'aurait cru. Gérer les affaires d'une cité et des clans qui le suivaient n'était pas chose aisée. Bien plus souvent qu'il ne l'aurait souhaité, il se retrouvait à devoir arbitrer des querelles de fermiers, ou bien à devoir décider quelles dépenses effectuer, et desquelles se priver. Il avait imaginé le Jarlhod plus... épique. Il s'était vu à la tête des clans, chassant les Thurse hors de son domaine, monté sur son superbe cheval Grani, l'un des cadeaux de mariage offert par Gunther. Au lieu de cela, les incessantes plaintes des fermiers, la gestion des réserves et de la bourse, tout cela et bien plus encore pesait sur son esprit, chassant le repos de ses nuits. Et, sous l'assaut de la fatigue, de noires pensées revenaient ; de noires pensées emplies d'un Nibelung décapité, dont la tête tranchée implorait la pitié de son meurtrier.

La jeune femme passa ses bras autour de son cou, se tenant derrière lui.

– Cela fait maintenant plusieurs lunes que nous nous sommes unis et juré notre amour, et la Dame a déjà instillé la vie en moi. Pourtant, seulement maintenant ai-je un bref aperçu de qui tu es vraiment.

Elle l'embrassa tendrement sur la joue.

Il dit dans sa tête, mais non à voix haute, que si elle n'avait jamais vu ce côté-là de lui, alors il avait savamment joué. Au lieu de cela, il posa la main sur celle de la jeune femme.

– Je suis bien fortuné, ma très belle Krimhilde, de t'avoir à mes côtés. Ceci était sincère.

– Oh, je t'en prie ! répliqua-t-elle gaiement. Je sais bien que nos noces n'étaient que politesse, politique et souplesse, pour remercier

Gunther, qui t'offrit une partie de ses terres.

La remarque impertinente lui arracha un sourire. Il aimait ce côté direct, presque innocent, qui la caractérisait tant. Elle était semblable à une enfant, et pourtant elle était déjà une femme.

– C'est bien la vérité. Mais si premièrement je n'avais aucune envie de me marier si tôt, surtout avec une parfaite inconnue, aussi jolie soit-elle, (ce fut à son tour à elle de sourire de la remarque) j'en suis vite venu à réaliser que la Dame m'offrait un vrai présent, dont aujourd'hui encore je ne me sens pas digne.

– Est-ce à dire que tu me considères comme une marchandise, une récompense pour quelque acte de bravoure ?

– Non, bien entendu, je… Il s'arrêta lorsqu'il remarqua sa mine faussement vexée, et tous deux éclatèrent de rire.

– Cela faisait longtemps que je n'avais pas ri de bon cœur, dit-il, tortillant du doigt une des longues mèches blondes de la jeune femme avant de baiser sa main.

– Viens, dit-elle, le prenant par le bras et se dirigeant vers la maison longue, le chien trottant joyeusement derrière eux. Demain nous nous rendons chez mon frère, et la nuit ne fait que commencer…

Le feu brûlait doucement dans l'âtre et baignait la grande halle de Gjunkungar d'une douce lueur chaleureuse. Il était encore tôt dans la soirée, mais le ciel était déjà d'un noir d'encre, en ce jour d'hiver. Installés autour d'une grande table de chêne massif se trouvaient Siegfried, Krimhilde, ainsi que Gunther et Gunnar, et les hommes et femmes du clan. La chaleur ambiante permettait aux convives d'être plus légèrement vêtus ; si la jeune femme favorisait d'élégantes robes pâles brodées de motifs colorés, aux amples manches, et de fins bijoux d'or ou d'argent gravés d'entrelacs, le Jarl préférait porter d'amples tuniques de couleurs sombres, ou noires, enserrées d'une large ceinture arrondie faite de cuir. Pour seul bijou, il ne portait que son précieux anneau et le torc indiquant son Jarlhod.

Le couple mangeait en silence tandis que le maître des lieux faisait la conversation avec bonne humeur, force rires à l'appui.

– Siegfried, mon ami et beau-frère, merci d'être venu en ce soir d'hiver. J'espère que tu fis bonne route.

Le jeune guerrier balaya la question d'un geste de la main.

– Xanten n'est pas si loin d'ici, surtout pour un destrier tel que Grani. Gunther, je te remercie encore de ce présent ; j'aime ce cheval presque comme un frère de clan.

Il rit et fut imité par les convives.

– Les Thurse n'ont pas été un problème sur la route ? D'après mes gens, ils s'approchent de plus en plus des villages.

– En seulement quelques heures de chevauchée, il est peu probable de tomber sur un groupe errant, et puis il fait trop froid pour les bandes de maraudeurs. Ils s'aventurent plus au printemps.

– Bien, bien. Mes frères et sœurs, je lève ma corne à la santé du jeune couple !

Il brandit bien haut sa boisson, suivi avec enthousiasme par les convives, à l'exception de Gunnar, qui n'aurait pas pu montrer moins d'entrain à trinquer s'il en avait eu l'intention. Les serviteurs apportèrent force nourriture, parcourant la halle en slalomant entre les guerriers, criant parfois un « chaud devant ! » lorsque l'attroupement était trop serré. Poissons grillés, élan farci, porc, oie, ainsi que quelques baies et fruits à coque de saison, rien ne manquait. Aux pieds des convives, les chiens se disputaient les restes, ou bien mendiaient quelque morceau supplémentaire. Le jeune Jarl avait à peine donné un morceau de bœuf à un canidé particulièrement intéressé que l'animal déjà revenait. Gunther engloutit un demi-poulet qu'il fit descendre avec une grande gorgée de cervoise avant de présenter une requête au jugement de Siegfried : Il y avait bien loin d'ici, sur une petite île gelée, une reine dont la beauté ne connaissait d'égal que son caractère farouche. Il s'était instantanément épris d'elle déjà plusieurs hivers auparavant, mais elle imposait à ses prétendants de remporter avec brillant succès toutes les épreuves physiques qu'elle leur imposerait avant de la vaincre enfin en combat singulier. Il l'avait vue manier la lance, et savait bien qu'il n'avait contre elle aucune chance. Mais Siegfried, son fier ami, lui qui avait occis un terrible dragon, lui pourrait y parvenir. Il tapa du poing sur la table pour appuyer ses dires.

– Ceci ne signifierait-il pas qu'il me reviendrait de l'épouser ? Siegfried partit d'un rire clair. Gunther, ta sœur est mon épouse, je pensais que tu approuvais notre union.

Le Thein rit de bon cœur.

– Non, mon ami, non. Ce que je te demande, c'est de combattre à ma place, mais de manière à ce que la reine pense qu'il s'agit de moi. J'envisageais de porter un heaume complet, de manière à ce que tu puisses te substituer à moi sans qu'on ne le remarque. Je l'aime, certes, mais plus important : le rattachement de la Burgundia et de cette ancienne colonie des Royaumes Goth pourrait marquer la première pierre d'une union solide entre nos deux royaumes.

– Et puis, tu serais roi..., glissa Gunnar.

– Certes, bien que ce titre serait plus honorifique que réel. Sur l'Île-des-Glaces, c'est le Thing qui gouverne.

– Mieux vaut être roi honorifique plutôt que fermier véritable..., grommela Gunnar.

– Ma foi, mon ami, répliqua gaiement Siegfried, si c'est au nom de l'amour, je veux bien affronter pour toi cette damoiselle ! Elle ne saurait être plus terrible qu'un dragon. En tout cas je le pense. Je l'espère...

Tous (à l'exception de Gunnar) rirent de bon cœur devant la mine faussement inquiète du jeune homme. Gunther annonça qu'ils partiraient au début du printemps, dès que les glaces de la Mer Gelée auraient fondu. Ils manqueraient le Thing national, mais c'est chose nécessaire. Gunnar y représenterait son frère. Siegfried regrettait de ne pouvoir assister à l'assemblée ; il avait hâte d'y prendre part pour la première fois, et de rencontrer les Theinar des trois autres provinces, ainsi que leurs Thingsmenn. Gunther porta son regard sur sa sœur et s'enquit auprès d'elle ; était-elle heureuse, avec son nouvel époux ? Elle n'eut pas le temps de répondre.

– Comment pourrait-il en être ainsi? Unie contre son gré en un terrible affront au fils d'un forgeron, un parvenu surfait à la fortune douteuse, au lieu d'un Jarl issu d'une véritable lignée !

C'était Gunnar qui avait parlé. Krimhilde eut l'air effarée de l'effronterie de son frère, et chaque homme et femme du clan observait un silence stupéfait. Des murmures d'indignation, mais aussi quelques-uns d'approbation, s'élevèrent. Gunther s'apprêtait à répliquer lorsque Siegfried le devança, d'un ton glacial : Son père était certes un forgeron, jamais il ne l'avait nié. Il n'avait nullement honte de ses origines. La fortune qu'il avait gagnée à la pointe de son épée et au péril de sa vie, il la méritait mille fois plus, par la Dame, que les sans-couilles comme Gunnar qui avaient tout reçu à la naissance et n'avaient jamais prouvé leur valeur ! Quant aux épousailles de sa sœur, il le trouvait bien regardant ; aurait-il souhaité être à sa place ? Les deux hommes se levèrent d'un bond, la main sur le pommeau de leur épée, les dents serrées et le regard enflammé. Un silence tendu régnait parmi les gens du clan et les servants, qui tous se tenaient immobiles. Les chiens s'aplatirent au sol en gémissant, et les quelques chats qui supportaient le bruit et la foule décampèrent en courant vers quelque recoin calme et sombre.

– Assez !

La voix tonitruante de Gunther mit fin à la dispute. Il se tenait debout, tous les muscles de son corps massif tendus, sa barbe claire frémissant sous l'effet de la colère.

– Cette halle est un lieu de paix et de fraternité, je ne saurais tolérer pareil affront ! Gunnar, mon frère, Père ne nous a pas élevés de façon à ce que nous manquions de respect à nos invités!

– Il ne nous a pas non plus élevés de façon à ce que nous vendions notre sœur au plus offrant. Je vous laisse à vos babillages ; j'aimerais mieux manger avec les chiens que m'asseoir à la même table que ce baiseur de truie de mercenaire.

Gunnar se leva et, d'une démarche souple et féline, quitta les lieux, sans décrocher le regard de son rival. Gunther s'affala sur son fauteuil et passa une main lasse sur son visage.

– Je te prie de pardonner mon frère, dit-il enfin, lentement. Il ne pensait pas ses paroles, c'était certainement la cervoise qui le faisait parler ainsi.

– Bien au contraire, mon ami. Il m'a toujours détesté, du jour où je suis arrivé. Mais c'est aussi à moi de te présenter mes excuses, ainsi qu'à ma douce épouse. Il n'était pas de bon ton de ma part de rentrer dans son jeu et de répliquer ainsi. Pardonne-moi, Krimhilde, mes mots ont dépassé ma pensée.

Plus tard dans la nuit, le feu brûlait doucement dans la salle de vie. La plupart des hommes et femmes du clan étaient déjà endormis. Krimhilde se déshabillait, assise sur la banquette, dans un coin. Siegfried, torse-nu près de l'âtre, demanda de but en blanc :

– Quel est le problème avec Gunnar ?

La jeune femme se retourna, tout en brossant ses longs cheveux d'or, et réfléchit un moment avant de répondre à voix basse :

– Je pense qu'il est juste jaloux. Tes paroles de tantôt, bien que froidement vexantes, n'étaient pas dénuées d'un fond de vérité. La fortune qu'il a acquise à la naissance, tu l'as méritée grâce à ton courage. Gunnar n'est pas un couard, mais il n'a encore jamais eu l'occasion de prouver sa valeur. Et puis, il m'a toujours porté beaucoup d'affection, il ne veut que ce qu'il y a de meilleur pour moi.

– C'est-à-dire quelqu'un né d'une bonne famille, constata Siegfried en grimaçant.

Elle ne répondit pas mais se plaça derrière lui et l'enlaça de ses bras blanc. Il sentit sur son dos musclé, à travers le fin tissu de la robe, le contact de ses seins, doux et chauds, et celui de son ventre rond, vibrant de vie.

– Peu m'importent tes origines ; je t'aime tel que tu es, Siegfried

Tueur-de-Dragon, dit-elle en lui baisant le cou de ses lèvres délicates.

Elle poussa un cri de surprise ravie lorsqu'il se retourna et la prit dans ses bras, la portant jusqu'à la banquette, couverte de draps de laine et de fourrures, tentant de ne pas réveiller les gens du clan.

L'Île-des-Glaces portait bien son nom ; où que se portât le regard de Siegfried, il ne voyait que des plaines stériles à perte de vue, couronnées par les montagnes aux toits enneigés, non loin de la côte. La grande maison longue de la reine, sise au sommet, était dissimulée par la haute palissade de pieux. A ses côtés, Krimhilde frissonna, et il la serra contre lui pour la réchauffer. La chevauchée n'avait pas été très longue, depuis l'accostage, mais le vent glacial qui battait les avait transis jusqu'aux os. Au Midland, le climat était bien plus clément, même au cœur de l'hiver. Siegfried était certain que son sang s'était déjà changé en glace et que ses os se briseraient à la moindre vibration. Quant à ses yeux, ils n'étaient plus que deux billes sèches enfoncées dans son crâne. Il en vint presque à garder un meilleur souvenir du combat contre le dragon que de son arrivée en ces lieux. Leurs vêtements chauds bordés d'épaisses fourrures et les amples capes dans lesquelles ils s'emmitouflaient ne parvenaient pas à briser l'assaut du vent du nord. Par la Dame, le Seigneur et tous les dieux, comment pouvait-on vivre dans un pareil enfer gelé ? Ils étaient pourtant au printemps. Au coin du feu, empoignant une liqueur fumante, l'enfer lui parut soudainement plus supportable. La halle était agréablement chauffée, et la décoration mêlant pierres apparentes, lambris, armes et peaux suspendues rendait les lieux accueillants et vivants. Les Midlander se trouvaient dans la salle de vie, en compagnie de nombreux autres invités venus assister aux réjouissances. Badauds, guerriers, enfants, prétendants, tous espéraient voir la farouche reine enfin fiancée, sans vraiment trop y croire. Moult mets leur étaient présentés, principalement du poisson, de la raie faisandée et de la viande de chèvre séchée.

– Prends des forces, mon ami, lui conseilla Gunther en avalant une sole entière, dans trois jours tu affronteras la reine la plus terrible de Mannheim, et si tu penses pouvoir la vaincre sans te donner entièrement, tu constateras vite ton erreur. Mais tu t'en apercevras dès demain, où elle traînera dans la boue quelques nobles prétendants trop sûrs d'eux-mêmes.

Siegfried ne répondit pas et avala une gorgée de liqueur, le regard perdu dans le vague. Il caressa distraitement la tête d'un chien curieux qui était venue se poser sur ses genoux. Ces joutes ne lui inspiraient qu'un mauvais pressentiment, sans qu'il ne sût en préciser la nature.

Aux côté de Krimhilde et de son frère, le lendemain, il était installé dans des tribunes de bois, entourant la cour de la cité, surnommée la Forteresse des Glaces. De l'autre côté se trouvait la halle de la reine, entourée des remparts du chemin de ronde, et plusieurs maisons longues à la construction basse affrontaient la brise çà et là. De lourds flocons tombaient du ciel et un vent glacial battait les cheveux, mais les spectateurs étaient chaudement vêtus, et confortablement pelotonnés sous d'épaisses fourrures. Siegfried n'avait somme toute pas trop à se plaindre du froid. Le terrain était assez vaste pour qu'un bon groupe de guerriers s'y affrontât, et il se demanda si un tel espace était vraiment nécessaire pour un duel. Il en comprit la raison lorsqu'il vit la reine se battre.

Il la trouva belle et d'allure à la fois noble et terrible. Vêtue d'une simple jupe blanche fendue sur la longueur jusqu'à la taille, pour plus de liberté de mouvement, et d'un bustier cuirassé épousant sa poitrine royale, Siegfried se demanda si elle était insensible à la morsure du froid. Peut-être pas totalement, car elle portait de lourdes bottes de fourrure et ses mains étaient gantées d'épaisses peaux. Sa cape carmine flottait au vent, enveloppant sa silhouette mince et musclée, et accompagnait de ses mouvements erratiques son immense chevelure platine. Son seul signe de royauté se constituait d'un diadème ailé ceignant son front haut et délicat. Il ne la reconnut pas tout de suite, pas avant que le crieur n'annonçât son arrivée, comme si c'était vraiment chose nécessaire ; tous les regards étaient braqués sur elle.

– La Reine Brynhilde Olafsdottir, de l'Île-des-Glaces !

Brynhilde ? Brynhilde ! Il n'avait plus entendu ce nom depuis deux hivers, et le choc lui coupa le souffle. Etait-ce possible ? Brynhilde était-elle une reine, elle qui s'était occupée d'un simple guerrier blessé, dans une modeste demeure, comme la plus humble des fermières ? Lorsqu'elle s'avança en lice, il en eut la confirmation. Il revit avec exactitude le délicat visage aux pommettes hautes et au regard d'acier, et sa vision se superposa parfaitement à la jeune reine. Il fut soudain conscient de la présence de Krimhilde à ses côtés, ses frêles mains enserrant les siennes, et se recroquevilla sous ses fourrures. S'il avait pu creuser un trou dans la neige et s'y terrer, nul doute qu'il l'aurait fait.

Vainqueur des précédentes épreuves, le prétendant au trône

de l'île s'avança à son tour et salua fièrement la foule de la pointe de son épée. Nul hourra mais un silence glacial l'accueillit. La tension était à son comble. Prudemment il décrivit des cercles autour de la reine, tentant d'analyser son style de combat. Ce qu'il n'eut jamais le temps de faire. Comme une furie, Brynhilde s'élança vers lui et, arrivée à sa hauteur, pivota sur elle-même, faisant tournoyer sa lance à toute vitesse. Le guerrier n'eut que le temps de parer le coup de son bouclier, ce qui lui fit poser un genou en terre. Brynhilde lui expédia son pied botté dans le plexus et l'envoya face contre terre dans la neige. L'homme se releva et secoua la tête. Brynhilde, impassible, le regard farouche et indomptable, pointa sa lance en sa direction, en un geste de défi.

L'homme chargea et asséna en direction de la reine un magistral coup d'épée qui lui aurait certainement valu la victoire, n'eut-il manqué sa cible. Sa cotte de mailles vola en éclat et son casque voltigea sous la puissance du coup de représailles ; dans un même mouvement, Brynhilde avait esquivé, accompagnant l'attaque, et répliqué d'un violent arc de cercle dans le dos du guerrier. Elle tourna autour de lui, attendant qu'il se relève. Siegfried réalisa qu'elle n'était pas seulement une guerrière incroyable, elle était aussi une femme d'honneur, indigne de frapper un guerrier à terre ; elle méritait d'autant plus ses nombreuses victoires. Concentrée sur le combat, elle se rapprocha du côté des tribunes où siégeait Siegfried, et l'aperçut du coin de l'œil. La scène resta gravée à jamais dans la mémoire du jeune Jarl : Brynhilde le voit d'abord sans le remarquer ; puis son esprit fait le rapprochement, et elle tourne les yeux vers lui, une expression confuse sur son visage guerrier ; ses yeux s'étrécissent d'abord, et l'on peut y lire le doute ; puis ils s'agrandissent lorsqu'elle remarque la superbe jeune femme à ses côtés ; puis ils s'étrécissent à nouveau, cette fois non pas de confusion mais de rage ; ses mâchoires se contractent et ses yeux fulminent ; puis le poing ganté la frappe en plein visage, et elle reporte à nouveau toute son attention sur le combat.

Brynhilde était comme un ouragan ; elle tournoyait sur elle-même, assénant un déluge de coups circulaires au guerrier qui avait eu l'outrecuidance de la frapper alors que son attention était ailleurs. Siegfried savait, oh oui il savait, qu'elle passait toute sa rage sur son adversaire, furibonde qu'elle était contre son ancien amant. L'homme n'eut pas la moindre chance ; le reste de sa cotte de mailles vola en éclat avec son bouclier, son nez fut brisé, son épée envoyée dans la neige à plusieurs pieds de distance. Finalement, il gisait à terre, essayant vainement de se relever. La reine le toisait, les yeux écarquillés et les dents serrées, sa lance suspendue dans les airs, prête à donner le coup de grâce. La tribune entière retenait son souffle, redoutant le trépas imminent de l'infortuné guerrier. Avec un hurlement, Brynhilde planta sa lance dans la neige à quelques centimètres du visage de son ennemi vaincu et tourna sèchement les talons, désertant la lice. Cette nouvelle série d'épreuve se solderait encore par l'absence d'un roi. Sans un mot Siegfried se leva et se dirigea vers la halle, son épouse sur les talons.

– Tu sembles avoir vu un Troll, mon aimé. Que se passe-t-il ?

L'inquiétude était facile à lire sur le visage de Krimhilde. Siegfried était assis sur la banquette, contemplant vaguement le liquide ondulant du Skyr chaud qu'il tenait entre ses mains. Le feu vif dans l'âtre central ne parvenait pas à souffler le froid qu'il ressentait à l'intérieur de son corps. Dans sa tête défilaient des images du passé : L'intérieur chaleureux du petit logis ; le visage à la fois fier et délicat de Brynhilde. Ses longues mèches d'or liquide ; ses mains fines aux ongles blancs ; son regard couleur d'acier, empreint aussi bien de détermination que de tendresse, aussi dur que passionné. Il n'avait pas menti lorsqu'il lui avait dit qu'il la chérirait toujours. Il aimait également Krimhilde, mais elle n'était que douceur et réconfort. Elle était une princesse délicate, qu'il fallait protéger comme un trésor fragile, non une reine guerrière offrant un défi permanent. Bien qu'il ignorât cet aspect-là de Brynhilde lors de leur première rencontre, il l'avait lu en elle ; dans sa posture, son regard, son air noble et fier, parfois même arrogant. Parlant bas pour ne pas être entendu des autres occupants de la salle commune, il choisit de n'en rien dire à sa jeune épouse, de peur de briser cet être fragile ; il prétendit simplement douter de parvenir à vaincre une telle furie et craindre non la défaite mais de décevoir Gunther, qui avait placé en lui sa confiance la plus totale. Le pauvre homme était persuadé que Siegfried allait triompher sans même fournir d'effort. Elle s'assit derrière lui et l'enlaça, lui baisant le cou. Elle lui murmura des mots d'encouragement ; elle était sure qu'il vaincrait. Elle croyait en lui, et Gunther également. Après tout, n'avait-il pas vaincu un dragon à lui seul ? Sa confiance aveugle lui arracha un sourire dont l'amertume échappa probablement à la jeune femme. Il était un homme chanceux, que de l'avoir à ses côtés. Parfois il se sentait indigne de son soutien.

Plus tard dans la journée, il déambulait dans les steppes

gelées au pied de la montagne, figure solitaire sur la plaine face à la mer. Le lendemain, il devrait affronter les terribles épreuves en tant que Gunther, Thein de Burgundia. Dans son errance, il cherchait simplement à vider son esprit de toutes les pensées qui le tourmentaient. Notamment toutes les pensées concernant Brynhilde...

– Ainsi c'était bien toi. Mes yeux ne m'avaient pas trompée. Tu es loin de chez toi, jeune Westphalien.

Il reconnut instantanément la voix forte et mélodieuse et fit volte-face. Elle se tenait devant lui, sur la montée menant vers la halle, le toisant de toute sa hauteur. Sa cape rouge vif brodée de motifs entrelacés dorés ainsi que ses cheveux platine flottaient au vent, et ses yeux arboraient une expression à la fois dure et blessée. Ils ne semblaient toutefois pas dénués d'affection. La reine reprit :

– Tu as un beau courage pour t'afficher ainsi sans même t'annoncer, avec à ton bras droit cette blanche poupée, toute de porcelaine, et déjà engrossée, de surcroît. Est-ce là toute l'importance que tu accordes au vœu que tu m'as fait ?

– Krimhilde Gjukisdottir est mon épouse, j'en fis vœu devant la Dame et le Seigneur. Je le respecterai jusqu'à ce que je meure.

Un éclair de douleur passa dans les yeux acier de la reine. Peut-être la réplique n'avait-elle pas été appropriée. Elle soupira et passa une main délicate dans ses cheveux.

– Tout ceci était écrit, je l'ai vu dans les flammes le soir même où nous nous sommes aimés. N'aie crainte, ta douce poupée n'en saura jamais rien. La reine de l'Île-des-Glaces n'est pas sans honneur.

Il opina du chef en signe de remerciement.

- Ton comportement n'était pas celui d'une reine, lorsque tu me recueillis dans une humble chaumière. Est-ce ton plaisir secret que de jouer les filles de fermier ?

Elle partit d'un rire clair, à la fois chaleureux et condescendant.

- Tu n'as pas perdu ta repartie, guerrier ! Sache que je t'ai recueilli lors de l'un de mes périples sur le continent. J'ai envoyé la famille qui vivait dans la chaumière que tu as vue loger quelque temps à la halle de l'un de mes prétendants, afin de panser tes blessures. Reine ou pas, il est du devoir de toute femme de porter assistance à un guerrier mourant. Ce que j'ai fait, je l'aurais fait pour quiconque.

- Y compris te donner à lui ?

Ce fut cette fois un éclair de rage qui passa dans les yeux de la reine.

- Surveille tes paroles, jeune homme. Tu es peut-être venu à bout d'un dragon, mais ne sous-estime pas la furie d'une femme blessée dans son honneur. Je ne réponds de mes actes que devant la Dame, et si tu doutes de la sincérité de mon engagement, repense simplement au fait que je rosse impitoyablement chacun de mes prétendants.

Il ne répondit rien. Elle avait raison. Il sentit ses oreilles s'échauffer et ses joues s'empourprer de honte. Elle dût le remarquer, car elle esquissa un sourire en coin.

- J'accepte tes excuses, guerrier. Puisque tu es déjà marié, j'en déduis que tu n'es pas venu là pour obtenir ma main. A moins que tu ne te penses capable de me tenir comme concubine ?

Bien que ce fut une pique, l'idée lui traversa un instant l'esprit ; les posséder toutes deux, sans plus être tourmenté par les élans de son être. Mais la vision se dissipa bien vite ; il savait très bien ne pas faire le poids face à ces deux femmes au caractère si différent. Et il ne pensait pas Brynhilde être femme à partager, encore moins en tant que simple concubine. Finalement il choisit de répondre par un demi-mensonge :

– J'accompagne le Thein Gunther Gjukison, de Burgundia, qui espère faire de toi sa promise. Il est mon ami et mon beau-frère, et je suis venu assister à son triomphe.

Elle partit à nouveau d'un rire clair, plus franc et authentique cette fois.

– Crois-moi, mon prince, un seul homme est capable de me vaincre en combat singulier. Un seul, répéta-t-elle en plantant son regard d'acier dans ses yeux. Nous nous reverrons bientôt, et tu pourras panser les blessures de ton ami après qu'il aura frôlé la mort. La Dame veille sur toi, guerrier. Puis elle tourna les talons et disparut.

La Dame veille sur lui, en effet ; le lendemain serait une rude journée Il rentrait à la halle à la nuit tombante lorsqu'un bruissement d'aile attira son attention. Se retournant, il sursauta ; en un éclair il tenait Balmung entre ses mains, prêt à frapper.

– La paix, farouche guerrier, lui dit une voix familière.

L'homme sans âge lui faisait face, vêtu de la même façon que lors de leur première rencontre, devant la caverne du dragon Fafnir. Siegfried lui lança un regard suspicieux.

– Ta présence en ces lieux est de mauvais augure. N'ai-je donc pas raison, prophète énigmatique ? Quand tantôt je suivis tes conseils prophétiques, j'ai bien failli sceller ma propre sépulture.

Son visiteur nocturne rit doucement.

- Pourtant tu es bien là, grâce à mes justes mots. Si tu comptes conquérir pour ton ami Gunther la belle reine guerrière, écoute donc à nouveau ce que j'ai à te dire.

L'intérêt de Siegfried était piqué ; il se demandait comment l'homme était au courant de leur entourloupe. Mais finalement, ceci importait peu.

- La force quasi divine de la reine guerrière vient d'une ceinture altière qu'elle porte à sa taille fine, enchâssée d'une rune. Voici là le trésor transmis dans sa famille, relique du Deuxième Âge, depuis trente mille lunes. L'étonnement et la révérence traversèrent Siegfried. Les runes, symboles mystiques représentant un mot de pouvoir...

- Si tu veux t'assurer une victoire aisée, la veille du combat, tu iras voir la reine. Je te laisse la peine d'imaginer pour quoi. Tu n'auras plus alors qu'à prendre sa ceinture et l'échanger bien sûr contre cette réplique d'or, inerte de magie.

Il lui tendit une magnifique ceinture large, ornée d'une gemme émeraude.

- Tu auras certainement pour cela toute la nuit. Son rire bas était empreint de sous-entendus. Ignorant le regard noir du guerrier, il continua : Tu tâcheras plus tard d'échanger à nouveau l'objet et sa copie. Il te faudra aussi maintenir l'entropie ; pour que la reine des glaces ne se doute de rien, il ne suffira point pour qu'illusion se fasse, de revêtir le casque de Gunther ton ami. De ne pas te voir sis, tomberait alors le masque, et Brynhilde comprendrait que c'est toi qu'elle combat. Elle te connaît bien mieux que quiconque en ces lieux. Mais si c'est bien Gunther qu'elle voit en face d'elle et que

Siegfried est là, assis dans les tribunes, quelle raison aurait-elle d'encore douter ? Aucune. Il lui tendit un masque de métal à la surface parfaitement lisse. Cet artefact forgé par les Nibelungen donnera l'illusion pour peu que l'on se tienne ni trop près ni trop loin que tu es bien présent.

Siegfried lança un regard suspicieux tour à tour au mystérieux artefact qui semblait vibrer de magie et au mystérieux visiteur. Se retournant pour ranger le masque dans sa besace, il demanda, sans trop s'attendre à une réponse, quelles raisons poussaient ce prophète à l'aider. Un bruissement d'ailes retentit, et lorsque Siegfried regarda de nouveau derrière lui, l'homme avait disparu. Sitôt rentré à la halle, il prit Gunther par le bras et l'emmena dans un coin désert afin de lui faire part des événements récents.

– Je ne sais trop..., dit le Thein en faisant la moue. Un masque forgé par les Nibelungen, donné par un mystérieux prophète qui se volatilise... Cette histoire sent mauvais...

– Je penserais comme toi, ce Grimnir ne m'aurait-il pas aidé à tuer le dragon, répondit Siegfried en faisant jouer le masque entre ses doigts.

– Donne-le-moi, nous allons voir si ce bout de métal fait bien illusion.

– En es-tu sûr ? Ce pourrait être un piège...

– Il existe des moyens bien plus simples d'occire un homme que d'inventer une histoire farfelue afin qu'il mette un masque empoisonné sur son visage, rit Gunther. Donne.

Siegfried lui tendit l'objet, qu'il enfila prestement. Instantanément l'air sembla se tordre autour du métal, et au bout de quelques secondes le jeune homme eut vraiment l'impression de contempler devant lui son propre reflet en lieu et place de Gunter.

– Quel ouvrage prodigieux..., souffla-t-il. Que ressens-tu sous ce masque ?

– Rien de particulier. J'en déduis par ta réaction que l'illusion fonctionne.

– Tu conserves toutefois ta propre voix, constata le jeune Jarl. Et ton visage est statique même lorsque tu parles.

– J'essaierai de ne m'adresser à personne en chemin, rit son beau-frère en retirant le masque, qui reprit sa surface lisse. Cache ce précieux objet et retournons à la halle nous reposer pour la soirée. Demain sera une rude journée, surtout pour toi...

Une nouvelle série d'épreuves allait désormais prendre place. La vainqueur obtiendrait l'insigne honneur d'affronter la reine en combat singulier, et deviendrait le roi de l'Île-des-Glaces s'il l'emportait. Les prétendants étaient en lice. Les premières épreuves furent relativement simples pour le jeune guerrier ; il dut lancer des javelots et des rochers, et, monté, attraper de la pointe de sa lance des cerceaux de bois. Presque tous les concurrents furent victorieux.

Nombreux furent ceux qui rentrèrent chez eux la queue entre les jambes à la série suivante. Sur le terrain d'exercice, les prétendants s'affrontèrent d'abord en combats de groupes, puis en combats singuliers. Siegfried était méconnaissable, portant le casque de Gunther, couvrant intégralement le haut de son visage et son nez, pour finir par une solide cotte de mailles. Seuls ses yeux couleur d'acier restaient visibles. Il faisait tournoyer une lourde masse et fendait les boucliers, projetant au sol ses adversaires, en plein cœur de la mêlée. On eut dit un furieux tourbillon. L'un des combattants plus téméraires mais aussi moins courageux que les autres lui asséna un magistral coup sur le crâne, de dos, cabossant son casque. Contrairement à l'audience, Siegfried ne fut même pas surpris de ne presque pas ressentir le choc titanesque, tant la fureur du combat l'imprégnait. Il vit du coin de l'œil Brynhilde le dévorant du regard, du haut de son estrade de bois surplombant la lice, une expression indéchiffrable sur son minois aristocratique. Siegfried se retourna presque négligemment, et envoya d'un revers l'outrecuidant les quatre fers en l'air malgré son bouclier. L'homme ne se releva pas.

Un grand cercle s'était formé autour de Siegfried. Circonspects, les quelques combattants restant, une dizaine, tournaient lentement autour de lui, semblant s'être provisoirement alliés contre leur plus redoutable adversaire. Un cor interrompit leur manœuvre. Brynhilde annonça de sa voix forte que tous les braves guerriers restants étaient qualifiés pour la prochaine épreuve ; ils s'étaient vaillamment battus. Elle affichait un sourire à la fois condescendant et satisfait. Siegfried, qui y déchiffra le plaisir de voir son ego flatté par tant d'attention, de même que l'assurance qu'aucun de ces hommes n'était en mesure de lui faire face. En un geste de défi, il pointa sa masse en direction de la reine et salua. La jeune femme lui lança un regard intrigué et amusé, comme pour dire : « tu sembles bien sûr de toi, guerrier, j'ai grande hâte de voir ce dont tu es réellement capable. »

Après un repos fort bien mérité, les duels commencèrent. La reine, toujours sur son estrade, toisait les guerriers en lice. Siegfried/Gunther la fixait du regard, la main posée sur le pommeau de son épée. Il ne prêta aucune attention aux participants s'affrontant au premier sang, attendant son tour comme le loup attendant de frapper. Lorsque l'heure fut venue d'entrer en lice, nul encouragement, nul applaudissement ou huée, seul un silence tendu l'accueillit. Chacun retenait son souffle, attendant de voir le tourbillon en action.

Son premier adversaire fut un jeune chef de clan d'une terre lointaine, au regard déterminé malgré son évidente inexpérience du combat. Il chargea avec plus d'entrain que de savoir-faire, et Siegfried n'eut aucun mal à esquiver l'homme qui, emporté par son élan, manqua s'écraser dans la neige. Il se retourna, et quelques passes d'armes furent échangées. Siegfried jetait sans cesse des coups d'œil à la reine, tout en gardant son adversaire à distance. Après une esquive particulièrement bien placée, il envoya son pied botté dans l'estomac du jeune homme, qui fut projeté à plusieurs pieds par l'impact. Il se releva rageusement et chargea. Siegfried para de son bouclier, contra, et d'un mouvement vif se plaça derrière son adversaire. Le temps que celui-ci se retourne, la lame acérée de l'épée de Gunther caressait déjà sa gorge exposée. Il sut s'avouer vaincu, bien que ses yeux conservassent cette lueur de défi mêlé de fierté. Soudain, comme si elle se réveillait d'une transe, la foule acclama celui qu'elle semblait considérer déjà comme son champion.

Le suivant était un immense guerrier Jotun à l'armure de cuir rouge fourrée, surmontée d'une peau d'ours. Siegfried était fort surpris de voir un Thurse solitaire si loin de chez lui, et surtout ayant un autre but que de piller. Il l'affronterait toutefois non comme un ennemi de son royaume, mais comme un noble adversaire. L'épée du géant faisait presque la taille d'un homme, mais il la maniait avec aisance. Malgré tout, son impressionnante force ne lui conférait pas autant de vitesse avec une telle arme qu'avec une épée plus modeste. Siegfried n'eut grand mal à esquiver ses coups, certes dévastateurs mais prévisibles. Il avait compris que du fait du poids d'une telle lame, le géant était forcé de frapper dans quelques directions seulement, et d'utiliser la force centrifuge à son avantage. Siegfried esquiva les attaques, parfaitement conscient qu'une parade lui briserait à coup sûr tous les os du bras. Petit à petit, il fut acculé au bord de la lice, réduisant ainsi son champ d'action. L'une des tornades de son adversaire manqua le toucher à l'épaule, mais il se jeta au sol, et l'immense épée fendit le bois en une myriade d'éclats. À terre, il rampa tout en parant les coups légers que le géant rouge lui portait, jusqu'à finalement parvenir à déséquilibrer celui-ci d'un coup de pied dans les chevilles. Avec une souplesse étonnante pour sa carrure, l'homme fut debout en un éclair. Ils se fixèrent du regard de longues secondes et Siegfried sut que le géant mettrait toute son énergie dans ce dernier coup. Étonnamment rapide, l'immense lame tournoya vers lui. Siegfried plia les genoux, accompagna le mouvement rotatif de son opposant, emprisonna son bras dans une clé, et pointa symboliquement sa lame sur le cœur adverse. Le géant jeta son épée de rage et la foule exprima sa passion.

Le troisième combat fut le dernier. Tous les autres participants avaient été éliminés, à l'exception de Siegfried et de l'homme élancé au casque orné de bois. Son accoutrement était inhabituel, orné de feuilles d'or et d'argent, et ses yeux semblaient luire derrière la visière. De quel royaume pouvait-il venir ? Siegfried n'avait jamais vu un tel homme. Le combattant victorieux aurait l'insigne honneur d'affronter la Reine Guerrière. Se battant sans bouclier, l'homme était agile et rapide, et à plusieurs reprises manqua sa cible de peu. Seuls les réflexes exacerbés de Siegfried lui évitèrent cuisante défaite. Contrairement au géant à la lourde épée, ce guerrier-là maniait fine lame, visiblement très légère. Siegfried savait que son unique chance de victoire reposait sur un seul détail : la différence d'allonge. L'arme de Gunther, parfaitement équilibrée, était bien plus longue que la fine lame adverse.

Parant une nouvelle rafale d'attaques, le jeune homme fit volte-face et courut jusqu'au bord de la lice. Son adversaire, rapide comme la foudre, chargea et n'esquiva que de justesse la frappe circulaire qui lui fut portée. Siegfried ne lui laissa pas le temps de regagner l'équilibre ; il frappait en tous sens, utilisant toute la longueur de sa lame. L'autre n'avait pas la moindre ouverture, et la taille réduite de son arme ne lui permettait aucune percée. Il recula de plus en plus, jusqu'à atteindre le bord opposé de la lice. Une fois acculé, il n'eut plus le choix : il plia les genoux et bondit en direction de Siegfried, agile comme un grand chat. La pointe de sa lame allait toucher l'épaule de sa cible lorsque l'épée de Gunther mordit ses chairs. Il fut envoyé à terre, endiguant d'une main l'hémorragie qui couvrait d'un filet grenat tout son bras. Il jeta un œil à sa blessure et grimaça ; seule la parfaite maîtrise de Siegfried lui avait évité l'amputation. Il planta son arme dans le sol neigeux et s'inclina bien bas. La foule laissa éclater sa liesse et acclama son champion.

– Ton succès auprès de la gent féminine semble croître de jour en jour, Maître Gunther Gjukison. Tes exploits guerriers ne laissent pas les demoiselles indifférentes.

C'était Brynhilde qui parlait. Elle considérait son hôte d'un regard intense, lui accordant un léger sourire. Chacun dévorait avec appétit force poissons et viande séchée, accompagnés d'hydromel ou de Skyr.

– Pourtant, ma reine, répondit-il, une seule femme ici présente fait l'objet de mes désirs. Je n'ai d'attention pour nulle autre qu'elle. Appuyant ses dires, il planta son regard dans les yeux azurs de la dame.

– Siegfried, parle sincèrement : quel secret cache ton étonnant ami ?

Le jeune homme choisit de répondre par un demi-mensonge :

– Nul autre secret que celui qui se cache derrière ton invincibilité, ma reine.

Elle sourit doucement.

– Les dieux détermineront demain quel secret l'emportera sur l'autre, en ce cas.

Les convives s'étaient presque tous endormis, sur les banquettes de la salle de vie surpeuplée, tandis que Siegfried restait assis au coin du feu, le visage sombre et pensif. Il ressentait un malaise que de mentir à son ancienne amante, à son fidèle ami, à sa douce épouse, et pis encore : à lui-même. Une jeune servante vint le tirer de ses sombres tourments ; la reine souhaitait s'entretenir avec lui. Il fut escorté jusqu'à une maison longue non loin de la halle, et par trois fois la servante frappa, ouvrit la porte puis s'en fut, toujours tête respectueusement basse. La pièce était spacieuse et confortable, mais non outrancièrement luxueuse. Là aussi, la chaleur de l'âtre teintait les lieux de mordoré. Brynhilde était sise sur sa banquette couverte de peaux et de fourrures, vêtue d'une simple robe opaline, ses cheveux lâchés inondant ses reins et ses épaules. Disparus ses atours et son diadème, et disparue sa présence altière de reine. Pendant un instant, Siegfried cessa de respirer, lorsque son regard se posa sur elle. Du haut de son estrade, parée de ses attributs royaux, elle semblait glaciale et inaccessible, mais ce soir-là, le jeune Jarl revit la superbe femme, de chaleur et de passion faite, qui lui avait sauvé la vie et avait partagé sa couche. Il la salua en s'inclinant bien bas, l'appelant par son titre.

– Oublie donc les protocoles. Ce soir, je ne suis pas reine, mais simplement Brynhilde, et nous parlerons d'homme à femme, sans plus d'ambages.

Elle désigna un confortable fauteuil près de l'âtre, l'invitant à s'asseoir, puis saisit un pichet et lui servit elle-même une corne d'hydromel.

– Ton ami est un bien étrange personnage. Le connais-tu depuis longtemps ?

– M'as-tu fait mander pour me soutirer quelque information sur ton futur époux ?

– Peut-être... Connaître son adversaire est la clé de la victoire, n'est-ce pas ?

– Moi qui pensais que tu cherchais simplement ma compagnie...

– Avec un enjeu d'une telle taille, peux-tu réellement m'en vouloir ? Toutefois, les deux ne sont pas mutuellement exclusifs...

Désormais debout, elle se pencha sur le jeune homme, les

mains posées sur les accoudoirs du fauteuil. Il ne put s'empêcher de laisser son regard glisser vers le décolleté royal. La présence si proche du corps brûlant de la reine mettait ses nerfs à vif. Il sentait sur lui son haleine douce, et les délices de ses baisers lui revinrent en mémoire.

– Il est déloyal d'user de tes charmes..., grinça-t-il en fermant les yeux.

Elle se redressa en riant et se dirigea vers la banquette, sur laquelle elle s'allongea de côté. Elle le considéra avec un sourire et un regard espiègles.

– Une femme doit savoir ce qu'il lui faut faire, pour survivre en ce monde. Mais tu ne m'as pas répondu : Quel secret se cache derrière ton surprenant ami ?

– Que veux-tu dire par là ?

– Il est si différent selon qu'il combat ou non ; dans l'arène, il est pareil à un loup furieux, prudent et redoutable. En dehors, il est bon et souriant, et son rire domine la conversation. C'est comme si deux Gunther existaient.

Elle ne pouvait soupçonner l'existence du mystérieux artefact, mais elle était proche de la vérité. Siegfried choisit encore une fois d'éluder la question.

– Peut-être est-il comme toi ; ce soir tu es une femme de chair et de sang, à la chaleur presque palpable, alors que tout à l'heure encore tu étais une reine éthérée, impassible et glaciale. L'on pourrait dire également que deux femmes partagent le nom de Brynhilde Olafsdottir.

Elle sourit doucement.

– Tu as raison. Nous avons tous un rôle à tenir, mais il nous faut laisser tomber le masque par moments. Ce soir, je suis toute femme, Siegfried, telle que tu m'as connue lorsque je te recueillis agonisant dans la neige et le froid.

Ce disant, elle se leva et se dirigea vers le jeune homme. A nouveau elle se pencha sur lui, plus près encore.

– Tu m'as juré ton amour, ce jour-là, lui rappela-t-elle. Comme il ne répondait pas, elle poursuivit : Laisse-moi te conter une histoire. Lorsque j'avais à peine treize hivers, je m'épris d'un garçon, plus âgé que moi, il est vrai, mais néanmoins jeune. Il était le fils de l'un des Thingsmenn de mon père. Les augures de la Dame, que je lus dans les cendres, m'annonçait qu'il n'était pas mon champion, mais je n'en fis aucun cas et lui annonçai mon affection. Je lui offris mon cœur, mon corps, et lorsque je lui avouai plus tard envisager une union officielle, il devint distant, fuyant. Je finis par le confronter, après l'avoir isolé dans une grange, et sais-tu ce qu'il me répondit ?

– « Tu es très belle, Brynhilde, dit-il sans me regarder, mais tu es... Tu es trop impulsive ! Tu souhaites toujours tout contrôler, mais je suis un homme libre ! » Il dit ceci sans rire, imagines-tu ? « J'ai beaucoup aimé partager ta couche mais je ne t'épouserai pas, malgré ta position de Princesse des Glaces. Je préfère me trouver une femme plus conciliante et mener une vie plus insouciante ! »

– Ce jour-là j'appris une chose. J'appris que les hommes ne sont que des lâches, effrayés à l'idée qu'une femme ait plus de pouvoir qu'eux. Je me jurai, devant Donar, devant Beyla, devant la Dame, de ne laisser aucun homme me prendre, aucun autre que le champion qui me serait envoyé par les dieux. Plus tard, mon père voulut me marier à l'un de ses Theinar, un vieux porc lubrique de quatre fois mon âge, pour une histoire d'alliance entre nos familles. Tous, dans la halle où se tenait le banquet pour officialiser cette annonce, tous rirent lorsque, de colère, je le provoquai en duel honorable, devant les dieux. Si je gagnais, je resterais célibataire. S'il était vainqueur, j'accepterais de l'épouser, conformément aux volontés de la Dame.

– Il me prit de haut. Il dit, avec toute la condescendance qu'il put trouver en lui : « Je vais quelque peu calmer les ardeurs de cette donzelle, et lui montrer ce qu'est un vrai homme. Mais n'aie crainte, mon roi, je ne l'abîmerai guère trop ; après tout, il s'agit de ma future épouse ! » J'allais leur prouver, à tous ces... tous ces hommes, j'allais leur prouver qu'une femme pouvait être leur égale, même les surpasser ! Les rires cessèrent bien vite lorsque la pointe de ma lance s'enfonça en son cœur. Plus jamais père ne tenta de me forcer à convoler en noces. Je savais que Beyla m'enverrait un jour son champion. Alors... Alors quand je te vis avec cette... cette oie !

Elle tourna les talons, de rage.

– Je suis un homme différent aujourd'hui. Le jeune garçon insouciant et heureux est mort le soir où j'ai tué mon père.

Elle prit son visage d'une main et le força à la regarder. Son expression était dure et empreinte de compassion à la fois. Il sentit sa curiosité, bien qu'elle ne demandât rien de plus. Alors que de sombres souvenirs refaisaient surface, il lui raconta l'accident ; il était encore intoxiqué par les poisons du dragon, à peine revenu d'entre les morts. Il avait cru que son père voulait lui dérober son trésor, alors la dispute avait éclaté. Il ne savait comment Balmung trancha sa tête... Il —

Un baiser féroce coupa court à son discours. Un baiser à la fois tendre et passionnel, qui, bien mieux que les mots, signifiait un ardent désir de combler le vide que ressentait le jeune homme, de restaurer son unité brisée, de faire disparaître à jamais toute trace de douleur et de chagrin. Soudain il oublia tout : sa culpabilité, le meurtre de son père, son épouse, son ami ; rien d'autre ne subsistait que la passion. Jamais Krimhilde, malgré toute sa douceur et son attention, ne lui avait apporté telle plénitude. Il était le vent dans les arbres, le courant dans un fleuve, les flammes d'un feu sauvage, le cœur dense du métal, le cerf en pleine course. Il était un dieu, et elle était une déesse.

Il s'éveilla soudainement tard dans la nuit. Le grand feu n'était plus que braises ardentes au fond de l'âtre. Contre lui, il sentit le corps tiède et doux de la reine, ses seins nus pressés contre sa poitrine. Il repoussa délicatement le bras royal qui l'enserrait ainsi que le chat qui s'était couché au creux de ses genoux et se releva, cherchant du regard ses vêtements, éparpillés là où ils avaient atterri, jetés négligemment dans le feu de la passion. Deux corbeaux étaient posés sur le rebord de l'ouverture au plafond, et semblaient l'observer de leurs yeux profonds. Cette vision lui rappela une tâche qu'il lui restait encore à accomplir. Il récupéra sa besace et en extirpa une ceinture féminine. Fouillant dans les affaires de la reine, il trouva l'originale, celle qui lui conférait sa force surhumaine. La réplique était parfaite ; Siegfried n'aurait su les différencier de lui-même. Il reposa avec la robe de la reine la ceinture factice et rangea l'originale dans son sac, ignorant la nausée qui le gagnait.

Il se vêtit en hâte, espérant que Krimhilde ne remarquerait

pas l'heure tardive à laquelle il la rejoignait en sa couche. Il songea un instant à réveiller la reine pour justifier de son départ précipité, mais choisit de n'en rien faire ; de plus, nulle formulation adroite ne lui vint à l'esprit. Laissant la belle endormie, il rejoignit la pièce de vie à pas de loup, se glissant sous les fourrures auprès de son épouse. Il enserra son corps délicat entre ses bras, posant une main sur son cœur, et enfouit son visage dans sa chevelure, fermant les yeux.

Un violent coup sur le casque le ramena à la réalité. Face à lui, une furie s'apprêtait à frapper de nouveau. Dès l'engagement du combat Siegfried avait remarqué que la reine ne cessait de regarder brièvement en direction de l'image qui le représentait dans les tribunes. Ils ne s'étaient pas recroisés depuis la veille, où il partagea sa couche. Il sentait clairement qu'elle canalisait sur son adversaire toute sa rage envers son amant. La frustration, la jalousie, la douleur de la reine étaient comme palpables. Siegfried ne goûtait guère l'ironie d'une telle situation ; la reine ignorait qu'elle combattait bel et bien l'objet de sa prime fureur.

Il fit face à la dame courroucée. Les deux adversaires se tournèrent lentement autour, s'observant comme deux loups s'apprêtant à frapper. D'un geste vif, elle attaqua d'estoc, tentant de percer les défenses de Siegfried avant qu'il ne puisse réagir. La pointe glissa sur la cotte de mailles du jeune homme sans l'entamer, ne lui infligeant que longue estafilade ; la reine considéra son arme d'un air à la fois furibond et incrédule, comme si elle s'était attendue à ce que la maille n'éclate sous l'impact. Siegfried contre-attaqua : empoignant son épée à deux mains, il frappa verticalement.

Brynhilde para en tenant sa lance de manière horizontale, et dut mettre un genou en terre sous la force du coup. Le jeune guerrier ne lui laissa aucun répit : il frappait à coups répétés sur la longue lance, tant et si bien que la reine se retrouva presque au sol. Elle se releva, sifflant un juron fort bien senti entre ses dents. Nerveusement, elle porta la main à sa ceinture, comme pour s'assurer de sa présence. Elle y accorda même un bref regard, vérifiant de visu qu'elle portait bien le bon vêtement. Siegfried sut instantanément : la reine sentait que quelque chose n'allait pas. Il devait mettre fin au combat au plus vite. Mais Brynhilde s'était déjà reprise : un déluge d'estafilades plut sur le guerrier, et il ne put que lever hâtivement son bouclier en reculant de plus en plus.

L'expression de fureur et de haine mêlées de son amante lui glaça les sangs ; il ne savait qui était réellement Brynhilde, de la reine hautaine et glaciale, de la femme de chaleur et de passion faite, ou bien de la combattante farouche et indomptée. Finalement, ils étaient très similaires ; qui était réellement Siegfried, du jeune Jarl souriant et insouciant, du terrible guerrier Tueur de Dragon, ou bien du sombre parricide tourmenté ? Il n'était aucun de ceux-là, et tous étaient une partie de lui-même. Soudain le vide se fit dans son esprit. Une clarté presque aveuglante l'envahit, et à ce moment précis, au cœur du combat face à un être si semblable, il sut exactement qui il était, et qui elle était. Ils n'étaient que deux corps animés par une même volonté de victoire, une même rage de vaincre. La danse composée par leurs lames était leur seul langage, et ils se comprenaient parfaitement. En cet instant, il sut ce qu'était se connaître soi-même, et ce qu'était connaître autrui ; il se sentait connecté au monde et à la Dame, de manière à la fois différente et pourtant si semblable à ce qu'il ressentit lorsqu'il s'était uni à Brynhilde, dans une danse d'un tout autre registre.

Il vit clairement la pointe de la lance fuser vers lui. Il vit clairement son épée exécuter un arc de cercle pour dévier la lame, puis revenir pour l'arracher des mains de la reine. Il vit clairement le premier coup briser en deux la lance, le second coup faire voler le diadème armorié de la reine, et le troisième la projeter à terre. Il vit plus clairement encore le regard de la jeune femme, dans lequel se disputaient la haine, la colère et l'incrédulité. Le Skald de la reine annonça le vainqueur ; Gunther Gjukison, Thein de Burgundia, était désormais roi de l'Île-de-Glace ! Il ordonna que l'on fît parvenir le Message par la Flèche. La foule commença de lancer force acclamations et vivats lorsqu'un cri coupa court à leur allégresse surprise.

– Non ! Aussi longtemps que je vivrai nul homme ne me possédera ! Je préfère encore perdre mon titre et me vouer à la bataille, par Donar, pour conserver à vie mon célibat

De rage, elle ramassa en un geste symbolique son diadème et le jeta en plein milieu du feu de joie qui brûlait non loin de là. Sans réfléchir, Siegfried s'y dirigea à grand pas et le retira des flammes avant qu'il ne fonde. Le public hoqueta, mais Siegfried ne ressentit nulle douleur. Il leva bien haut ce symbole régalien. Désormais la reine lui appartenait.

Freyja se tenait devant l'arbre Yggdrasil. Aucun des bruits habituels n'était porté à ses oreilles ; nul gazouillis d'oiseau, nul piaillement d'écureuil, nul tac-a-tac de pivert. Seul le clapotement calme des sources au pied des racines géantes perturbait l'implacable silence. Freyja ressentit soudain une terrible angoisse ; que se passait-il ? Elle s'approcha plus près du tronc, et vit. Elle vit l'herbe terne et tombante ; les fruits pourris ; les insectes morts. Elle s'agenouilla et goûta l'eau de la source. Un goût métallique... Muette d'horreur, Freyja réalisa les terribles conséquences de ces symptômes : L'Arbre du Monde était mourant.

Elle reprit bruyamment sa respiration lorsque son esprit réintégra son corps nu. Contemplant les flammes, elle laissa se dissiper les vapeurs des herbes divinatoires. Elle venait de recevoir un présage d'une intensité qu'elle n'avait jamais connue. Elle porta une main à son collier, laissant distraitement un doigt courir sur le métal froid. Jamais elle n'avait reçu de vision aussi limpide, ni ressenti une telle pression en son sein. Si l'Arbre Cosmique disparaissait, l'équilibre du monde en serait perturbé. Freyja devait se rendre sur place, et y découvrir les raisons de sa vision.

Elle fit route vers Yggdrasil, seule. Combien le voyage était différent, sans la cohorte qui habituellement l'accompagnait, pour le Thing ! Nulle discussion allègre avec Odalrik, nuls rires et chants poussés par ses guerriers, nul piaffement des chevaux. Elle était seule en compagnie de Hnoss et Gersimi, et si au début le calme lui pesait, elle fut bien vite reconnaissante de ce moment de solitude. Plus elle voyageait, et plus elle appréciait de se retrouver sans personne à parcourir les routes, comme une simple femme. Elle enviait Thor, qui n'en faisait qu'à sa tête et disparaissait des lunes durant pour explorer, confiant à Sif ses devoirs de Thein. Il était un homme et n'avait de compte à rendre à personne, tandis qu'elle devait se justifier devant Odalrik à chaque fois qu'elle souhaitait s'absenter...

La première nuit, elle ne fit qu'une courte halte après avoir établi son campement sous un gros rocher et dormi contre ses deux lynx. Toutefois le lendemain, alors qu'elle passait devant des sources chaudes, elle se laissa aller à un moment de détente malgré la situation pressante. Ses vêtements envolés, ce fut avec grand plaisir qu'elle plongea dans les eaux brûlantes. Hnoss et Gersimi la rejoignirent bien vite et ensemble ils nagèrent joyeusement, s'ébattant, s'éclaboussant, s'ébrouant. Encore une fois, elle se rendit compte que dans ce moment de solitude, en compagnie de bêtes régies par l'instinct et les sentiments primaires, elle se sentait réellement libre, réellement exister. Elle s'extirpa des eaux pour laisser sa peau sécher un instant au soleil, et prétendit se vexer lorsque ses lynx vinrent s'ébrouer juste à côté d'elle, annulant plusieurs dizaines de minutes d'action solaire. Finalement, elle se rhabilla en soupirant et reprit la route, parvenant à Yggdrasil sans encombre le lendemain midi. À première vue tout lui semblait normal. L'endroit était empli de vie animale et végétale et bourdonnait des bruits de la nature. Elle s'agenouilla et goûta dans la source une eau fraîche, si pure qu'un intense bien-être envahir son corps. Elle ne comprenait pas... Sa vision était pourtant si claire... À voix basse, elle pria la Dame de lui apporter les réponses qu'elle recherchait. Elle se dévêtit à l'exception de Brisingamen et s'agenouilla près de la source. Elle fit brûler une poignée d'herbes chamaniques qu'elle respira profondément, laissant son esprit se perdre dans l'infinité reflétée. Et en quelques instants, l'endroit était changé. Elle était toujours au pied d'Yggdrasil, mais plongée dans un silence de mort. A ses pieds, rien qu'une terre stérile et grise. Au-dessus d'elle menaçait un ciel de cendre, ne laissant qu'à grand peine passer la lumière d'un timide soleil. L'Arbre Cosmique était décharné, sans feuilles. Une peur soudaine la saisit ; elle comprit que ce qu'elle voyait là était un futur potentiel pour Mannheim, un futur qu'elle devrait prévenir à tout prix. Mais comment pouvait-elle empêcher la destruction de l'Arbre Cosmique ? La voix de la Dame résonna dans sa tête ; elle trouverait ses premières réponses à un endroit d'où elle pourrait tout voir, tout entendre.

Et Freyja revint au monde réel en un frisson. Un endroit d'où elle pourrait tout voir et tout entendre... Était-ce une métaphore ? Qu'avait bien pu vouloir dire la Dame ? Et soudain lui revint en mémoire un détail du passé longtemps oublié. Se rhabillant, elle porta son regard vers les monts dentés de la Couronne Gelée.

La montée fut rude et difficile, mais Freyja était habituée à ces sentiers rocailleux et ces versants abrupts. Elle avait passé toute son enfance à grimper les montagnes de Himinbjorg, en compagnie de Frey, son frère, et de Thor. Et un jour, alors qu'elle explorait en solitaire, profitant d'un rayon de soleil et d'une fraîche brise printanière, elle avait découvert l'endroit. Dans les ruines d'un antique temple du Deuxième Âge, se tenait un trône de pierre, couvert de runes givrées. Autour de l'estrade étaient disposés des totems faits des crânes de divers animaux. Une aura et un silence particuliers régnaient en ces lieux. Malgré son jeune âge, Freyja avait compris qu'il s'agissait là d'un endroit sacré. Elle l'avait ressenti jusque dans ses os. De retour à Breidablik, elle n'avait d'abord osé en parler à personne de peur d'avoir enfreint quelque règle. Elle avait toutefois confié, un soir, son aventure à Thor et Balder. Le futur roi lui avait semblé apeuré ; elle avait trouvé Hlidskàlf ! Woden allait être furieux ! Mais Thor avait balayé ses craintes d'un rire joyeux ; la petite n'avait rien fait de mal. Freyja ne comprenait pas ; Hlid-quoi ? Balder avait expliqué qu'il s'agissait de Hlidskjàlf, le Trône des Dieux. C'était là que Woden se rendait lorsqu'il cherchait une réponse à ses interrogations. Thor avait confirmé qu'à ses dires, il pouvait voir et entendre tout ce qui se passait en Asaheim, depuis le trône, ce qui lui permettait d'avoir toujours une longueur d'avance sur ses adversaires. Le jeune homme avait éclaté de rire lorsqu'il confia qu'à son avis, Woden s'y rendait juste pour méditer et qu'il trouvait les réponses en lui, une fois que Frigg n'était plus sur son dos.

En dix hivers, l'endroit n'avait pas changé. Etait-ce à Hlidskjàlf qu'elle trouverait ses réponses ? Woden y avait-il réellement des visions divines, chose inhabituelle pour un homme, ou bien n'était-ce qu'un lieu de recueillement isolé ? Elle n'avait jamais cru que l'ancien roi pouvait réellement tout voir et tout entendre depuis ce lieu, sauf d'un point de vue symbolique. Elle déposa une offrande de fruits et de viandes au pied de chacun des totems avant de faire brûler quelques herbes divinatoires. Elle inhala les fumées puis s'assit sur le trône et attendit. Elle ferma les yeux et fit le vide en son esprit, une main posée sur son collier. Tout d'abord elle ne ressentit rien, puis soudain un changement se fit en elle. Un frisson, puis une brusque chute de température, et les ténèbres qu'elle perçut même à travers ses paupières fermées. Lorsqu'elle ouvrit les yeux, le monde avait perdu ses couleurs. Elle se leva et naviga au travers d'ombres bleutées. Se retournant, elle se vit toujours sise sur le trône de pierre. Prudente, elle se dirigea vers le bord du promontoire rocheux sur lequel se tenait la ruine. Et là elle vit. Elle vit aussi clairement que si elle était en même temps à chaque endroit qu'embrassait son regard. Elle voyait les fermes d'Asaheim, les hommes et femmes s'affairant dans les champs ou les pâturages. Elle voyait Breidablik et ses guerriers, Frigg occupée à tisser dans la halle, Balder sur son trône. Elle voyait chaque arbre de chaque forêt, les écureuils grimper aux troncs et les cerfs fouler le sol humide. Elle entendait l'herbe pousser et les nuages défiler. Elle sentait les cours d'eaux couler et les poissons briser la surface cristalline.

Et à travers les ténèbres décolorées, elle vit des taches de lumière verdâtre danser au sol en différents endroits. Elle les vit sur les ruines du Deuxième Âge, dans les Monts du Bout du Monde et la forêt d'Alfvid, ainsi que dans d'autres zones reculées. Autant de lieux imprégnés du Rayonnement Magique... Et une chose glaça son sang. Elle vit des taches là où nul Rayonnement n'était censé se trouver. Partant de Nidavelir, sous les Monts du Bout du Monde, la lumière verdâtre suivait le cours serpentin des rivières et s'étendait tout autour. Freyja comprit alors la raison de ses visions à Yggdrasil. De colère elle serra les poings et ferma les yeux, et lorsqu'elle les rouvrit elle était de nouveau sur le trône. Les couleurs alentours étaient revenues, et la lourdeur dans l'air avait disparu. Lentement, la tête arrêta de lui tourner. Quelle expérience venait-elle de vivre là ? Elle se sentait épuisée, vidée, drainée de ses forces. Woden était-il capable d'obtenir ces visions, lui aussi ? En ce cas, nul doute qu'il fut un si grand roi. Puis, quittant les ruines, elle dirigea un regard dur et déterminé vers Nidavelir, la cité des Nains.

Les Monts du Bout du Monde se tenaient devant elle. La jeune femme prit un moment à contempler les lourds nuages défilant au-dessus de la roche et la lande quasi-désertique à ses pieds avant de se décider à poursuivre sa route. Elle ne gardait pas un souvenir très... plaisant... de sa dernière visite à Nidavelir. Faisant signe à ses lynx de la suivre, elle se dirigea vers la porte de fer sise dans la montagne. Comme précédemment elle frappa trois fois sur le métal froid et attendit d'entendre des bruits de pas et une voix ronchonnant de l'autre côté.

– Qui va là ? demanda une paire d'yeux inquisiteurs derrière la grille subitement ouverte.

– Freyja Vanadis Njordsdottir, répondit simplement la jeune femme.

– Oh, la princesse est revenue..., sourit la paire d'yeux. Et que veut-elle cette fois ?

– M'entretenir avec ton roi d'un sujet capital.

– Rien que cela ? Très bien, je vais le quérir de suite !

La paire d'yeux ne quitta pas son poste.

– Eh bien ? s'impatienta la jeune femme après de longues minutes.

– Pensais-tu vraiment que j'allais chercher mon roi sur ta simple demande pédante ? Mais, si cela est si important pour toi... Peut-être puis-je te laisser passer, contre bon prix... Si la princesse voit ce que je veux dire...

La paire d'yeux fut remplacée par une langue obscène s'agitant bruyamment entre des lèvres barbues.

Freyja sentit malgré elle la colère exploser.

– J'aimerais mieux sucer un Troll malade ! répondit-elle avec une vulgarité qui lui était étrangère. Peut-être préfères-tu que je revienne ici avec Balder Wodenson, roi d'Asaheim, pour qu'il dise au tien que tu refusas l'entrée à la Thein de Folkvangar et princesse de Vanaheim en visite officielle ?

La paire d'yeux maugréa :

– Si on ne peut même plus plaisanter... Entre, *princesse*. Je te conduis à Alberich.

Elle pénétra pour la seconde fois de sa vie dans les sombres couloirs de pierre. Le Nibelung n'avait de cesse de jeter des coups d'œil méfiants aux deux lynx mais ne dit rien. Après de longs tours et détours à la lueur du flambeau, ils parvinrent à la halle d'Alberich. Freyja reconnut l'immense salle aux piliers dressés et aux murs ornés de boucliers, de haches, d'épées.

– Qu'est-ce qui t'amène à nouveau par chez nous, Vanadis ? demanda le roi des Nibelungen.

Elle allait saluer, remercier son hôte avant d'en décider autrement. Pourquoi ferait-elle montre de respect à un être si grossier, si abject, quand lui-même ignorait tous les devoirs de l'hospitalité ? À la place, elle lui expliqua qu'il s'agissait d'une affaire de la plus haute importance pour la Dame –

– Encore ta Dame, coupa l'autre, esquissant une grimace ironique. N'es-tu qu'une poupée aux mains de dieux imaginaires, Vanadis ? N'as-tu pour toi que ton jolis minois et ton opulente –

– Ce n'est pas « ma » Dame. Les dieux sont partout parmi nous, peu importe le nom que tu leur donnes, et peu importe si tu ne sais ressentir leur présence.

– Tes dieux te donnent-ils la richesse ? Le pouvoir ? Les seuls dieux que je vénère sont ceux que je peux toucher : Or, Gemmes, Acier, et Moisson.

Alberich ricana de son propre trait d'esprit. Les autres Nibelungen l'imitèrent avec un temps de retard.

– Ton matérialisme me désole, roi des *Nains*. Je ne suis pas venue ici pour discuter de nos différents dieux avec toi mais pour une affaire qui concerne Mannheim entier. Maintenant veux-tu bien m'écouter ? Elle était lassée de ce jeu, et lut dans le regard du roi Nibelung qu'il l'était autant qu'elle.

– J'eus une vision, m'annonçant le trépas imminent de l'Arbre du Monde –

– En quoi la mort d'un arbre me concerne-t-elle ? coupa encore Alberich, visiblement impatient.

Freyja faisait de son mieux pour garder son calme. Les Nibelungen l'intimidaient, mais une sourde colère en elle tremblait.

– Le destin d'Yggdrasil concerne tout Mannheim, car il assure la cohésion verticale de la terre. Sans lui, nous tomberions dans le Vide Infini Etoilé –

– D'après tes croyances, coupa une dernière fois Alberich. C'en fut trop.

– D'après mes croyances, et celles de tout Mannheim, mis à part les animaux que sont les Nibelungen et les Thurse ! Peut-être que seule la richesse t'importe, roi des Nains, et que tu n'as cure de l'Arbre ou de son destin, mais s'il est en train de mourir par ta cupidité et celle de ton clan, je ne saurais le tolérer !

Un lourd silence retomba, brisé uniquement, aux oreilles de la jeune femme, par son cœur au rapide martèlement. Les Nibelungen allaient-ils la percer de leurs lances ou la taillader de leurs haches pour cet affront ? Ou pire encore ? Instinctivement, elle resserra sa robe autour d'elle. A ses côtés, ses lynx grondaient sourdement. Alberich éclata de rire, suivi par ses guerriers, dont les yeux lançaient pourtant des éclairs à la jeune femme.

– Tu as du culot pour t'adresser ainsi à moi, je dois bien te reconnaître cela. Avant de te faire jeter dehors dans la boue par mes guerriers, laisse-moi te montrer quelque chose. Suis-moi.

Il la guida, escortée, à travers les sombres corridors de pierre. Ses deux félins, calmés, restaient aux aguets. Le petit groupe parvint à une immense caverne à la chaleur suffocante.

– Voici la fondrière. Ce lieu est en temps normal interdit aux étrangers, Mais juste pour toi, ma jolie, je veux bien faire une exception.

Freyja hoqueta de surprise. Ce n'était pas là construction Naine ! Elle reconnut l'architecture froide et dure des appareils.

– Vous utilisez les outils des Anciens..., murmura-t-elle.

– Précisément, sourit le Nibelung. Grâce à leurs techniques, nous sommes en mesures de produire plus d'or, de bijoux et d'armes que tout le reste de Mannheim réuni ! Mais ce n'est pas tout. Viens.

Il la guida au milieu d'une foule de Nains qui bourdonnaient, allant et venant en tous sens, criant des ordres et portant des marchandises. D'autres couloirs défilèrent ; tantôt le vacarme des activités s'assourdissait, tantôt il augmentait, tant et si bien que Freyja n'aurait su dire où elle se trouvait. Toujours une foule de petits personnages s'activaient, se jetant précipitamment de côté pour éviter le roi mais bousculant sans vergogne quiconque se trouvait sur leur trajectoire – surtout la jeune femme. Le couloir donna sur une caverne à ciel ouvert, aux parois de lichen couvertes. Les yeux azurs de Freyja cillèrent devant cette impromptue lumière. Une immense construction, toute de pierre, se dressait vers le ciel. Autour, de nombreux Nibelungen s'affairaient sur de curieux appareils.

– Ne me dis pas que..., hoqueta la jeune femme.

– Que mon clan est en train de réapprendre le Savoir Perdu ? Eh bien si, vois-tu., sourit cruellement Alberich.

– C'est une immense erreur ! Ce savoir n'est pas pour les simples mortels. Le Peuple Stellaire et les Dieux de Métal l'apportèrent au Peuple du Deuxième Âge, et cela provoqua leur chute précipitée !

– Seulement après des siècles de prospérité. Tu n'as pas idée de tout ce que ces appareillages pourraient apporter.

– Tu penses au présent profit, mais du futur de ton clan tu fais fi. Quel roi es-tu là ?

– Un roi riche ! ricana Alberich.

– Regarde là ! s'écria la jeune femme en pointant du doigt la paroi rocheuse. Trois quarts de cercle autour d'un autre cercle plus petit, l'antique symbole maudit, honni, du Deuxième Âge.

Alberich fit une moue sceptique.

– Je te promets, ô princesse pusillanime, que mon clan se montrera prudent près de cette construction. Mais j'ai une dernière chose à te montrer. Suis-moi.

– Tu commets une grave erreur..., murmura Freyja. Une erreur qui pourrait détruire Mannheim...

Mais le Nain l'ignora.

– Admire, princesse ! déclara fièrement Alberich en entrant dans une immense caverne, si haute que les flambeaux n'éclairaient pas le plafond. Freyja mit un moment avant d'*admirer*. Un immense enclos où se massaient des animaux de ferme, groupés par espèce, avait été dressé. Parqués presque sans espace, les bovins, hagards, mugissaient sourdement, sporadiquement. Plus loin, les porcs pataugeaient dans la boue, presque les uns sur les autres. Les poulets étaient si serrés qu'ils formaient par endroit des tas, que les Nibelungen n'avaient nulle scrupule à piétiner lorsqu'ils passaient.

– Quelle horreur est-ce là ? murmura Freyja, pétrifiée.

– Le profit ! répondit triomphalement Alberich. Optimisation de l'espace en vue d'une exploitation maximale de l'animal.

– Comment peux-tu infliger tel supplice à ces pauvres créatures ? Elles ne voient jamais la lumière du jour, et n'ont aucun espace ! Il n'y a pas non plus d'herbe.

– Nous leur donnons du fourrage, et des préparations à base de champignons mélangées aux carcasses que l'on ne peut consommer. Croyais-tu que nous allions importer notre viande depuis Asaheim, juste parce que nous n'avons pas de prés ? Il est bien plus rentable de procéder ainsi.

– N'as-tu aucun respect pour la vie ? trembla la jeune femme, contenant à grand peine des larmes de colère et de douleur mêlées.

– Ce ne sont que des bêtes. Alberich haussa les épaules.

– Bêtes ou pas, elles ont droit à leur dignité, aussi bien qu'à la vie et au respect !

– Comme si les Æsir ne s'étaient jamais servi d'animaux pour leurs propres profits... Putain hypocrite !

– Pas ainsi ! Même lorsqu'ils sont tués, ils sont traités avec respect, étant des créatures de la Dame et du Seigneur. Ils vivent la vie pour laquelle ils sont nés, et nous ne leur infligeons pas d'inutiles souffrances.

– Ne veux-tu pas non plus les vêtir et leur donner des noms ? Alberich hurla de rire avant de se tourner vers ses guerriers. Puisque Vanadis aime tant les animaux, escortez-la vers la sortie, nue et à quatre pattes.

– Comment oses-tu, fils de Troll ? s'écria la jeune femme, furieuse. Ses deux félins grondèrent, tous crocs dehors.

– Tout doux, répliqua Alberich. Mes hommes ont leurs armes pointées vers ces deux chats géants. Si tu n'obéis pas, ils les tueront séant. Leurs peaux feront de magnifiques parures, qui se vendront à prix d'or aux Theinar d'Asaheim...

Droite, le menton en avant, Freyja rejeta sèchement la main qui se tendait vers le col de sa robe. Elle déchira elle-même le tissus et le jeta à la face du roi avant de faire signe à ses lynx, d'un sifflement, de se tenir tranquilles. Nue devant une bande de Nains lubriques aux commentaires graveleux, elle ne perdit rien de sa superbe. Elle ne leur donnerait pas cette satisfaction. Elle laissa un guerrier lui passer une corde autour du cou et s'agenouilla. Elle mit un temps interminable à traverser les corridors de pierre sous les rires des Nibelungen croisés, et parvint à la lourde porte de fer les genoux en sang et les mains à terre. Elle n'eut pas le temps de se relever qu'un pied botté l'envoya s'écraser dans l'herbe mouillée. La porte se referma sèchement avec un claquement. Massant son corps tuméfié, elle laissa couler, désormais seule, ses larmes d'humiliation et de douleur, deux têtes félines compatissantes posées sur ses genoux égratignés. Et elle jura de causer la perte et la destruction de ce clan ignoble. Pour ceci elle devait devenir la championne de la Dame, un symbole craint et respecté par tout Mannheim. Mais la route vers une telle puissance lui semblait encore si longue...

Elle passa les vêtements de voyage qu'elle conservait dans son sac, attela son char et repartit vers Sessrumnir sans un regard en arrière, décidant d'oublier cette visite à Nidavelir, qu'elle jurait être la dernière. Mais elle n'oublierait pas ce qu'elle y avait vu. Elle n'en resterait pas là...

IV

UNIS NOUS VAINCRONS

Unis nous vaincrons, divisés nous tomberons.

Proverbe Æsim

– Tiens fermement ton arc et regarde droit vers ta cible. Ton bras ne doit pas être complètement tendu, sinon tu trembleras. Là, comme cela. Ne cherche pas à viser de façon mécanique, tu dois sentir, simplement sentir, le moment où décocher la flèche. Retiens ta respiration désormais, et tire lorsque tu seras prêt.

La flèche manqua la souche de peu et alla se planter dans l'herbe émeraude, quelques pas plus loin. Siegfried la récupéra et revint souriant. C'était plutôt bien pour une première fois ! Qu'il pratique régulièrement et il serait bientôt capable de toucher ses cibles sans même y prêter attention. Le garçonnet le regarda tout sourire, puis brandit son épée en bois et déclara, brassant l'air de son arme factice :

– Plus tard, je veux être un grand guerrier et tuer des dragons comme toi, père ! Yaaah!

Siegfried rit.

– Et ce sera le cas, mon fils, je te le promets ! Je t'apprendrai tout ce que je sais, et lorsque tu seras en âge de la manier, tu porteras fièrement Balmung, la Fureur Tranchante.

Le garçon regarda avec envie l'imposante épée de son père.

– Maintenant viens, rentrons. Ta mère nous attend pour déjeuner.

Il posa sa main sur le dos de l'enfant et le guida vers la cité. Le ciel était bleu azur, et une douce brise printanière faisait danser les feuilles des arbres. C'était une journée agréable pour sortir s'entraîner, chasser et jouer.

– Le dernier arrivé est un Troll des bois ! déclara-t-il, bondissant au pas de course. Riant aux éclats, le petit être le suivit à toutes jambes.

Ils passèrent en courant la porte de la haute palissade de bois, le guerrier posté sur la tour de guet les ayant vus arriver. Ils s'écroulèrent en riant, non loin de la maison du forgeron. L'homme imposant, torse-nu sous son tablier brunissant, posa son marteau un instant pour aider son Jarl et l'enfant à se relever dignement.

– Merci, Wulfrich. Que dit-on, Sigur?

– Merci..., marmonna l'enfant tête baissée.

– Mon Jarl, maître Sigur, s'inclina l'homme.

– Je t'en prie, Wulfrich ! Nul besoin d'user de ces titres. Je suis peut-être Jarl, mais je suis avant tout un homme, et un forgeron, tout comme toi... Moustache et carrure en moins !

Les deux hommes s'esclaffèrent. Wulfrich était l'incarnation même de Donar avec de ces bras, gros comme des cuisses de taureau ! Siegfried avoua que l'art de la forge lui manquait. Cela faisait des lunes qu'il n'avait pas manié le marteau, pris par les affaires comme il l'était. Wulfrich lui révéla qu'il avait une importante commande à réaliser ; si son Jarl souhaitait l'y aider... Ce fut avec plaisir que Siegfried accepta. Sous l'œil admiratif du jeune garçon, les deux hommes pliaient l'acier, discutant autour de la forge ronde sise devant la maison, bien à l'abri sous une charpente de bois marron. L'épouse de Wulfrich tissait dans la maison, tandis que leur jeune fils admirait son père aux côtés de Sigur. L'endroit était accueillant, et Siegfried aimait à y venir lorsqu'il avait le temps. Chaque fois il y admirait les longues maisons de bois et de tourbe aux toits de chaume ; il y arpentait les chemins de terre ou coupait à travers l'herbe émeraude pour se reposer auprès d'un arbre. Par-dessus les pointes de la haute palissade, piquetée de tours de guet, il voyait la lisière de la forêt et le ciel azuré. Il aimait également flâner au marché, prenant place au centre de la cité, et saluer les gens, au milieu des odeurs de légumes, de viandes, de poissons et de cuir en tannage. Toujours, les marchands lui faisaient goûter leurs derniers produits ou le meilleur cru de leur alcool, lui offraient un arc taillé spécialement en son honneur, ou lui aiguisaient gracieusement le fil de Balmung. Souvent il sortait chevaucher Grani, seul s'il le pouvait, et parcourait de nombreuses lieues dans la plaine et la forêt autour de Xanten. En cet instant, il oubliait tout de ses tracas et de sa vie passée, de même qu'il oubliait tout lorsqu'il martelait l'acier. Les paroles de Reginn prenaient tout leur sens ; la forge ne se résumait pas à frapper du métal pour lui donner forme. La concentration requise et la satisfaction de créer de ses mains une œuvre unique donnaient tout un sens à sa vie. Il était le son du marteau contre l'enclume, la lueur des flammes, la goutte de sueur perlant sur son front. Il faisait un avec l'environnement et la Dame. Cette fois-ci pourtant il choisit de converser joyeusement avec Wulfrich. Après avoir parlé de sujets plus légers, le forgeron s'enquit, se passant une main gantée de cuir dans ses longs cheveux blonds emmêlés : Y avait-il de nouvelles incursions Thurse ? Siegfried confirma qu'il restait toujours quelques raids de pillards qui détruisaient des fermes isolées avant de fuir. Le temps que les guerriers n'arrivassent, ils étaient déjà loin. Ils passaient par la Pointe des Géants, le seul endroit où ils pouvaient franchir les montagnes, et se réfugiaient dans les forêts des hautes terres. À ce propos, il réunissait une compagnie de guerriers pour longer la Pointe et les débusquer, cet été. C'était là leur saison de prédilection, nul doute qu'ils rencontreraient quelque bande désorganisée.

– Compte-moi parmi tes guerriers, mon Jarl. J'ai hâte de verser le sang de ces chiens de lâches. Ils ne sont que des sans-couilles et baisent leur propre mère !

Siegfried éclata de rire. Il appréciait l'enthousiasme et le franc-parler de son ami. Il lui promit de nombreuses têtes Thurse à planter sur des piques. Puis il eut une idée soudaine : Que connaissait Wulfrich de ce peuple ?

– Hum... Pas grand-chose... Je sais comment ils se battent, et comment les tuer.

– Quoi d'autre ?

– Eh bien... Je sais aussi que rien ne leur plaît plus que la guerre, le meurtre et le viol. Ils sont à peine plus que des barbares.

– L'as-tu déjà constaté par toi-même ?

– Comment cela ? Wulfrich avait l'air vraiment perplexe.

– As-tu vu de tes yeux la façon dont ils vivent ?

Le forgeron réfléchit un instant.

– Eh bien... Pas vraiment. Mis à part les quelques raids rencontrés, je n'en ai guère vu.

– Il est alors possible que ces rapports soient infondés.

– Que veux-tu dire ? Wulfrich semblait maintenant confus.

– Je veux dire que n'ayant jamais côtoyé de Thurse, aucun d'entre-nous ne peut attester de la véracité de ces récits. Peut-être y a-t-il plus chez ces clans que l'on n'en voit au premier abord.

– Peut-être. Mais tout ce que je vois, ce sont les morts qu'ils laissent dans leur sillage.

– Parles-tu leur langue ?

– Par les dieux, non ! Pour quoi faire ?

– Il est important de connaître son ennemi. Et tu sais que je suis naturellement curieux. Fais courir la nouvelle : je cherche un homme qui comprend le Thurse ; je vais avoir besoin de ses services. Fais porter ce Message par la Flèche à tous les clans.

Quelques semaines plus tard, Wulfrich ramena devant son Jarl un homme à la barbe claire, dont un œil semblait rester constamment immobile.

– Je suis Sidskeggar, Skald de mon état. Que me veux-tu, Jarl de Xanten ?

– Je souhaite en apprendre plus sur les Thurse et leur façon de vivre.

– Et pour quelle raison ?

– Connaître son ennemi est la clé de la victoire. J'ai entendu dire moult choses sur les Thurse. Moult horribles choses. Je veux savoir la vérité. Je veux connaître ce peuple afin de protéger le mien, et d'apporter une paix définitive.

Sidskeggar sourit.

– Très bien. Je vais donc t'enseigner leur langue et tout ce que je sais d'eux.

Au fil des jours, Siegfried apprit le langage rude des Thurse. Il était doué, d'après Sidskeggar. Il découvrit les différences mineures entre les Jotnar, vivant sur une terre morne et gelée, et les Muspelir, peuplant une région aride au sol gris cendre. Le Skald ne put enseigner que des connaissances superficielles, les contacts avec les Thurse étant rares et difficiles. Siegfried apprit néanmoins que leurs raids étaient souvent motivés par de rudes conditions de vie, et une existence laborieuse. Etaient-ils réellement les monstres assoiffés de sang décrits par ses compagnons, ou bien n'étaient-ils que des hommes et des femmes poussés par la faim et le besoin à s'abaisser au pillage ? L'espace d'un instant, Siegfried eut pitié d'eux et eut envie de leur tendre une main amicale. Mais il savait que tout ce qu'il récolterait serait un membre amputé.

– Voici tout ce que je sais, jeune Jarl. J'ai bien peur de n'avoir plus grand chose à t'apprendre des Thurse, dit le Skald après de longues semaines.

– Au contraire, Sidskeggar. Ton aide m'a été précieuse. Sois remercié. Wulfrich ! Donne une bourse de Mörk à notre ami, en paiement de son enseignement. Ce que tu fis pour mon clan ne sera pas oublié, noble Skald.

Avec un signe de tête, l'homme quitta la halle, faisant sauter la bourse de cuir dans sa main chenue et la fixant de son unique œil valide.

– Wulfrich, mon bon, viens par ici. Demain je partirai quérir le paiement des fermes sous ma protection ; tu seconderas Krimhilde tandis qu'elle me remplacera durant mon absence de Xanten.

– Comme tu le souhaites, mon Jarl. N'envoies-tu pas un percepteur à ta place ?

– Je profite de cette sortie pour rencontrer mes Thingsmenn et les écouter s'ils ont quelque chose à dire. Cela les met en confiance, de voir régulièrement leur Jarl venir à eux.

Ses Thingsmenn le reçurent tous avec plaisir et politesse. Arrivé à la ferme de Thorstein Snorson, l'un des fermiers sous sa protection, l'hôte lui présenta une requête : il avait besoin de son conseil dans une affaire de justice. À la fin de cet hiver, il avait surpris les hommes de Sturlungar Njalson, un chef de clan voisin, en train de tenter de brûler sa ferme. Il les avait retrouvés plus tard et les avait fait pendre à un arbre. Sturlungar disait désormais qu'il allait porter l'affaire au Thing de printemps et demander compensation pour le meurtre de ses gens.

– Il est vrai que la loi autorise l'exécution des criminels pris sur le fait, confirma Siegfried. Mais en les faisant pendre bien après qu'ils eurent commis leur forfait, tu as toi-même enfreint la loi. Combien de témoins t'ont vu le faire ?

– Eh bien, toute la famille de Sturlungar, et quelques-un de ses Thingsmenn qui n'étaient pas au nombre des criminels.

– Et combien de témoins as-tu, toi ?

– Aucun, mon Jarl ; j'étais seul lorsqu'ils tentèrent d'incendier ma ferme, profitant que ma femme et mes enfants se trouvaient chez mes beaux-parents. J'étais resté là pour m'occuper des travaux jusqu'à leur retour.

– Tu aurais dû porter l'affaire au Thing...

– Je sais bien, et c'est ce que je souhaitais faire. Seulement, Gundrun, mon épouse, estimait que l'Assemblée était trop loin, et que rester sans venger notre honneur était une honte. Elle se montra si froide avec moi tant que je refusais de lui céder que je finis par faire comme elle le voulait.

– Voilà qui est embarrassant ; si des témoins certifient que tu as enfreint la loi, mais qu'aucun Thingsmadr ne peut en faire de même pour te défendre, le jury du Thing te trouvera coupable et tu devras verser une compensation. As-tu déjà présenté l'affaire à ton chef de clan ?

– Certes, mon Jarl. Mais il refusa de me donner protection, arguant que Sturlungar est un chef bien trop puissant pour qu'il puisse s'y mesurer, même si je lui offre toutes mes terres en retour, et ceci, Sturlungar le sait et en profite. Sans chef pour me soutenir au Thing, je n'ai aucune chance de voir justice. C'est pourquoi je me tourne vers toi pour que tu sois le médiateur lors du procès.

– Pourquoi ses hommes ont-ils voulu brûler ta ferme ?

– Sturlungar veut mes terres, mais j'ai toujours refusé de les lui céder, peu importe le prix qu'il m'en proposait. Je te donnerai le tiers de ma récolte chaque automne, si tu m'aides.

Siegfried réfléchit un moment avant d'accepter. Il demanda à son Thingsmadr de se présenter au Thing de printemps, où il serait le médiateur dans leur conflit. Il devrait pouvoir faire reculer Sturlungar, ou du moins ne lui faire obtenir qu'une compensation légère. Mais il ne faisait pas ceci pour les biens matériels que lui promettait Thorstein ; il le faisait pour le prestige de son clan, pour la justice, et car c'était là son devoir.

Le Thing de printemps débuta en plein air par une journée ensoleillée, à la douce chaleur. De nombreux marchands venaient faire étalage de leurs produits, des Skaldar venaient chanter, et nombre de jeunes gens venaient chercher consort. Thorstein salua son Jarl et lui serra l'avant-bras avec un franc sourire. Siegfried invita son Thingsmadr à prendre place.

Depuis son trône, il supervisa avec les douze jurés les alliances entre clans, l'annonce des mariages, le cours des marchandises d'import, le recouvrement de dettes et la résolution de conflits entre fermiers. Finalement vint l'heure des jugements, et Sturlungar exposa les faits, vus de son côté. Thorstein exposa le sien. Le Récitateur confirma les craintes de Siegfried ; Sturlungar était en droit de demander une compensation pour les meurtres, et Thorstein risquait le bannissement définitif. Le plaignant exigea la propriété de la ferme de Thorstein afin qu'ils fussent quittes. Siegfried se demanda l'espace d'un instant si le chef de clan était allé jusqu'à sacrifier délibérément ses Thingsmen. Il était plus résolu que jamais à ce que justice soit rendue, lorsqu'il prit la parole, espérant convaincre les jurés ; si Thorstein avait bien enfreint la loi, il l'avait fait sous le coup de la colère, après qu'un autre crime eut été perpétré par les Thingsmenn de Sturlungar. Car qui n'aurait pas souhaité se venger d'avoir vu sa ferme presque entièrement brûlée ? Le seul tort de Thorstein était son honnêteté. Sturlungar demandait la propriété entière de son adversaire. N'était-ce pas exagéré, après que ses hommes eurent tenté de l'assassiner ? Pour leur meurtre, il offrait cinq têtes de bétail, ce qui était déjà cher payé compte tenu des circonstances. Mais Sturlungar s'entêta ; il avait la loi de son côté et exigeait son dû. Siegfried eut préféré un compromis, mais la cupidité du plaignant ne lui laissait guère le choix. Il réfléchit à ce qu'il pouvait désormais faire en faveur du prévenu. Et si... Oui... L'idée serait risquée, mais s'il avait correctement cerné Sturlungar...

– En ce cas, je te défie en combat singulier devant les dieux. Si tu l'emportes, tu auras satisfaction. Si c'est moi qui suis victorieux, Thorstein n'aura rien à verser à ta famille, et il ne sera pas banni. Que les dieux, par le choix du vainqueur, déterminent qui dit la vérité.

Le prévenu applaudit, et des exclamations de stupeur retentirent.

– Tu ne peux pas faire cela ! La pratique des duels était déjà éteinte lorsque mon grand-père était petit ! protesta le plaignant.

– D'après la loi, il le peut, confirma le Récitateur. Cette possibilité n'a jamais été officiellement abrogée. Acceptes-tu le défi, Sturlungar Njlason ?

Le conflit intérieur se lut sur le visage de l'homme. Siegfried avait vu juste. Jamais un tel homme n'aurait osé se mesurer à un tueur de dragons.

– Je le refuse..., marmonna-t-il en baissant la tête sous les huées de l'assemblée.

– En ce cas, et si le jury est unanime, je déclare que Thorstein ne te doit rien, trancha le Récitateur. Et le jury fut unanime.

Lorsqu'ils quittèrent l'assemblée, l'heureux fermier remercia chaudement son Jarl.

– Tu jouas magnifiquement. Je ne te pensais pas prêt à te battre pour ma cause !

– Ce n'est rien. Je suis heureux de contribuer à l'honneur de mon clan, et de voir la justice triompher.

– Tu as l'amitié et le soutien de ma famille, mon Jarl ! Puisses-tu marcher avec la Dame.

Et le fermier s'en fut, heureux comme un roi. Siegfried constata vite les bénéfices de son action, lorsque de plus en plus de chefs se déclarèrent au fil du temps ses Thingsmenn, lui apportant tributs et le sollicitant dans des affaires légales, faisant de lui l'un des Jarlar les plus influents de tout le Midland.

– Nous, les clans Einarson, Walterson et Erikson demandons à rompre notre alliance avec les Wodenson, maintenant que Woden n'est plus.

– Pour quelles raisons demandes-tu ceci, Rolf Einarson ? s'enquit Tyr, sourcils froncés.

– Parce que chaque homme libre a le droit de se gouverner lui-même. De par notre accord, nous devions valider les décisions de Woden, pour bénéficier de sa protection et de sa représentation au Thing, en plus de payer un tribut ; eh bien ce tribut est trop lourd. Nous jugeons que nous nous en sortirions mieux en gérant nos propres affaires.

– Ne confonds pas le droit d'être libre et l'allégeance prêtée à un roi, corrigea le Récitateur. Jurer fidélité ne te prive pas de ta liberté ; cela ne fait que t'apporter un bénéfice pour tes services.

– Et tu ne peux jeter ainsi aux cochons ce pourquoi mon époux se battit, déclara Frigg, affichant une moue dédaigneuse.

– Parlons de Woden, justement ! Il rallia nos clans par l'intimidation et le subterfuge. Mon père m'a raconté, avant de mourir, que jamais il n'aurait reconnu l'autorité de Woden, des hivers auparavant, si celui-ci n'avait usé d'un odieux chantage pour une faute commise. Balder est, paraît-il, un roi juste et bon ; je demande qu'il nous entende et nous rende notre liberté.

– Mon fils, s'exclama Frigg, tu ne peux les laisser faire cela ! Ton père a consacré toute sa vie, toute son énergie, à fonder un royaume uni et puissant. Vas-tu salir sa mémoire et rendre son indépendance à qui le demande ?

– Et pourquoi pas ? contra Loki. Tu es une femme, aussi ton ignorance de la politique est-elle pardonnée. Si des bouseux souhaitent se désolidariser de notre clan, qu'ils le fassent. Il est vrai que Woden ne leur avait guère laissé le choix, à l'époque. Après tout, qu'importe s'ils n'ont cure des bénéfices mutuels et de la protection que cette entente royale leur porterait ? La stupidité aussi est une liberté.

– Surveille tes paroles, chien de Jotun..., gronda Rolf.

– Qui traites-tu de chien ? siffla en retour Vali.

– Loki, le Thing est un lieu de paix et de discussion, le tança Tyr. Garde tes insultes pour plus tard. Ceci est valable pour vous tous.

– Oh, compte là-dessus..., sourit en coin l'homme mince.

– Les clans ont besoin d'un signe fort pour leur montrer qui commande. Il va te falloir décider, mon fils, déclara Frigg

– Et vite, appuya Loki. Le destin de trois clans entiers repose sur tes *seules* épaules. Il se fendit d'un sourire que Balder ne parvint à déchiffrer.

– L'assemblée est ajournée le temps que nous délibérions, annonça Tyr. Nous reprendrons après une courte pause. Lorsque chacun eut quitté les bancs, il s'approcha de Balder que sa femme avait déjà rejoint. Tout va bien, mon garçon ?

– Tout va bien, je te remercie. Je ne sais tout simplement pas quel conseil écouter.

211

– Mon frère, dit Thor, la décision t'appartient. Pourquoi écouter ces deux serpents de Frigg et Loki ? Tu n'as que faire de leurs avis !

– Au contraire, répliqua Tyr. Ton frère confond écoute et obédience. Toi seul prendras la décision, mais ne dénigre pas les conseils de tes Theinar, ni de ta mère, car leur expérience t'apportera guidance. Écoute, et décide par toi-même.

– En ton cœur tu connais déjà la réponse, sourit Freyja derrière Thor.

– Merci pour ces paroles, mes amis. Tyr, tu parlais d'écoute ; alors dis-moi : quel est ton conseil ?

– Mon conseil, jeune roi, est de ne pas ignorer ta mère. Plus que jamais avons-nous besoin d'unité. Ton père travailla toute sa vie à fonder un royaume soudé et puissant, grâce à quoi nous gagnâmes la Guerre des Géants, les Guerres Vanir, et la Guerre des Rois. Accorder son indépendance à un clan revient à l'accorder à qui la demande, et ainsi s'écroulera le royaume de ton père.

– Tu me conseilles donc de me montrer ferme envers ces chefs de clan.

– Non, car d'un autre côté Loki a raison lui aussi. La liberté est un droit auquel peut prétendre chaque individu. En priver tes Thingsmenn, c'est nier ta qualité de roi, et leur qualité d'hommes.

– Tu ne m'aides guère..., soupira Balder.

– Au contraire, sourit Freyja. Notre bon Skald vient de t'apporter la réponse. Il suffit de savoir la déchiffrer.

– Jeune Vanadis, tu es toujours aussi sage, sourit Tyr en retour. Ne néglige pas les avis de cette femme, roi Balder, car les dieux parlent à travers elle.

– Les dieux pourraient être moins cryptiques..., maugréa Thor.

L'assemblée reprit. Balder sentit Nanna, silencieuse, lui serrer les mains plus fort avant de le lâcher. Il l'embrassa et regagna son trône. Le silence régnait ; les participants semblaient anxieux de connaître l'avis du roi. Balder avait pris sa décision. L'unité du royaume était trop importante pour qu'il risquât de la sacrifier. *Unis nous vaincrons, divisés nous tomberons*, disait le proverbe. Chaque clan avait un rôle à jouer. Il vit Frigg se fendre d'un sourire triomphal. Levant une main pour calmer les participants qui parlaient tous en même temps, approuvant ou protestant, il poursuivit : La liberté était toutefois un droit auquel tout un chacun pouvait prétendre. Il n'entendait pas tenir les clans par la force, comme son père, mais par des accords réellement profitables pour tous, comme il se devait entre un chef et son Thingsmadr. Le sourire de Frigg s'effaça. Il s'adressa directement à Rolf : Son clan prêterait-il allégeance à la couronne d'Asaheim, non pas au nom de Woden mais à celui de Balder, s'il restait libre de voter comme il l'entendait et que l'impôt qui jusque-là lui était demandé pour sa protection diminuait de moitié, tout en bénéficiant des mêmes avantages ?

– Mon fils, tu ne peux faire cela ! commença Frigg. Mais Balder leva une main pour l'interrompre.

– Mère, à l'assemblée tu m'appelleras « mon roi », comme le fait chacun. De plus, ma décision est prise. Qu'en pensent les clans Einarson, Walterson et Erikson ?

– Ma foi, répondit Rolf, tes conditions me paraissent acceptables. Nous bénéficierons des *mêmes* protections et représentations au Thing pour moitié moins d'impôts, et pourrons nous exprimer comme nous l'entendons ?

213

– Si vous me jurez allégeance, oui.

– Eh bien en ce cas, je suis heureux d'être le Thingsmadr de Balder Wodenson, au nom des clans que je représente. Que chacun ici en soit témoin !

Il se leva et avança de quelques pas. Le roi en fit de même et ils se serrèrent solennellement l'avant-bras. Balder tourna un regard vers l'assemblée. Comme son père, il voulait un royaume uni. Cependant, contrairement à Woden, il voulait que chacun le suive non par crainte ou par seul intérêt mais parce qu'ils croiraient en une cause commune, en un royaume fort et soudé, qui marchait uni vers une ère d'entente et de prospérité. Il invita les chefs qui ne seraient pas satisfaits de leurs accords avec la couronne à venir présenter leurs doléances afin de négocier de nouveaux termes, et fit passer le Message par la Flèche. Un tonnerre d'applaudissements accueillit ses propos et Balder parcourut l'assemblée, serrant les mains enthousiastes des chefs. Du coin de l'œil il vit Frigg s'éclipser d'un pas rapide. Plus loin, Loki le scrutait d'un regard énigmatique, ses fils à ses côtés. Une fois son tour fini, il fut rejoint par ses amis.

– Ce sera un grand coup dans les bourses pour le clan, sans mauvais jeu de mot digne de Loki..., dit Thor à voix basse.

– Peut-être, mais je me dois de faire ce qui est juste.

– Si les clans te suivent non par cupidité mais par amour et loyauté, le royaume n'en sera que grandi, sourit Freyja. Ton règne marque le commencement d'une nouvelle ère, une ère où ce n'est pas le plus fort qui dirige, mais le plus juste.

Tyr lui posa une main sur l'épaule.

– La justice ainsi que l'honneur ont leur prix, que peu d'hommes sont prêts à payer. Votre père, bien que ses intentions de créer un royaume fort fussent louables, ne le comprit jamais et ne voyait que le profit matériel et immédiat. Je suis heureux que son héritier fasse montre de plus de sagesse.

– Mon père *est* sage ! protesta Thor. Tu es juste trop sentimental pour comprendre sa manière d'agir.

– Tu es du même bois que lui. Ton frère est d'une toute autre essence. Woden a eu son heure, vient maintenant celle de Balder.

– Ceci, je le dois à vous tous ; à Thor mon frère, à Freyja mon amie, à Tyr mon guide et à Nanna mon épouse. Jamais je n'aurais découvert cette force qui dormait en moi sans votre assistance. Que les Skaldar chantent vos louanges plus encore que celles du roi !

Ensemble, ils portèrent leur regard vers la voûte céleste limpide, visible au travers des immenses branches d'Yggdrasil.

Le ciel estival était parfaitement azur, au dessus de la compagnie de guerriers. Le soleil éclatant faisait luire le cuir brun de leurs armures, sous leurs tuniques sombres. Des pieds bottés trépignaient d'impatience dans l'expectative de glorieuses tueries. Siegfried caressa le museau humide de son cheval et lui donna une petite friandise à manger, puis il s'adressa à ses compagnons :

– Mes frères de clan, mes Thingsmenn, c'est aujourd'hui que prennent fin ces incessants raids Thurse. Durant ces trois lunes d'été, nous parcourrons nos terres, et s'ils refusent de partir en paix, nous décapiterons tous ces chiens jusqu'à ce qu'ils comprennent qu'on ne s'en prend pas impunément au Midland ! Compagnons : En avant !

– Gloire ! Gloire ! Gloire ! lui répondirent-ils tous en chœur.

Durant plusieurs heures ils chevauchèrent pour les plus riches, marchèrent pour les autres, à travers la campagne tranquille, sillonnant les vertes plaines parsemées d'arbustes, les bois envahis de fougères, les rivières au son délicat coulant vers la Mer Étroite, sous une chaleur silencieuse. Ils parcoururent les lieues, s'arrêtant de temps en temps pour abreuver les chevaux ou dévorer un bout de viande accompagné d'une généreuse rasade de cervoise. Ils ne rencontrèrent nul groupe de pillards Thurse, ce jour-là ; pas si loin de la Pointe des Géants. Les plus virulents des guerriers étaient fort déçus, et, lorsqu'ils s'arrêtèrent pour monter le camp, Siegfried décida d'organiser des combats amicaux afin de libérer quelque peu la rage de ses compagnons. De plus, ce serait là l'occasion pour certains de régler quelque rivalité passée.

– Mes frères de clan, voyons si vous n'avez pas perdu de votre fureur guerrière ; il serait dommage que quelque Thurse s'échappe à cause d'une lame émoussée ou d'une panse trop bien remplie de bière !

Les guerriers, faussement vexés, hurlèrent leurs protestations.

– L'escouillé de Thurse qui échappera à ma hache n'est pas encore né ! brailla l'un.

– À mort ces enfants de truie ! renchérit un autre.

Siegfried sourit ; il verrait si leurs poings seraient à la hauteur de leurs mots.

Wulfrich asséna un magistral coup de poing, et son adversaire fut envoyé dans la poussière.

– Et de cinq ! hurla le forgeron. Venez m'affronter, j'ai encore de quoi vous recevoir ! Vous aurez peut-être même une chance de l'emporter : je commence à fatiguer. Êtes-vous tous des escouillés, suceurs de bites invétérés ? Ne reste-t-il aucun vrai guerrier ?

Des murmures désapprobateurs s'élevèrent. Les combattants contusionnés n'avaient nulle envie de se frotter désormais au forgeron déchaîné.

– Pah ! cracha-t-il. J'espère que vous aurez plus de tripes face aux Thurse.

– Bien qu'aucun Thurse ne soit aussi dangereux que toi, ô forgeron. Siegfried, torse-nu, s'avança, franchissant le cercle de guerriers attroupés. On dirait bien qu'il ne reste plus que toi et moi, désormais.

– Mon Jarl ?

– Ne retiens pas tes coups, Wulfrich. Je ne suis plus ton Jarl, mais ton adversaire.

– Mon Jarl, je ne saurais –

Un virulent coup de poing interrompit son phrasé.

– Moins de mots, plus de coups, rit Siegfried, sautant sur place pour s'échauffer.

La colère se lut un instant sur le visage du forgeron. Puis il éclata de rire, un rire franc et massif, secouant sa moustache et ses cheveux blonds.

– Très bien, mon Jarl, mais ne viens pas t'étonner de te retrouver tout cassé !

Le combat fut bref mais violent. Wulfrich chargea, tentant d'attraper son adversaire en une terrible étreinte digne d'un ours. Ce fut sans compter l'agilité de Siegfried, qui esquiva sans peine d'un pas de côté. Le forgeron alla s'écraser contre le cercle de guerriers, avant de repartir au combat, échaudé. Il sembla alors plus circonspect. Il feinta, puis tenta d'agripper Siegfried de sa puissante main. Il le saisit au poignet, prêt à le tordre comme le cou d'un poulet, mais l'autre fut plus rapide à se dégager, et tout ce que Wulfrich récolta fut un coup sur le nez. Jouant le tout pour le tout, il chargea tête baissée, et cueillit Siegfried en plein estomac, projetant le jeune homme à terre. Des deux pieds, le Jarl renvoya l'imposant guerrier de l'autre côté, et celui-ci s'écrasa dans l'herbe foulée. Il allait se relever lorsqu'il vit son adversaire le toisant, et reçut le coup de poing droit dans les dents. Ventre à terre, il cracha quelques gouttes de sang. Il tituba, et ce ne fut qu'avec effort qu'il fut sur ses pieds. Siegfried n'eut qu'à gentiment le pousser pour qu'il s'écroulât au sol. Le Jarl lui tendit la main et l'aida à se relever.

– Tu t'es bien battu, Wulfrich, je n'aurais sûrement pas gagné, n'eusses-tu été aussi épuisé. »

– Bah ! Tu dis des thurseries, mon Jarl. Cette victoire est amplement méritée. Il se retourna vers le cercle des guerriers impressionnés. Frères de clan ! Un à un je vous ai rossés, et voici l'homme qui à son tour m'a défait. Que nul ne conteste jamais l'autorité de Siegfried, notre Jarl, car son honneur et sa sagesse n'ont d'égal que sa férocité. Pour Siegfried :

– Gloire ! Gloire ! Gloire ! finirent en chœur tous les autres.

Ces joutes furent une bonne chose. Ce soir-là, au

campement, l'humeur était à la joyeuseté et aux réjouissances. Les guerriers avaient évacué leur rage et leur puissance, et ne faisaient nul cas des contusions. Les outres de cervoise tournaient et les hommes plaisantaient. Siegfried indiqua que leur prochaine destination était les terres du chef de clan Halgar Haraldson, pour se réapprovisionner et voir s'il aurait quelques guerriers à épargner. Sa ferme n'était qu'à une demi-journée de chevauchée. Le voyage fut paisible et silencieux, et les guerriers arrivèrent en milieu d'après-midi.

– Qui va là? demanda un homme occupé à pêcher dans la rivière qui bordait la ferme, portant la main à sa hache.

– Imbécile! Ne sais-tu pas reconnaître ton Jarl lorsque tu le vois ? éructa aussitôt Wulfrich.

Mais son chef leva la main en signe de paix.

– Ici va Siegfried, Jarl de Xanten, et sa troupe de guerriers. Je viens demander humblement l'hospitalité à Halgar Haraldson, ton chef de clan.

Après quelques instants la porte de la maison longue fut ouverte. Halgar se tenait là, escorté d'un groupe de guerriers et de fermiers fort armés. Siegfried estima qu'une cinquantaine de personnes devait vivre en ces lieux. L'hôte considéra sévèrement les nouveaux venus avant de poser les yeux sur le torc d'or gravé qui ceignait le cou de Siegfried.

– Mon Jarl, dit-il en s'inclinant, c'est avec honneur que je te reçois, toi et tes guerriers, dans ma halle en ce jour estival.

– Tout l'honneur est nôtre, fier Halgar.

Le chef de clan se retourna vers les siens et ordonna que l'on apportât de l'hydromel pour leur bon Jarl. L'on ouvrit des fûts et des conserves de viande séchée. Dans la halle en bois sombre, à l'immense âtre central, tous festoyèrent sans mal, assis sur les banquettes ou bien debout. Rien ne manquait, que ce fût poisson, viande, volaille, ou bien boisson. Les guerriers déambulaient en chantant ou en riant, évitant (ou parfois trébuchant sur) les chiens sagement couchés en rond. Les serviteurs s'affairaient constamment, et renversaient bien souvent le contenu de leur plateau ou de leur cornes lorsqu'un guerrier éméché les emboutissait, provoquant l'hilarité de tout un chacun. La lune était déjà fort haut dans le ciel nocturne lorsque Siegfried put enfin toucher mot au tempétueux chef de clan, joyeusement occupé à mignonner les généreux seins d'une servante. Il exprima de nouveau sa gratitude pour l'hospitalité dont il faisait preuve ce soir, mais l'homme à la barbe et aux cheveux grisonnants balaya le remerciement d'un revers de la main virulent.

– Bah ! Excuse-moi de mon premier accueil quelque peu froid, tantôt, mon Jarl. J'ai cru qu'il s'agissait encore de Knut et de ses hommes.

– Knut ?

– Knut Gerulfson, un chef de clan voisin. Il voulait épouser ma fille, Sygrid, mais elle l'a éconduit, écœurée, et depuis il me fait la guerre sans cesse dans le fol espoir de l'enlever. Je n'ai déjà perdu que trop d'hommes braves dans cette bataille grave. Mais l'enfant de truie refuse d'entendre raison. Bah ! J'en ai tué quelques-uns des siens aussi. Si seulement je parvenais jusqu'à lui, je pourrais lui planter ma lame entre ses couilles atrophiées pour le calmer.

– J'irai parler à ce Knut Gerulfson, et si nécessaire lui donnerai l'ordre sur le champ de cesser ces billevesées. Nous aurons besoin de tous nos hommes pour repousser les Thurse. Mais pour ce soir, si tu veux bien m'excuser, la chevauchée fut rude...

– Oh, tu pars donc à la chasse au cochon ? En ce cas compte-moi parmi les tiens, et avec moi mes meilleurs hommes au moins ! À compter bien sûr que ce jeune coq de Knut entende raison. Mais pour l'heure... Où est ma femme ? Où est Klothilde ?

Une imposante matrone repoussa rapidement d'entre ses cuisses la main aventureuse et heureuse d'un guerrier qui s'y était logée et attardée.

– Je suis là, mon époux.

– Klothilde ! Montre donc à notre Jarl où se trouvent ses quartiers. Puis reviens-moi ensuite, par Dagon, j'ai envie de te culbuter !

La dame guida Siegfried à travers la halle bruyante et enfumée jusqu'à une maison longue séparée non loin, confortable mais sobre. Un feu brûlait déjà dans l'âtre central, nimbant d'un halo mordoré la sombre pièce. Sur la banquette, une jeune fille était lascivement allongée, à peine une femme, vêtue d'une tunique courte couleur flamme.

– Mon Jarl, nous t'offrons la maison d'un de mes Thingsmenn, et notre fille pour réchauffer ta couche cette nuit.

– Je ne saurais accepter...

– Je t'en prie ! intervint Halgar, déambulant, une corne d'hydromel à la main. C'est un grand honneur pour Sygrid que de contenter son Jarl. Klothilde, plutôt que de t'attendre je suis venu te retrouver, de peur que tu ne reviennes pas et me laisses seul avec mon gros gourdin. Le chef de clan commençait à balbutier. Il finit sa phrase en s'esclaffant et toussa.

221

– C'est vrai, approuva la jeune fille en regardant de côté. J'en serais honorée... Et puis, mon Jarl est si beau...

Elle lui adressa un regard furtif.

– Je ne suis pas coutumier de telles pratiques... Je –

– C'est ainsi qu'on s'honore, entre chefs, pourtant ! l'interrompit Halgar avec force rire et une vigoureuse claque dans le dos. Allons, mon aimée, laissons les jeunes jouir du reste de la nuit, et allons en faire de même.

Siegfried se retrouva seul à seul avec la jeune fille. Il s'approcha de la banquette de bois, et s'assit à distance respectable.

– Je n'ose refuser pareil présent, commença-t-il.

– Pourtant...?

– Pourtant j'y ai quelques hésitations. Je ne suis guère coutumier de ces pratiques. Hier encore je n'étais qu'un fils de forgeron.

– Aucun chef de clan ne t'a jamais offert sa femme ou sa fille pour la nuit ?

Il secoua négativement la tête.

– Et tu n'as nulle concubine ?

Même réponse.

La jeune fille parut sincèrement émerveillée.

– Ô mon Jarl, tu es un homme si particulier ! La vie est trop courte pour ne pas cueillir chaque instant qu'elle nous offre. Quel mal y a-t-il à honorer le Seigneur et la Dame, Beyla et Dagon, en nous aimant un soir ?

Siegfried ne la repoussa pas lorsqu'elle posa les lèvres sur les siennes et lui défit la ceinture.

Il s'éveilla quelques heures avant l'aube, la jeune fille nue agrippée à son cou. Il se souvint de la fièvre dévorante, la veille, et un profond malaise le saisit.

Était-il anormal ? Il repensait à ses guerriers, fiers de leurs conquêtes et sans états d'âme. Avait-il épousé une sorcière qui l'avait envoûté et escouillé pour qu'il ne soit que sienne ? Il ne comprenait pas les femmes. Il ne comprenait pas l'amour. Il ne se comprenait pas lui-même. Il se sentait comme un enfant perdu, non comme un puissant Jarl. Il choisit de ne pas réveiller Sygrid et ouvrit la porte de bois pour rejoindre la halle.

– Ah, voici notre fier et viril Jarl ! s'esclaffa Halgar, déjà, ou bien encore, occupé à déjeuner, tandis que la plupart des guerriers dormaient sur les banquettes. Si j'en crois mes oreilles, tu as fait plus qu'honneur à Beyla, cette nuit !

Siegfried choisit d'imiter l'attitude fière d'un guerrier après l'amour et sourit d'un sourire plein d'une fausse confiance. Il s'excusa auprès de son hôte et sortit. L'air frais sur sa peau était agréable. Il se dirigea vers les écuries pour s'occuper de Grani ; il le brossa délicatement, caressa la longue crinière de l'animal, et lui donna une friandise. Il posa sa tête contre celle de l'équidé et laissa son esprit se vider. Il regarda au sol lorsqu'il sentit quelque chose lui frôler la jambe ; « Mraw » fit le petit chat aux longs poils tout en se frottant à lui. Siegfried le souleva délicatement et le tint dans ses bras pour le caresser, le doux ronronnement de ce nouveau visiteur emplissant l'écurie. Il resta un long moment en compagnie des animaux, laissant ses tracas à la porte de la stalle, et une sérénité trop rare le gagna petit à petit.

Soudain il fut surpris par force fracas et bruit. En un éclair il fut dehors, Balmung en main, et se précipita dans l'air nocturne estival, empli des clameurs du combat. À la lueur de la lune il put distinguer la naissance d'un incendie.

– C'est ce suceur d'ours de Knut ! explosa Halgar, qui venait de le rejoindre. Si je le coince, je lui enfonce ma lame du cul jusqu'à la bouche !

La bataille faisait rage, mais encore aucun mort n'était à compter. Les guerriers de Siegfried formaient un cercle autour de leur Jarl, et ceux de Halgar autour de leur chef. La voix rugissante de Wulfrich retentit, assourdissante :

– Bande de chiens ! Ne savez-vous donc pas reconnaître votre Jarl ? Chez nous, on décapite les traîtres et les parjures, et leurs carcasses pourrissantes appartiennent à Syn !

Chacun se figea. Un homme grand et massif, au sombre visage barbu encadré d'une masse de cheveux noirs, s'avança et dévisagea le cercle de guerriers. Son apparence ne se distinguait en rien de celles des autres hommes de son groupe ; torse-nu, des braies brodées d'entrelacs, de lourdes bottes et de longs bracelets de cuir, une ceinture portée en bandoulière, à la boucle d'argent gravé. Lorsque son regard se posa sur Siegfried, il ordonna aussitôt de baisser les armes, d'une voix rauque.

– Pardonne-moi, mon Jarl, j'ignorais ta présence en ces lieux. Cette guerre ne te concerne pas, laisse-moi donc tuer Halgar et violer sa femme et sa fille, je repartirai alors sans plus t'importuner.

– Qui va tuer qui ? rugit le chef de clan attaqué. Fais un pas de plus et je te tranche les couilles, à toi et à tes mange-merdes !

– Tu ferais bien de surveiller tes paroles lorsque tu évoques mon clan... gronda Knut.

Siegfried mit un terme à leur dispute ; ils ne pouvaient se permettre de se perdre en animosité entre Midlander quand les Thurse écumaient leurs terres. Par les dieux, n'y avait-il pas deux clans du Midland capables de s'accorder ? Il leur ordonna de faire la paix et de cesser toute belligérance. Peut-être Knut voulait-il qu'il portât ceci devant le Thing de printemps, et qu'il risquât de perdre ses terres et son bétail ? Il coupa court aux protestations qui fusèrent :

– Si votre hargne est forte, gardez-la pour les Thurse. Battez-vous tels des ours, et répandez la mort.

– Hmm..., grogna Knut. Éventrer ces enfants de truies de Thurse sera presque aussi plaisant que de violer Sygrid. Très bien, Jarl, j'accepte cette trêve si tu me promets de nombreux Thurse à chasser !

Dès le jour levé, après un bref repas tendu, la troupe de guerriers se mit en route, déjà forte de cinquante hommes. Sygrid les accompagnait, armée de son arc de chasse et vêtue d'une courte tunique de cuir. Avec ses bracelets d'archer et sa large ceinture arrondie, elle n'était pas dépareillée au reste des guerriers. La plupart étaient torse-nus, quoique certains portassent une peau de bête comme cape et couvre-chef, et d'autres encore un plastron de cuir bouilli. Seul Siegfried et les plus riches de ces hommes étaient vêtus d'une cotte de mailles et d'un casque d'acier. Sygrid chevauchait aux côtés du Jarl, le dévorant du regard, et il ne put s'empêcher d'admirer longuement le galbe de ses cuisses nues et la naissance de ses seins, doux renflement sous sa tunique ouverte.

Ils longeaient la Pointe des Géants depuis quelques heures lorsqu'ils sentirent l'odeur âcre d'un incendie. Il ne leur fallut pas longtemps pour en trouver la source : une ferme isolée, réduite en cendres et jonchée de cadavres calcinés. Les Thurse étaient sans pitié, pareils à la maladie, implacables, pensa Siegfried. Les femmes, les enfants, les vieillards, même les bêtes qu'ils n'avaient pu emmener, avaient été passés par l'épée. La piste fut facile à suivre, à travers les arbres espacés et le tapis de fougères abîmées, d'humus et de brindilles foulés. Des traces de sang maculaient rochers et troncs, comme si les Thurse voulaient qu'on les débusque. Mais Siegfried savait qu'il n'en était rien. Les envahisseurs se pensaient tout simplement à l'abri, si loin des principaux villages, si loin de Gjukungar ou de Xanten. Le Jarl allait leur montrer autrement.

Non loin de là se trouvaient des ruines du Deuxième Âge, où semblaient s'être terrés les Thurse. Siegfried ordonna pied à terre, et indiqua à ses guerriers de se faire le plus discrets possible. Il considéra d'un œil méfiant les grandes tours de métal, autrefois magnifiques, désormais brisées, les larges avenues aux pavés noirs, les planches d'acier au langage mystérieux. Partout, la nature avait repris ses droits, et la végétation abondait au milieu des ruines.

– Le Rayonnement Magique est très fort en ces lieux, je le ressens, dit doucement Sygrid. Mon Jarl, hâtons-nous d'éventrer ces bêtes et rentrons chez nous.

– Tu peux sentir cela ? s'étonna-t-il. Pour sa part, il devait se fier à ses yeux pour le voir : champignons géants, insectes étranges, plantes inhabituellement colorées.

– Bien sûr ! répondit-elle non sans fierté. C'est l'une des choses qui fait partie de l'enseignement d'une femme. L'une des *nombreuses* choses, dit-elle, le regard appuyé.

– Loin de moi l'envie de vous déranger, mon Jarl, ma fille, interrompit Halgar, mais nous avons vermine à exterminer, il semblerait.

Il avait à peine terminé qu'un visage Thurse apparut sur l'une des tours tombées, à proximité. Bien trop vite pour que le malheureux, ni même Siegfried et ses compagnons, n'eussent le temps de réagir, Sygrid avait déjà armé son arc et décoché une flèche. L'homme s'écroula sans un bruit, une flèche dans la gorge.

– Je peux certainement voir, désormais, pourquoi un guerrier belliqueux tel que Knut te désire comme épouse, dit Siegfried, sourire en coin.

Mais ils n'eurent pas l'occasion d'échanger plus de mots ; pris par l'ivresse du combat, Knut et ses hommes chargèrent en hurlant, sans attendre l'ordre de leur Jarl. Avec une moue désabusée, Siegfried tira son épée et courut dans la mêlée. Les Thurse n'étaient qu'une cinquantaine, des hommes et des femmes tous indistinctement torse-nus, arborant des peintures tribales de craie bleue. Leurs armes étaient plus que rudimentaires, tout juste des morceaux de fer ou de pierre attachés à un bâton, mis à part quelques haches ou épées volées, et leurs habits n'étaient que peaux d'animaux, cuir brut et cornes.

L'escarmouche fut rapide et sanglante. Supérieurs en nombre et en armes, les Midlander furent vite victorieux. Une jeune Thurse courut vers Siegfried, un long couteau en os à la main, son visage déformé par la rage et ses seins nus parcourus de tatouages rituels. Le

Jarl n'eut aucun mal à dévier l'arme rudimentaire et frappa au niveau de la tête, brisant toute la mâchoire et plusieurs dents. La femme s'écroula dans une gerbe de sang et ne se releva pas.

Sygrid, quant à elle, décochait flèche sur flèche et faisait mouche presque à chaque fois. Knut fendait de sa lourde hache le crâne de ses adversaires, en poussant des cris de joie et de rage, et Halgar faisait tournoyer sa masse, broyant tous les os qu'il touchait. Certains des guerriers exprimèrent leur déception, car ils n'eurent même pas le temps de tuer qu'il ne restait déjà plus d'ennemis. Au sol gesticulait la femme à qui Siegfried avait fracassé la mâchoire. Knut leva sa hache, prêt à frapper, mais le Jarl l'interrompit d'un geste de la main. Il releva la femme sans ménagement. Malgré l'apparente douleur par sa mâchoire brisée, elle ne geignait pas.

– Retourne chez toi, et dis à ton roi que les Thurse, à moins d'y être invités, ne sont pas les bienvenus au Midland.

N'obtenant aucune réaction, il réitéra en Thurse rudimentaire.

– Vozvratrit'sya zavridshaj, i kak kroll tvas skadat Thursar yetsli nie priglashtvany na Midlandja nie bytz privitsvanie.

Le défi et la haine brûlaient dans les yeux de la femme. L'empoignant par le bras, il l'envoya au loin, l'accompagnant d'un coup de pied dans l'arrière train.

– Tu aurais dû la tuer, mon Jarl, grogna Wulfrich. Rien de bon ne sort d'un Thurse vivant...

– Fais-moi confiance, mon ami, la victoire passe aussi bien par l'esprit que par les armes.

Les hommes se réunirent, prêts à partir, laissant là les

cadavres ennemis aux bons soins des charognards. Ils enterrèrent cependant les rares Midlander tombés au combat. Siegfried remarqua parmi les morts un jeune fils de fermier qui les avait rejoints afin de se couvrir de gloire, espérant améliorer la condition de sa famille. Il s'était battu avec plus d'entrain que d'expérience, et en avait payé le prix. Le Jarl s'assurerait que son sacrifice ne soit pas vain, et enverrai un tribut conséquent à ses parents.

– Vieil homme, dit Knut à Halgar en essuyant le sang de son arme et de son bouclier, tu t'es presque aussi bien battu que moi. Si tu l'acceptes, je veux bien être ton allié, et tuer de sales Thurse plutôt que mes frères Midlander.

– J'en ai tué deux de plus que toi ! protesta Halgar. Mais j'accepte ton alliance, que nous scellerons au Thing. Rentrons festoyer en cet honneur !

Durant les trois lunes estivales, Siegfried écuma les terres de Xanten, longeant la Pointe, de nouveaux guerriers issus de clans différents prêtant leurs armes à chaque halte, tant et si bien que sa troupe était immense et hétéroclite. Dès qu'ils rencontraient une bande de pillards, ils les passaient au fil de l'épée ou de la hache, sans nul merci. Knut aimait à parier avec Halgar qu'il tuerait plus d'adversaires que lui, et les deux chefs ennemis devinrent comme deux frères rivaux. Durant toute la campagne, Sygrid partagea la couche du Jarl, lui-même toujours divisé entre le désir brûlant qu'il éprouvait pour la fille du chef et ses égards pour Krimhilde. Il se demandait souvent pour quelles raisons son aimée était si différente des autres femmes, si fragile et si exigeante, lorsqu'éveillé en pleine nuit il passait de longues heures à réfléchir, profitant de la brise nocturne.

Les incursions Thurse se firent de plus en plus rares au fil des lunes. Par une après-midi de fin d'été, chargée de la lourdeur de l'orage menaçant, ils rencontrèrent un groupe de pillards bien plus important que les petites bandes désorganisées usuelles, presque une vraie troupe de guerre. Ces Thurse-là se défendaient mieux et semblaient mieux armés, et ils étaient dirigés par un homme immense à la barbe et au cheveu noirs, et à la peau grisée. Il maniait une hache de fer simple et se battait nu à l'exception d'un kilt de peaux, orné de crânes humains, et de bottes de cuir assorties de bracelets. Malgré cela, il constituait une menace certaine pour les Midlander. Douze hommes étaient déjà tombés sous ses coups. Siegfried eut une idée pour compenser la différence de taille ; il fit charger Grani et, du haut du cheval, asséna un coup d'épée. Le chef para de sa hache, et si Balmung la brisa comme une brindille, elle en fut néanmoins déviée ; elle glissa le long du crâne du barbare et lui trancha une oreille. Le chef dégaina une seconde hache en rugissant et trancha les deux pattes du cheval. Siegfried se releva péniblement et fit face à son adversaire en grondant. Lorsque le Thurse attaqua verticalement, il esquiva d'un pas de côté. Emporté par son élan, le géant fit encore quelques pieds avant de s'arrêter. Le Jarl tenta une coupe horizontale, mais son ennemi eut le temps de se retourner et de parer. Ils échangèrent ainsi quelques passes d'armes, sans vraiment prendre l'avantage. Le temps vira à l'averse, inondant la plaine servant de champ de bataille. Les guerriers furent vite trempés, mais continuaient le combat avec autant d'ardeur. Siegfried glissa sur l'herbe spongieuse, et le géant y vit là une opportunité.

Sans réfléchir, en position de faiblesse, le jeune Jarl contra la hache de son avant-bras. Il fut le premier surpris de voir le métal rebondir sur sa chair. Pourtant, dans un coin de son esprit, des images similaires lui revinrent en tête : un coup de masse sur le crâne l'ayant à peine étourdi ; sa main au feu, ne sentant qu'une douce chaleur ; et, tandis que la voix d'un prophète lui murmurait dans la tête, il se revit aspergé d'un sang impur, celui d'une infâme créature, maudite, abandonnée des dieux, un sang qui avait brûlé sa peau mais l'avait aussi imprégnée, durcie. Cet épisode l'avait rendu presque fou, mais en retour les dieux lui avaient accordé un inestimable présent : il le savait désormais, il était invulnérable !

Le Thurse regardait d'un air incrédule son arme, comme s'il se fut agi d'un sujet désobéissant. Le Jarl fut le plus rapide à reprendre ses esprits, et trancha le bras ennemi. L'autre tomba à la renverse en un hululement. Il serrait son épaule amputée lorsque Siegfried porta sa lame sur sa gorge.

Le chef Thurse dit quelque chose dans sa langue gutturale, les yeux emplis de défi et le rire à la bouche :

– Kroll môje vel'shoy vorjakar posyosladr narv znitjitj vivse, takroy voiskyprinat obzor zatremniatzra i vivse zanirzviat, kogdra vivse v'mren'shtey strepenit ôcrakidjatz !

Siegfried le considéra sévèrement avant de lui fendre le crâne jusqu'au buste. Puis il se dirigea vers son cheval mourant, s'agenouilla près de lui, caressant la tête équine et murmurant quelque douce parole à l'oreille de l'animal, avant de plonger sa lame en son cœur, mettant fin à ses tourments. Personne ne sembla remarquer que le visage du Jarl n'était pas trempé que de pluie et de sueur.

– Qu'a-t-il dit ? demanda Wulfrich, la bataille désormais gagnée. Les hommes achevaient les ennemis blessés et soignaient les leurs, aidés par les connaissances de Sygrid en secours.

– Il a dit que son roi enverrait une grande troupe de guerriers pour nous occire, une troupe telle qu'elle noircira l'horizon et nous emportera tous, au moment où nous nous y attendrons le moins...

Un lourd silence pesa sur les deux hommes qui considéraient gravement ces sombres révélations.

De retour chez Halgar, les festivités battaient leur plein, allant bon train. Dans l'herbe, près de la maison longue, des tables avaient été installées autour d'un grand feu de joie. Des fûts de bière furent ouverts, plusieurs immenses barriques disposées près des tables. L'air nocturne était encore chaud, et empli de chants de victoire ou paillards. Certains des hommes étaient allés retrouver leur femme, ou une autre. Siegfried et Sygrid s'étaient éloignés main dans la main à l'écart du groupe. Allongés sur l'herbe fraîche, elle se tenait sur lui, sa tunique entièrement défaite jusqu'à ses hanches graciles, le couvrant de baisers et de caresses. Effleurant distraitement sa poitrine offerte, il dit en regardant les nuages nocturnes défiler contre le ciel clair :

– J'ai ouï dire que dans certaines contrées, comme en Gallia, une femme choisissait un homme et n'aimait que lui jusqu'à ce que la mort les sépare, et que l'homme prêtait le même serment.

– Ton épouse est-elle une princesse étrangère ? demanda-t-elle en relevant la tête.

– Je ne crois pas, sourit-il.

– Ce sont de bien étranges mœurs que voilà ; comment se divertir correctement en ne connaissant qu'un seul homme, ou qu'une seule femme ?

– Ils disent que c'est noblesse.

– Et moi je dis que c'est tristesse. Tu fus mon premier, et j'espère bien que tu ne seras pas mon dernier !

Elle rit.

– Les femmes n'éprouvent-elles donc jamais nulle jalousie ?

La jeune fille éclata de rire.

– Bien sûr que si ! Nous éprouvons toutes et tous de la jalousie, à un moment ou à un autre. Je suis bien placée pour le savoir, avec Père et Mère que j'ai pu voir. De fortes tensions se sont souvent fait ressentir, lorsque Père semblait trop favoriser l'une de ses concubines, attisant la jalousie de son épouse légitime, et je crois qu'il a déjà rossé un ou deux fermiers lorsque sa liaison avec Mère n'était pas assez discrète. Pourtant ils s'aiment et vivent leur vie du mieux qu'ils peuvent, en suivant la seule voie qu'ils n'aient jamais connue. Qui peut les en blâmer ? L'un l'autre se blesser, c'est là partie intégrante des liens d'amour.

Elle parlait avec toute l'expérience d'une femme, non d'une enfant, à la grande surprise de Siegfried.

– Celui qui promet à son aimée de ne jamais la blesser est un menteur ou un idiot. L'on finit toujours par blesser l'être aimé, et pourtant l'on se pardonne l'un l'autre. Père et Mère sont peut-être imparfaits, mais ils affrontent la vie ensemble et agissent en accord avec leurs principes. Il serait le premier à prendre les armes et à donner sa vie pour la sienne. Combien de femmes peuvent-elles se targuer d'avoir cette chance ? Je pense qu'au jour de leur mort, ils pourront dire au Seigneur et à la Dame qu'ils furent heureux. Et puis, tant qu'équité il y a, pourquoi être jaloux ? Te sentirais-tu mieux si par exemple ton épouse usait de sa liberté autant que toi ?

– Je ne... sais pas...

– Tant que reste intacte votre flamme, qu'importent les autres femmes ? Je ne serais déjà pour toi plus qu'un lointain souvenir disparaissant, ô mon Jarl, lorsque, le cheveu gris, tu la tiendras encore dans tes bras puissants. Mais pour ce soir voyons si je saurais te contenter..., dit-elle, le regard espiègle, alors qu'elle baissait la tête jusque sous son nombril en défaisant d'une main experte sa ceinture.

Le soleil était déjà haut dans le ciel lorsque les guerriers s'éveillèrent péniblement. Beaucoup étaient malades des excès d'hydromel, d'autres contusionnés par les bagarres occasionnées (pour un mot mal placé, pour les yeux d'une belle dame, pour une corne renversée, ou bien pour rien du tout), mais tous étaient capables de chevaucher ou de marcher. Siegfried ouvrit les yeux et chassa les insectes qui avaient escaladé son corps dénudé. Le soleil perçait les frondaisons des arbres au-dessus de lui, et l'air était déjà chaud. Doucement, Sygrid s'éveilla à son tour. Il lui tendit sa tunique, qu'elle enfila prestement, dissimulant ses courbes féminines, puis ils rejoignirent les autres.

Chacun rentrait chez soi. Knut et ses guerriers faisaient leurs adieux au clan de Halgar, désormais allié.

– Rien de tel qu'une bonne chasse à la vermine pour rassembler deux vieux ennemis, déclara Knut en serrant l'avant bras du maître des lieux. Tu as le soutien de mon clan, ami !

– Et toi celui du mien. Nous scellerons ceci au Thing prochain, répondit solennellement Halgar. Et d'autres serments similaires furent prêtés entre différents chefs.

Peu à peu, les clans rentrèrent vers leurs terres, avec poignées de bras, accolades et cornes levées. Siegfried salua également Halgar et les autres, à la manière des chefs, et les remercia de leur aide ; ils avaient rendu un fier service au district de Xanten. Mais leur hôte secoua la tête.

– Je n'ai fait que défendre nos terres, et rayer de Mannheim quelques nuisibles de plus. Sonne la corne si tu as de nouveau besoin de ma masse !

Sygrid s'avança vers Siegfried et, sur la pointe des pieds, l'embrassa délicatement.

– Je te garderai toujours en mon cœur, mon Jarl. Conserve ce souvenir de moi, lui dit-elle en plaçant entre ses mains une amulette de Donar représentant, sculpté dans le bronze, un petit marteau gravé d'entrelacs. Puisse-t-il te protéger.

Il prit ses mains lorsqu'il lui promit en retour de ne jamais laisser sa mémoire effacer ce court été.

Il était à quelques pas de la ferme lorsque Sygrid l'interpella.

– Mon Jarl !

Du haut de son cheval il se retourna.

– Garde également ce souvenir de moi ! cria-t-elle en laissant glisser sa tunique jusqu'à ses hanches.

Ils repartirent sous l'hilarité et les congratulations viriles des guerriers.

– Mon Jarl, lui dit Wulfrich, quelques pas plus loin, cette saison tu as accompli ce que nul autre n'avait encore réussi.

– Quoi donc, mon bon forgeron ?

– Unifier plusieurs clans ennemis...

– Et nous en aurons bien besoin, mon ami... J'ai un sombre pressentiment pour le futur du Midland...

V

L'ÉPÉE DES ROIS

Une épée pour les gouverner tous.

Grimnir, *L'épée des rois*

Le soleil se couchait sur Xanten, ombrant de mauve et d'ocre les chemins entre les maisons de bois aux toits de chaume. Les demeures espacées laissaient la lumière du jour inonder le moindre recoin, tandis que les arbres parsemés çà et là, agrémentés de buissons et de hautes herbes poussant en dehors des chemins, offraient en été un ombrage bienvenu. Sur la place centrale, commerçants et artisans pliaient étal, et chacun rentrait chez soi après une belle journée de labeur. La vie était douce à Xanten, surtout en cette saison. C'est dans sa halle aux nombreux piliers de bois et au toit voûté que Siegfried recevait ce soir le Thein de Burgundia et roi de l'Île-des-Glaces. Comme à son habitude, il avait demandé à faire brûler quelques bûches dans l'immense âtre central, donnant un ton plus chaleureux et plus fraternel à la rencontre.

Gunther s'avança vers le trône du Jarl, surplombé part le crâne démesuré de Fafnir. Il portait une simple tunique de lin, et une large ceinture décorée de motifs entrelacés. Si la fabrication était de bonne qualité, l'habit n'était pas outrancièrement luxueux ; seul le diadème qui ceignait son front indiquait son haut rang. Siegfried se leva et partit à la rencontre de son vieil ami. Ils se saluèrent de manière officielle, puis ils abandonnèrent le protocole et se serrèrent l'avant-bras à la façon des guerriers avant de s'embrasser dans une féroce accolade. Derrière eux, la reine Brynhilde se tenait droite et altière, l'air aussi glacial que lorsque Siegfried l'avait vue pour la dernière fois. L'hôte les pria de s'asseoir sur les banquettes autour du feu.

– Gunther, tu es toujours aussi rayonnant, je vois. Et ton épouse toujours aussi délicieuse.

Elle lui adressa un regard meurtrier.

– Quant à toi, Gunnar, tu es toujours... Toujours... Bref ! Dès demain nous nous rendrons ensemble au Thing national, mais pour ce soir, festoyons ! Le repas sera bientôt servi. Goûtez donc en attendant cet hydromel ; je lève ma corne à nos retrouvailles, et à votre venue. Louée soit la Dame pour cette faveur !

– Louée soit la Dame ! reprirent en chœur les convives. Sauf Gunnar et Brynhilde.

Les servants apportèrent de nombreux plats de cerf mijoté, de bœuf ou de porc salé, de poisson fumé, ainsi que des corbeilles de fruits de saison et des tonnelets de bière et d'hydromel. La salle de vie enfumée fut vite emplie des clameurs du banquet, composées de rires, de chants, et de discussions en tout genre, autour de l'âtre central. À mesure que la soirée avançait, de plus en plus de guerriers tendait une main courtoise à une dame, ou bien l'attrapait au vol, lui arrachant un cri de surprise ravie, pour l'entraîner dans une estampie ou toute autre danse.

Plus tard ce soir, Siegfried buvait de la bonne bière avec Gunther. Il ignorait royalement la présence de Gunnar à leurs côtés et réciproquement. Son jeune fils s'était endormi dans ses bras, et à ses pieds se tenaient sagement les chiens de chasse de la halle. Les autres convives avaient laissé un peu d'espace aux trois hommes et continuaient de festoyer plus loin. Gunther avait souhaité s'entretenir avec ses deux assesseurs avant le Thing ; depuis la disparition de Woden, il était constamment question de l'indépendance du Midland, et nombre de discours belliqueux s'élevaient à l'Assemblée. Toutefois, il pria les deux hommes de le suivre dans ses tentatives de maintenir la paix face à Asaheim. Leur envol viendrait, mais par des mesures légales, non par la guerre. Avec le temps, les Æsir, guidés par Balder le Juste, finiraient par leur rendre leur indépendance, était-il persuadé. Siegfried fut le premier à répondre.

– Tu fis de moi un Jarl et m'offrit ta merveilleuse sœur comme épouse ; comment pourrais-je m'opposer à toi ? Tu as bien évidemment mon soutien. Mes désirs personnels passent après mon honneur et ma loyauté.

Gunnar, visiblement piqué dans son orgueil par la réponse du jeune homme, enchaîna :

– Tu es mon frère de sang, et l'héritier de Père. Le Thing local a voté ta succession à l'unanimité. Tu as bien entendu mon soutien.

Gunther sourit et leva sa corne en signe de remerciement. Pourtant, ces mots sonnèrent creux aux oreilles de Siegfried.

– Dis, Père, je peux venir à ce Thing dont tout le monde parle, moi aussi ? demanda Sigur de sa petite voix. L'enfant avait les yeux encore lourds de sommeil.

– Lorsque tu seras un peu plus grand, c'est avec plaisir que je t'y emmènerai ; un jour toi aussi tu auras ton propre clan à diriger, et ta parole sera écoutée lors du Thing. Mais pour le moment tu es encore petit. Va donc rejoindre ta nourrice. Ta mère et moi devons nous préparer pour le voyage. Tu auras tout le temps d'assister à un Thing lorsque tu seras un homme grand et fort.

– Grand et fort comme toi, père ?

Siegfried rit :

– Oui, grand et fort comme moi.

La nourrice vint chercher le petit être et l'emmena dormir plus loin.

– Quel adorable enfant..., sourit Gunther. Mon ami, en préparation au Thing, laisse-moi te rappeler qui sont les autres Theinar, ainsi que leurs positions : Hrothgar Hrothgarson, Thein de Thuringia, dont l'emblême est un renard sur fond noir, est un homme discret et modéré. Il est de ceux qui, comme moi, croient en l'unité du Midland, mais il se laisse souvent intimider par plus virulent que lui. Sigmar Haroldson, Thein de Saxonia, dont l'emblême représente un loup et un ours s'entre-dévorant, est une brute sanguinaire et violente ; un homme comme cela n'acceptera jamais d'avoir un roi au-dessus de lui. Toutefois, s'il était roi lui-même, il mènerait sûrement le Midland vers la ruine et la mort, se précipitant vers une guerre contre Asaheim et les Thurse. Enfin, Yngvar Wilhelmson, Thein de Westphalia, dont l'emblême est composé d'un saumon remontant une rivière tempétueuse, est un homme droit mais parfois borné. Je ne connais pas réellement ses positions guerrières, mais je pense qu'en appelant à son sens de la justice, il serait possible de le rallier à ma cause.

– Hrothgar Hrothgarson, Thein de Thuringia, Sigmar Haroldson, Thein de Saxonia et Yngvar Wilhelmson, Thein de Westphalia, répéta le jeune homme. Compris.

Il avait hâte d'être au Thing et de participer à la vie des quatre provinces. Il ne souhaitait rien de plus que servir son clan, et améliorer ses conditions de vie. Il avait déjà présidé de nombreux Thing locaux, et Gunther n'eut d'autre choix que de constater que son protégé avait réalisé un travail magnifique durant son Jarlhod.

Enfin, le Thein avait jugé Siegfried prêt à être son assesseur. Le jeune Jarl espérait que cela sera différent des assemblées locales, qui ne présentaient jamais rien de bien intéressant.

Ils arrivèrent au Mont-de-la-Loi par une journée au soleil timide. L'endroit était majestueux, et l'amphithéâtre naturel que composaient la montagne et le dénivelé étaient parfaits pour l'acoustique.

– Tiens ! Si ce n'est pas le petit forgeron, fils de Nibelung, que je vois !

– Almar Einarson, Jarl de Ramsund, répondit Siegfried. Quel... *plaisir*... de te retrouver...

– Que viens-tu faire au Thing national ? Je me souviens de l'époque où tu n'étais qu'un jeunot, désireux de participer à la vie de son district, payant de sa maigre pitance l'impôt pour siéger au Thing. T'es-tu trouvé quelque seigneur dont tu es devenu le serviteur, pour être ici présent ?

– Tu apprendras, Jarl de Ramsund, que le jeune Siegfried possède maintenant un titre égal au tien, et qu'il est mon assesseur, intervint Gunther, sourcils froncés.

– Toi, un Jarl ? Il éclata de rire. Je te pensais mort, ou vivant comme un banni dans la forêt, et voilà que j'apprends que tu es un seigneur ! Prends garde, Gunther Thein de Burgundia ; rien de bon ne germera de cette mauvaise graine...

Sur ce, il tourna les talons et rejoignit les siens. Siegfried le suivit du regard et vit, parmi les invités, une femme d'âge mûr qui attira particulièrement son regard. Lorsque leurs regards se croisèrent, Siegfried ressentit un frisson et son sang fit une envolée.

Il eut le cœur battant et le ventre noué lorsqu'il s'aperçut que la dame semblait avoir ressenti la même chose. S'excusant auprès de celui qui devait être son époux, elle se dirigea vers le jeune Jarl. Elle semblait plus glisser sur l'herbe verte que marcher, sa longue robe pâle flottant derrière elle. Il s'excusa auprès de son ami d'un air absent et se dirigea vers la dame, comme dans un rêve éveillé. Et soudain il sut. Elle lui fit face et sur son visage naquit un sourire à faire fondre glace. Elle le serra fort dans ses bras, et des larmes roulèrent sur ses joues, pour contourner ses lèvres toujours souriantes et goutter sur la tunique de Siegfried.

– Mon fils..., murmura-t-elle. Tu es si beau.

Elle passa une main délicate sur le visage du jeune Jarl, laissant ses doigts effleurer ses contours.

– Mère, comment vas-tu ? J'ai tant attendu que tu reviennes pour moi...

– Siegfried... Pardonne-moi de t'avoir laissé si longtemps... Cela était nécessaire ; je... je t'expliquerai tout dans un instant. Elle posa un doigt sur ses lèvres lorsqu'il s'apprêta à parler, puis lui prit la tête entre les mains. Mais que fais-tu là ? Je te croyais disparu en même temps que Reginn... Que s'est-il passé ?

L'humeur de Siegfried chuta aussitôt. Il repoussa de tout son être les sombres souvenirs qui lui revenaient en mémoire. Ce fut pourtant une toute autre histoire qu'il conta ; une attaque... Des bannis et des brigands, en grand nombre... Il n'avait rien pu faire pour aider Reginn... Étrangement, ce demi-mensonge était devenu dans l'esprit du jeune homme plus qu'une demi-vérité. Son récit rejoignait toutefois la réalité, vers la fin ; butant sur plusieurs mots, il révéla s'être enfui à travers les bois, jusqu'à se retrouver par hasard sur les terres de Gunther Gjukison, en Burgundia, qui le recueillit, et fit de lui son Jarl après que le jeune homme lui eût sauvé la vie.

– N'y pense plus, mon enfant, oublie donc tes tourments, lui chuchota-t-elle en le serrant fort contre son sein. La mort est une partie du cycle de la vie, et même si nous sommes chagrinés de ne plus avoir à nos côtés un être aimé, nous devons nous rappeler qu'ils sont partout présents, dans le souffle des vents, dans le cours des ruisseaux, dans le chant des oiseaux. Je te croyais perdu à jamais, et pourtant les dieux ont entendu mon appel et t'ont renvoyé vers moi... Et tu es devenu Jarl par ton seul courage, qui plus est ! Je suis si fière de toi, et ton père le serait aussi, assurément.

Ces paroles le touchèrent plus qu'elle ne le sut jamais. Elle l'embrassa une dernière fois avant de s'éloigner ; le Thing allait débuter, et il leur fallait prendre place. Le Récitateur des Lois ouvrit l'assemblée lorsque tout le monde fut réuni. Une fois le prix des marchandises d'import fixées, les alliances scellées ou rompues, les mariages annoncés, les nouvelles des autres royaumes propagées, la discussion devint plus belliqueuse. Ils devaient chasser l'envahisseur Æsim, clamait Sigmar Haroldson, Thein de Saxonia. Si Woden avait disparu, laissant son fils Balder diriger, rien n'avait changé : Il était temps désormais que les loups du Midland dévoilassent enfin les crocs ! Des murmures d'approbation s'élevèrent dans l'hémicycle, l'incitant à poursuivre. Plusieurs Jarlar étaient des Æsir, et de nombreuses terres appartenaient en fait à Woden ; ils devaient bouter ces envahisseurs hors de chez eux et reprendre ce qui leur appartenait ! Hrothgar Hrothgarson, Thein de Thuringia, fit remarquer que ceci reviendrait à une déclaration de guerre. Les Royaumes Goths étaient bien trop puissants pour un affront direct, surtout compte tenu de la menace Thurse qui planait sur le Midland. Gunther exprima son accord. Il rappela que les choses n'étaient pas aussi noires que le laissait croire Sigmar. Balder était un roi juste et bon. Là où son père avait dirigé d'une main de fer, il n'avait de cesse d'œuvrer pour la paix. Sigmar leva les yeux au ciel, qualifiant ces propos de contes pour enfants. Si seulement les Theinar et les différents clans parvenaient à s'entendre pour choisir un roi, se lamenta Siegfried. Peut-être alors pourraient-ils recréer le Grand Thing d'autrefois et négocier avec les Æsir. Brynhilde intervint, créant le silence :

– Le combat est la vie. Car vivre c'est lutter, et lutter c'est vivre. Si les Midlander voient sans réagir leur honneur et leur fierté bafoués, c'est à petit feu qu'ils mourront. Et puis, le cycle de la violence et de la haine prend fin lorsque plus personne ne reste à tuer..., acheva-t-elle avec un sourire féroce.

Son regard d'acier croisa celui de Siegfried. Encore une fois, il sentit ce lien qui les unissait. Krimhilde était comme Gunther, douce et chaleureuse, alors que Brynhilde était comme lui ; il se surprit à s'imaginer au sommet d'un monceau de cadavres, épée sanglante en main, la Reine Guerrière à son bras, guidant leur clan vers un futur d'or et de prospérité. Il n'avait nullement peur de verser le sang pour réaliser son rêve de bonheur et de justice. Elle non plus. Siegfried se remémora un proverbe disant qu'il n'y avait pas plus dur conseil que celui d'une femme...

– Que sais-tu des arts de la guerre, ou bien de notre

245

royaume ? déclara Sigmar. Tais-toi donc et garde ton énergie pour ton propre foyer.

Si Brynhilde sourit, son regard brillait de rage.

– Essaye donc de m'empêcher de parler. Tu repartiras estropié, ou bien escouillé. Quant aux arts de la guerre, je pense avoir bien plus d'expérience qu'un minable bouseux comme toi !

– Qui est un bouseux ? protesta Sigmar.

– Écoutez donc vos femmes, vous verrez que leurs conseils sont souvent avisés. Ainsi parla Hiordis.

– Les tueries insensées ne sont jamais qu'une vaine solution, dit Krimhilde, visiblement enhardie par les autres dames. La violence et la haine ne feront qu'engendrer plus de violence encore, prêtez-y attention.

– Un Thing où les femmes parlent..., maugréa Sigmar. J'aurai tout vu... Ces chiens de Gothar tiennent le Midland depuis bien trop longtemps. Qu'on les passe par les armes, dis-je, s'ils refusent encore de reconnaître alors notre toute-puissance ! A ceux qui prônent la paix, je tiendrai ces paroles : il est temps désormais d'ouvrir grand les yeux, de prendre notre envol ! Par Donar, le sang ou l'honneur ! Reprenons par la force les terres du Midland conquises par Asaheim !

Gunther leva la main en signe de paix.

– Crois-tu vraiment, ô puissant Thein, que le Midland puisse résister aux Royaumes Goth, surtout si nous sommes attaqués en même temps par les Thurse ? Si tu es tant pressé de partir trépasser, fourbis donc tes armes et monte ton destrier, mais n'emporte pas ton clan avec toi dans le tertre.

– Je me dois d'appuyer les dires du Thein de Burgundia, intervint Hiordis. Une guerre ouverte n'est aucunement la solution. Pour que notre monde change, nos mentalités doivent changer, et les changements se traduire par des réformes et un nouvel ordre, non par la destruction.

– Au risque de contredire mon époux, s'avança Brynhilde, aucun changement ne passera tant que les Wodenson seront au pouvoir. Si nous devons instaurer des réformes, ce sera lorsque plus personne ne pourra nous en empêcher. Les mentalités des clans suivront celles des dirigeants. Aux armes, dis-je, et imposons à Mannheim les changements qui en feront un monde meilleur !

– Tu tiens de bien étranges propos pour la reine d'une ancienne colonie Goth, remarqua Almar.

– L'Île-des-Glaces n'a plus rien à voir avec Asaheim ! Nous sommes un peuple à part entière, désormais, et plus des colons expatriés sur une île. Les Æsir n'ont cure de nos intérêts, et n'accordent aucune considération à nos aspirations.

– Que la guerre soit la solution ou non, déclara Gunther, il n'en reste pas moins vrai que nous ne saurions l'emporter. Nous ne ferions que mourir glorieusement en une vaine cause.

– Mieux vaut mourir en hommes et en femmes libres que vivre en esclaves ! cracha Brynhilde.

– Je refuse de prendre les armes pour une telle folie, dit Gunther, les bras croisés.

– Et moi je refuse de me laisser plus longtemps marcher sur les pieds, gronda Sigmar.

– Nous en revenons à ce que je disais, insista Siegfried. Pourquoi ne sommes-nous capables de prendre *une* décision ensemble ? Nous sommes un seul et même peuple, et pourtant une moitié d'entre nous désire l'inverse de ce qu'attend l'autre. Chaque province continue de fonctionner comme un royaume à part entière ! C'est désormais plus que jamais qu'il nous faudrait un roi pour tous nous unifier sous sa coupe éclairée.

– Parlant de cela..., intervint Hiordis. Siegfried, il est temps que tu apprennes la vérité. Ton père n'était pas un simple chef de clan. Il était Sigmund Volsungson, le seul roi que le Midland ne connut jamais. Tu es son héritier.

Des murmures incrédules, dubitatifs ou enthousiastes s'élevèrent dans l'assemblée. Pour Siegfried, les pièces du casse-tête commençaient à s'emboîter, et la compréhension à naître. Voilà pourquoi sa mère l'avait envoyée très tôt vivre chez Reginn. Et elle ne revint jamais le voir durant tous ces hivers de peur que Woden le fasse assassiner...

– Crois-bien que tu as manqué terriblement à ta mère, et à moi aussi, dit Yngvar. Je fus moi-même étonné de constater à quel point je m'étais pris d'affection pour ce petit être que je n'ai gardé que quelques hivers, bien qu'il ne fût pas de mon sang...

Gunther éclata de rire.

– Tu n'as de cesse de me surprendre, mon ami ! Comme je m'en veux de t'avoir traité comme un simple forgeron et servant lors de ton arrivée !

Il lui asséna une claque virile sur l'épaule, toujours riant. Gunnar foudroya le jeune homme du regard.

– Siegfried, si le même sang que celui de ton père coule dans tes veines, tu as tout mon soutien, et celui de mon clan, pour te mener à la tête du royaume. Possèdes-tu l'Épée des Rois ?

Ainsi parla Hrothgar.

Sigmar éclata :

– Qui ose parler de roi ? Qui croit à ces fadaises ? Siegfried n'a pas plus de droit au trône que moi ! Une épée retirée d'un vieil arbre ne désigne pas un monarque. Que l'on organise des duels, et laissons les dieux décider qui doit régir le Midland !

– Par Donar ! s'exclama Siegfried, de quoi parlez-vous tous ?

La stupeur avait cédé la place à la colère.

Le Thein tempétueux allait répondre lorsque Hiordis se leva ; il était temps pour Siegfried de connaître sa propre histoire. Son grand-père, Volsung Valterson, était un chef de clan assoiffé de pouvoir. En ce temps-là, une multitude de petits royaumes composaient le Midland, et il voulait créer le sien à la pointe de son épée. Il conquit la Westphalia et en devint le roi. Mais son ambition ne s'arrêtait pas là ; il voulait devenir un roi, un roi comme les clans du Midland n'en avaient jamais connu. Les autres monarques s'insurgèrent, et une guerre finit par éclater, opposant chacun à chacun. Ce conflit, nommé la Guerre des Trônes, dura moult lunes. Las des hivers de vains conflits, les chefs firent la paix, comprenant qu'aucun d'entre eux ne pourrait régner sur tous les autres, et la fille du roi de Thuringia fut offerte à Sigmund, le plus jeune fils de Volsung, en gage de bonne foi et d'unité. Cette jeune fille, exilée en une contrée inconnue, apeurée et inexpérimentée, c'était Hiordis. Tous les chefs de clans furent conviés à leurs noces, et lors des festivités marquant la paix, un mystérieux étranger apparut. Nul ne le vit venir. C'était un homme d'un certain âge, au long manteau bleu, et au chapeau aux larges bords. Il se présenta comme Skald et prophète, et déclara que tant que nul ne serait désigné par les dieux, le Midland ne connaîtrait jamais de roi. Instantanément Hiordis sut qu'il était un envoyé divin, tant il imposait la crainte et le respect. Il sortit alors une superbe épée, et tous retinrent leur souffle. Il clama qu'il tenait là l'Épée des Rois, et que seul le champion des dieux pourrait la retirer de son socle. Il frappa alors le chêne majestueux sis au milieu de la cour, et planta l'épée jusqu'à la garde dans le vieux bois avant de disparaître avec le fracas du tonnerre. Tous essayèrent, en vain, de retirer l'épée. Tous, jusqu'à ce que Sigmund, le père de Siegfried, s'avançât et saisît le manche. Il retira la lame sans nul effort. Ce soir, Hiordis ne fut pas seulement mariée au roi de Westphalia, mais à celui du Midland. Il nomma Theinar les rois des provinces, car un seul monarque devait subsister.

– Quand bien même ce serait là la vérité ; quand bien même les dieux auraient désigné par telle épreuve le vrai roi du Midland, contra Sigmar, l'épée fut perdue lors de la Guerre des Rois. Elle fut brisée, et ses fragments éparpillés. Qui nous dit donc que Siegfried est le champion des dieux, juste car son père le fut ? Un fils n'est pas son père. Un roi est choisi car il est le plus fort, ou bien le meilleur meneur, pas le *fils* du plus fort ou du meilleur meneur.

– Tu fais erreur, ô Thein, dit doucement Hiordis en souriant. L'Épée des Rois ne fut pas perdue. Si brisée elle le fut, j'en gardai tous les fragments et les transmis à mon fils. Siegfried, mon cœur, quelle est cette épée que tu portes ?

Siegfried, ahuri par la nouvelle, tira mécaniquement

Balmung de son fourreau.

– Mes Jarlar et mes Theinar, je vous présente l'Épée des Rois, reforgée à ma demande le jour de ses quinze hivers pour mon fils, Siegfried Sigmundson, seul véritable héritier au trône du Midland.

Le silence s'installa dans l'assemblée. Le silence quelques secondes. Puis un assourdissant brouhaha éclata, chacun parlant, criant, clamant plus fort que son voisin. Certains bramaient leur outrage, d'autres proclamaient leur loyauté envers le fils du dernier roi. Des mots furent échangés, et parfois même des insultes. Le silence revint brusquement lorsque Gunther éleva la voix. Étaient-ils donc des chefs de clan, ou bien quelques guerriers de taverne prêts à en venir aux poings pour des mots ? Si cette légende était vraie, un seul moyen de vérifier : Qu'ils se rendissent sur place pour replanter l'épée dans l'arbre et voir qui pourrait l'en sortir.

Le voyage jusqu'à Volsung fut laborieux mais sans péripéties. Un aussi grand convoi, où les femmes voyageaient en chariot, ne pouvait aller aussi vite qu'un petit groupe de guerriers montés. Siegfried laissa porter son regard sur la campagne environnante, composée de collines, de champs et de vergers. Au loin, il voyait la ligne émeraude de la forêt, et derrière eux les dents du Mont-de-la-Loi d'où ils venaient.

Le Jarl Vidkun Volsungson, un homme discret et sobre, reçut ses invités dans un confort tout en simplicité, dans sa halle. Siegfried rencontrait son oncle pour la première fois. Il semblait être un homme taciturne et réservé, difficile à approcher. Le jeune Jarl tenta toutefois de briser cette distance ; après tout, n'avait-il déjà pas assez peu de famille comme cela ? Il complimenta l'élégance de ces lieux, tandis qu'il marchait avec Vidkun, Hiordis et Krimhilde à ses côtés. L'architecture était simple mais charmante, sans nul vain ornement. Toutefois, de ces murs et de ce mobilier au bois sombre, de cette halle presque nue, sans tentures ni râteliers, se dégageait un sentiment de calme et de sérénité.

– Vis aussi longtemps que moi, et tu apprendras à te passer de tous ces artifices. Si la guerre m'a fait réaliser une chose, c'est bien la réelle valeur de la vie, et de l'apprécier dans sa plus pure simplicité. Qu'ai-je à faire d'une halle chichement décorée, lorsqu'un simple toit couvrant quatre murs protège ma tête de la colère et des larmes des dieux ? J'ai vu l'ambition dévorante ronger mon père et mon frère, et les maux engendrés par la guerre. Cette sobriété est manière de me rappeler l'humilité dont mon frère a manqué. Je n'ai d'autre ambition que de couler des jours paisibles dans ce royaume que j'aime tant.

Vidkun semblait brisé par le combat, mais il semblait également avoir trouvé sa paix intérieure. Siegfried l'envia.

– Il paraît que tu as un fils, reprit l'homme.

– Certes, mon oncle. Il s'appelle Sigur.

– Est-il vrai ? s'émerveilla Hiordis. J'espère avoir l'heur de le rencontrer bientôt. Par les dieux, je suis grand-mère !

Elle sourit à éclipser le soleil.

– C'est bien. Quel dommage que dans quelques hivers il grandisse pour devenir un homme accompli.

– Mon oncle ?

– Admire ce visage innocent, Siegfried. Admire-le et garde-le en ton cœur. Car bientôt cet enfant, encore pur, sera parfaitement rôdé aux jeux des hommes ; bientôt, à son tour il ressentira la haine, infligera la douleur, mentira, tuera et complotera, et ne pensera qu'à l'or, à la gloire et au cul des filles. Et de cet être innocent que tu chéris aujourd'hui il ne restera rien. Rien qu'un étranger devenu une gangrène de plus en ce monde.

– Vidkun ! s'exclama Hiordis. Comment oses-tu ?

– Retire tout de suite ce que tu viens de dire, explosa Krimhilde, si tu ne veux que, oncle ou non, je t'arrache les yeux !

Siegfried n'avait jamais vu son épouse dans une telle colère. Elle était pareille à une jeune louve protégeant sa progéniture.

– Pardonne-moi, neveu. Parfois mes pensées prennent une envolée... lyrique. Je suis sûr que Sigur deviendra un homme droit et honnête, comme son père.

Siegfried ressentit un frisson à l'évocation de cette image de noblesse qu'il renvoyait. Personne ne connaissait le monstre en lui. Vidkun, au fond, avait raison. Plus que tout, il veillerait à préserver la chair de sa chair des maux de ce monde. Il enviait beaucoup moins son oncle, désormais, dont la paix et la sérénité ne découlaient que d'une sinistre résignation à la noirceur des hommes.

– Chéris ta famille, reprit Vidkun. Chéris ta famille et personne d'autre. Crois-moi, neveu, la confiance n'est jamais récompensée que par la trahison.

Le silence les accompagna pour le restant du trajet. Hiordis lança un regard contrit à son fils et Krimhilde gardait les lèvres pincées. À mesure qu'ils avançaient, d'immenses ramures se détachaient petit à petit derrière le toit de la halle. Lorsqu'ils eurent contourné le bâtiment, le chêne se tenait devant eux, majestueux.

Siegfried retint son souffle quelques secondes ; il n'avait aucun mal à croire qu'un tel arbre était un attribut des dieux. Il devait avoir plusieurs centaines d'hivers, peut-être même mille. Ses immenses branches s'étendaient tout au-dessus de la cour, et frôlaient les frondaisons de la halle. Il dominait de son imposante stature les hommes et femmes assemblés ; Siegfried n'était qu'une insignifiante fourmi pour ce seigneur de la nature. Des bancs avaient été disposés tout autour, ainsi que des parterres de fleurs. L'endroit était vraiment enchanteur.

– Je vous attendais, dit une voix qui les fit tous bondir de surprise.

Chacun avait déjà dégainé son épée lorsque Siegfried, incrédule, s'exclama :

– Grimnir ! Ainsi te revoilà, vieux sage. Quelles affaires as-tu avec cet endroit ?

– J'ai tout à faire ici, impétueux guerrier. Car l'histoire se répète, pareille à autrefois ; me voici de nouveau pour replanter l'épée. Que les dieux aujourd'hui nomment de nouveau un roi.

Il tendit la main vers Siegfried. Le jeune homme hésita un instant avant de lui tendre Balmung, à contrecœur. Le prophète se dirigea vers l'arbre.

– En ce jour je déclare que jamais le Midland ne connaîtra de roi avant qu'il ne s'amende, et ne retire l'épée du cœur de ce vieux chêne ; entends ma prophétie, autorité suprême !

Et sa voix claqua comme le tonnerre. Siegfried sut alors instantanément que les dieux parlaient à travers sa bouche. Son aura n'était pas celle d'un mortel, et ses yeux semblaient illuminés d'éclairs bleus. Il frappa l'arbre. Le fracas fut assourdissant et tous détournèrent la tête en fermant les yeux et se tenant les oreilles. Lorsqu'ils purent y voir à nouveau, de l'homme nulle trace, et la lame était solidement plantée dans le bois jusqu'à la garde. Haut dans le ciel disparaissaient deux corbeaux. Sigmar fut le premier à reprendre ses esprits et se dirigea à grands pas vers le symbole sacré, écartant sans ménagement quiconque se trouvait sur sa route. Il tira de toutes ses forces sur la poignée de l'épée, sans la faire bouger d'un pouce. Son visage vira rouge, ses veines se dilatèrent. Il grognait, les dents serrées :

– La couronne est à moi ! Je suis le seul vrai roi ! Et lorsque je serai sur le trône (grognement d'effort) j'irai jusqu'en Asaheim, (grognement) et j'apprendrai à ces chiens (grognement) de quoi sont capables les Midlander ! Je vais les éventrer ! (grognement) Les démembrer ! (grognement) Les lacérer !

Il hurla une dernière fois et tomba, épuisé, sa poitrine se soulevant sporadiquement.

– Pour quelqu'un qui n'a cure des vieilles légendes, lança une Brynhilde toute sarcasme, tu fus bien prompt à empoigner cette épée. Ô puissant Thein, sous cet effort t'es-tu brisé les veines ?

Les rires fusèrent, bien vite réprimés. Sigmar lança un regard noir à la reine avant de filer à grand pas, le visage cramoisi sous son épaisse barbe, bousculant les chefs de clans et les dames sur son chemin. Siegfried invita Vidkun à tenter sa chance, mais son oncle déclina, levant la paume ouverte de ses mains, bien qu'une étrange lueur dansât dans ses yeux. Gunther déclina lui aussi l'invitation. Encore une fois, Siegfried se demanda quelle raison pouvait pousser un Thein à ne pas chercher plus de pouvoir encore.

255

Brynhilde, quoique bien plus digne dans son échec que Sigmar, n'eut guère plus de chance. Elle abandonna en serrant les dents et tourna dédaigneusement les talons après un dernier regard empli de mépris pour cet objet récalcitrant, et personne ne contesta le fait qu'une femme tentât de retirer l'épée. Hrothgar essaya visiblement plus par protocole que par réel espoir, et n'insista pas lorsque l'épée se refusa à lui. De même pour Yngvar. Et lorsque Gunnar tenta sa chance, Siegfried ne put s'empêcher de sourire cruellement de son échec, le saluant de la main. Almar, son ancien Jarl, échoua lui aussi, et s'en fut la tête basse, évitant le regard de Siegfried. Tous les autres essayèrent, du plus modeste Thingsmadr aux plus puissants Jarl. Lorsque tous échouèrent et que Siegfried se tourna vers sa mère, elle lui rappela, sourire serein aux lèvres, qu'un seul guerrier saurait retirer l'épée ; qu'il ait confiance. Le jeune Jarl s'approcha de l'arbre. Son cœur battait à tout rompre, dans l'expectative d'un cuisant échec qui le plongerait dans la honte. Il empoigna le manche de l'épée. Ses muscles se tendirent. Il tira de toutes ses forces, s'attendant à la résistance de la lame fichée dans le bois. Et tomba à la renverse. Lorsqu'il se releva, il tenait fermement l'épée en main, et sous son regard incrédule les chefs et les dames mirent un genou à terre.

Siegfried fut couronné à l'équinoxe d'automne, jour sacré pour la Dame, après que le Thing eut approuvé à l'unanimité sa légitimité. Tous les Theinar, tous les Jarlar, tous les chefs de clan avaient reçu le Message par la Flèche et se trouvaient réunis autour du Bosquet des Dieux, près de Xanten. Le nouveau roi du Midland passa entre les centaines de convives, divisés en deux rangées, et se dirigea vers l'immense chêne qui siégeait là. À sa droite se tenait le chamane de son clan, vêtu des peaux de leur esprit gardien, le loup, et à sa gauche était la jeune fille d'un chef, vierge, entièrement nue mise à part la cape à demi transparente qui l'enveloppait. Un totem de bois à l'effigie de l'animal était planté dans l'herbe, et toisait l'assemblée de son regard inquisiteur. Les chefs et les dames se refermèrent en cercle autour des trois figures.

– Siegfried Tueur-de-Dragon, annonça le chamane d'un ton ritualiste, que viens-tu faire en ces lieux ?

– Je viens réclamer ma royauté, répondit le jeune homme d'une voix égale.

– Quelles prétentions as-tu au trône du Midland ?

– Aucune, si ce n'est la volonté et la bienveillance des dieux.

– Quel est ton devoir, quelle est ta vocation ?

– Défendre le Midland, protéger son peuple.

– Le jures-tu devant le Seigneur, la Dame et leurs enfants ?

– Devant le Seigneur, la Dame et leurs enfants, je le jure.

Le chamane tendit quelque chose à Siegfried. Quelque chose de rosacé et d'humide. En mordant ce cœur de loup, Siegfried acquerrait la rapidité, l'agilité, la ruse et la sagesse du prédateur. Qu'il protège son clan, la Burgundia, le Midland, comme un loup protégerait sa meute. Que ses ennemis tremblent devant lui, et que partout son nom soit synonyme de férocité et d'honneur. Le futur roi prit à pleine main l'organe encore tiède et y planta toutes ses dents, se remémorant le geste similaire qu'il avait fait après avoir occis Fafnir. Il arracha un grand morceau de muscle qu'il mastiqua bruyamment, avant de l'avaler et d'y replonger les crocs. Son regard était pareil à celui d'un loup, et son visage maculé de sang ne faisait que renforcer ce mimétisme. Malgré lui, il ne put s'empêcher de dévorer en entier l'organe, et de lécher le liquide vermeil sur ses doigts de façon plus qu'animale. La jeune femme s'avança ensuite et lui donna, par son baiser sacré, la bénédiction de la Dame. Elle l'embrassa une fois sur le front, une fois sur chaque joue, et une fois sur les lèvres. Le chamane posa sur sa tête une couronne faite de bois de cerf. Par cette coiffe, il représenterait le Seigneur sur cette terre. La jeune femme l'invita ensuite à respirer les vapeurs divinatoires et à laisser le Seigneur envahir son esprit et lui accorder sa force et sa sagesse. Elle lui tendit un bol de terre cuite empli d'une mixture fumante.   Il prit une profonde inspiration, et la jeune femme en fit de même. Il sentit monter en lui la puissance. Tout lui était possible ; il le sut dans sa transe, il unirait le Midland et serait l'instigateur d'une ère nouvelle.

– Siegfried Tueur-de-Dragons, tu es aujourd'hui le Seigneur. En tant qu'homme tu as une épouse terrestre, et en tant que dieu une épouse divine. Scelle cette union avec celle qui est aujourd'hui la Dame.

          La jeune femme le prit par la main et l'emmena au centre du cercle. Imprégné par l'essence divine qui montait en lui, il ne prêtait plus aucune attention aux centaines d'yeux braqués sur eux. Il remarquait pour la première fois depuis le début de la cérémonie sa partenaire ; ses yeux gris comme un ciel d'orage, sa peau claire comme le lait, ses cheveux auburn comme la feuille d'automne, et sa divine silhouette, exquise et délicate, aux formes concupiscentes. Soudain, il était le Seigneur, et elle était la Dame. Cet enivrant sentiment était encore plus présent, plus plaisant, que ce qu'il avait pu connaître avec Brynhilde. Plus rien d'autre n'existait que leurs corps enflammés. Il sentait ses mains, ses lèvres, attirées, irrésistiblement attirées vers le corps de la Dame. En un geste, sa cape légère s'envolait aux quatre vents, et elle se tenait devant lui dans sa plus prime nature. En un geste, sa tunique était à terre, amas noir sur l'herbe rousse, et il emprisonna sa promise dans ses bras musclés. Il la dévora de baisers, la parcourut de caresses, qu'elle lui rendit au centuple. Il la plaqua au sol et lui écarta les cuisses d'une main volontaire avant d'entrer en elle de tout son être. Durant toute leur union, les invités les acclamaient en poussant des vivats à la gloire de la Dame et du Seigneur, tandis que le chamane entonnait un chant rituel.

L'humeur était au beau fixe lors du dîner, ce soir-là. À Xanten, où tous s'étaient rendus pour le banquet, Siegfried était sis entre sa mère et son épouse, et en face se trouvait Brynhilde. Hiordis tenait le petit Sigur assoupi dans ses bras, et en ses yeux ne se lisaient que bonheur et amour. Oubliées les sombres discussions du Thing sur la guerre et le climat de conflit entre les nations, les sujets abordés étaient la chasse, les célébrations sacrées, les moissons, les arts et les amours.

– Et moi je dis qu'à la guerre comme en amour, il faut conquérir, se battre tour à tour, tantôt galant, tantôt violent, sans faiblir ! tonitruait Hrothgar, engloutissant force cervoise. C'est ainsi que l'on s'attache le cœur d'une dame ! Pour appuyer ses dires il se retourna vers son épouse et l'embrassa tout aussi férocement ; les vivats se firent assourdissants.

– Mon aimé, glissa Krimhilde en aparté, j'ai ouï dire que Hrothgar troussait toutes les servantes à sa portée, en plus d'avoir force concubines. Est-ce vrai ?

– Cela, je ne le sais, répondit Siegfried, mais je n'en serais guère étonné.

– Je ne sais comment son épouse fait ; je ne peux m'empêcher, me prenant à penser à ton corps si musclé caressé et baisé par une autre que moi, de sentir violemment mes entrailles torturées et mon cœur lacéré.

– Tu es comme tu es, répondit Siegfried en riant doucement, je t'aime si fait.

– Mais, lorsque tu t'es uni à cette fille..., commença-t-elle, les yeux larmoyants.

– Nous n'étions plus un homme et une femme, mais le Seigneur et la Dame empruntant nos corps. Je n'aime que toi, Krimhilde.

– Comme tu me comprends ! s'exclama-t-elle en posant sa tête contre l'épaule de son époux. Et comme je suis heureuse d'avoir à mes côtés un homme si parfait, partageant mes idées !

Siegfried ne laissa jamais voir à son épouse qu'une lame fouailla alors son cœur, guidée par la main du remords. Les choses de l'amour étaient si compliquées ! Pourquoi résister, alors que Beyla enjoignait les hommes et les femmes à la célébrer par cette passion charnelle ? Et pourtant, s'ils étaient mus par cette sourde passion, une voix dans leur cœur, emplie de ténèbres, hurlait soudain sans prévenir, et de cette chose délicieuse et sacrée, naissaient des sentiments noirs et dangereux.

– Mais conte-nous donc, Gunther mon ami, comment tu as dompté telle furie ! La voix de Hrothgar ramena le jeune Jarl à la réalité. J'ai ouï dire que la belle Brynhilde ci-présente avait mis à terre bon nombre de prétendants. Raconte-nous !

– Raconte-nous ! Raconte-nous ! reprirent-ils tous en cœur.

Siegfried sentit une goutte de sueur froide couler, lentement, lentement, le long de sa nuque. Gunther était un homme honnête ; allait-il trahir leur secret par ses piètres mensonges ?

L'intéressé, arborant un sourire confident et concédant, se leva et narra l'histoire telle que tous, hormis les conspirateurs, devaient la connaître. Il donna force précisions, tant et si bien que Siegfried se demanda s'il n'avait pas rêvé cet échange d'identité. Certains souvenirs demeuraient intacts dans son esprit – son enfance à la forge, la mort du dragon, la naissance de son fils – mais d'autres semblaient comme ne pas lui appartenir – le meurtre de son père, ses épousailles, son combat contre la Reine Guerrière en tant que Gunther. Parfois, il se surprenait à voir dans le visage d'un être cher celui d'un étranger, et contemplait la petite poupée blonde endormie à ses côtés comme s'il la découvrait. Qui était réellement Siegfried ? Le jeune homme insouciant et joyeux de vivre, se contentant d'inspirer l'air frais et de chasser le cerf ? Ou bien le guerrier imprégné de la fureur de Donar, le tueur de dragons, le parricide, le menteur ? Ou bien aucun des deux ? Il était en train de fixer ses mains serrant une corne de cervoise comme s'il se fut agi d'objets incongrus laissés là par un étranger lorsque son esprit réintégra finalement son corps. Il était de nouveau Siegfried, et l'ombre qui voilait son identité s'était finalement dissipée. Gunther achevait son récit, parvenu à l'épisode du diadème jeté au feu. La reine défiait du regard quiconque d'oser commenter sa défaite. Diplomate, le Thein prit les mains de son épouse dans les siennes, clamant que par son amour pour la belle reine, la Dame lui avait donné la force de Donar, afin qu'il puisse conquérir sa promise et l'honorer comme Beyla.

– Et d'honneurs, je suis sûr qu'il y en eut moult depuis la nuit de noces ! interrompit Wulfrich, provoquant l'hilarité.

– Certes, répondit la reine intéressée sans se départir de son sourire hautain coutumier, bien plus que tu n'aurais pu endurer si j'en crois mes yeux.

L'assistance lâcha un « Ooooooh » faussement outré, avant de s'esclaffer. Wulfrich rit avec les autres de la pique ; elle était bien lancée.

Plus tard dans la nuit, le jeune roi sortit humer l'air frais, laissant derrière lui la halle enfumée emplie de bruit et de chaleur. Sa mère le rejoignit peu de temps après.

– Tu as un bien beau fils. Et Krimhilde semble une bonne mère. Cela me rappelle tant les quelques hivers où je te gardai près de moi...

– Je suis heureux de te retrouver, Mère. J'avoue t'en avoir voulu pendant longtemps. Ce sacrifice auquel tu as dû consentir fut certainement très difficile pour toi.

– Bien plus que tu ne saurais l'imaginer... Tout au début, chaque jour sans mon enfant était une torture, et je voulais mourir. Mais l'idée de te revoir me poussait à tenir malgré la peine, gardant à l'esprit que le vieux Nibelung t'offrirait une vie certes simple, mais heureuse autant que sûre. Au fil du temps la douleur devint sourde, une partie de moi silencieuse, toujours présente mais vivable, jusqu'à ce que j'apprenne ta disparition. Mais plus rien n'a d'importance, désormais ; tu es de nouveau à mes côtés, et je ne laisserai plus rien nous séparer...

Elle le prit dans ses bras un long moment.

– Siegfried ? Par les dieux, c'est bien toi !

La voix féminine les fit se retourner.

– Hrorki ! s'exclama-t-il. Que fais-tu si loin de la Westphalia ?

– Je venais constater de mes yeux ce que j'avais entendu, répondit-elle en se jetant dans ses bras. Je n'y croyais d'abord pas lorsque j'appris la nouvelle, portée par tous les Skaldar dans tous les villages depuis des lunes. Il fallait que j'en aie le cœur net, aussi suis-je venue au couronnement.

Elle observa un silence, puis reprit :

– Pourquoi ne m'as-tu jamais contactée ? Je serais venue aussitôt, si tu m'avais appelée à tes côtés, tu le sais !

Ses grands yeux couleur ciel d'hiver étaient baignés de larmes.

– Je suis désolé, Hrorki. Je dus partir précipitamment, laissant derrière moi toute ma vie passée, toi y compris. Je n'ai aucune excuse. Mais laisse-moi te présenter ma mère. Mère, voici Hrorki, mon amie d'enfance, à Ramsund.

– Oh, je n'avais jamais rencontré ta mère... Je veux dire : mes hommages, ma Reine.

– Que la Dame veille sur les amis de mon fils, sourit Hiordis. Je vais vous laisser vous retrouver, et m'occuper un peu de Sigur.

Elle salua poliment et rentra dans la halle. Dehors, les deux jeunes gens s'observèrent un instant en silence.

– J'étais si triste, lorsque tu partis sans rien dire..., murmura Hrorki. Si triste et si inquiète... Les hommes du village, ne voyant plus nulle commande arriver, se rendirent chez ton père, et ils ne découvrirent que son cadavre. Certains dirent que votre logis fut attaqué, le vieux Nibelung tué, et toi capturé pour être vendu comme esclave. Ils accusèrent les Thurse, des bandits ou des bannis. D'autres dirent que c'est toi qui tuas Reginn avant de fuir. Siegfried, que s'est-il passé ?

– Ce fut un accident ; nous nous sommes disputés, et il tenta de m'attaquer. Avant même de réaliser, je voyais Balmung sa tête trancher...

– Oh, Siegfried ! gémit Hrorki en le serrant plus fort dans ses bras.

– Mon cœur, qui est cette jeune personne ?

La voix de la reine à peine sortie de la halle brisa leur étreinte.

– Krimhilde, laisse-moi te présenter Hrorki, mon amie d'enfance. Hrorki, voici Krimhilde, mon épouse.

– Oh, tu es marié..., dit la jeune fille. Je n'y avais pas pensé, alors que c'est pourtant tout à fait normal...

Elles se saluèrent d'un simple signe de tête, se fixant d'un regard glacial. Puis Hrorki se retourna vers Siegfried :

– Mon roi, laisse-moi être à ton service ! Depuis ton départ, je suis devenue experte dans l'art de forger des bijoux. Je suis sure que je pourrais trouver une place en ta halle. S'il te plaît, s'il te plaît !

Krimhilde fit signe à Siegfried avant de s'éloigner de quelques pas dans l'herbe humide.

– Elle ne peut rester là ! siffla-t-elle.

– C'est une amie d'enfance qui me demande un service, protesta Siegfried.

– C'est une amie d'enfance amoureuse de toi. Au premier coup d'œil cela se voit. Je refuse qu'elle reste ici avec nous.

Siegfried revint vers Hrorki. Avant même qu'il n'ouvrît la bouche, elle le devança :

– J'ai tout entendu, dit-elle les larmes aux yeux. N'aie crainte, Roi du Midland, je ne perturberai pas ta nouvelle vie.

Elle quitta les lieux d'un pas décidé.

– Hrorki, attends !

Siegfried tendit une main vers son amie.

– Laisse-la partir, intima Krimhilde.

– Pourquoi telle réaction, mon aimée ? regretta Siegfried. Qu'a fait Hrorki pour la mériter ?

– Rien pour le moment. Mais je ne laisserai personne menacer le bonheur de ma famille, est-ce clair ?

Elle rentra, laissant sur place un Siegfried médusé, qui regagna la halle d'un pas lent après quelques instants.

– Ces manœuvres sont-elles vraiment nécessaires ? soupira le roi, le lendemain matin, tandis qu'une jeune servante prenait ses mesures, corde graduée en main. Je n'ai nulle envie de m'adonner à cela après une journée éreintante et une nuit si courte...

Autour de lui, les Theinar des quatre provinces observaient.

– Oui, mon roi, répondit Hrothgar. Il te faut transmettre aux Nibelungen tes mesures exactes, si tu veux une armure parfaite digne d'un souverain. Ils ont beau être soi-disant les « meilleurs forgerons de Mannheim », ils ont tout de même besoin de connaître ta taille.

– Ce qui me lasse, c'est de devoir m'en charger *maintenant*.

– Mais tu es roi désormais, et le temps t'est précieux, répliqua Wulfrich. Bien que je ne comprenne guère pourquoi tu ne me laissas pas forger ton armure pour toi...

Siegfried, bras écartés pour la mesure, lança un coup d'œil à son forgeron.

– Wulfrich... Es-tu jaloux que je ne te confiasse pas cette tâche ? s'étonna-t-il.

– Par les dieux, bien sûr que non ! rougit l'homme imposant. Je ne comprends simplement pas pourquoi tu demandes à des étrangers de s'en charger, alors qu'un Midlander aurait fait un aussi bon ouvrage, et à moindre coût.

– Le forgeron jaloux des Nains ! J'aurais tout vu ! s'esclaffa Sigmar.

– Ce n'est pas cela..., grommela Wulfrich.

– Les Nibelungen sont réputés pour forger des objets uniques, aux grands pouvoirs, ajouta le roi. Par Dagon, regarde mon épée, et ose me dire qu'un Midlander aurait pu la créer !

– Certes, bougonna l'autre. Toujours est-il que tu prives un forgeron local d'une bonne commande...

Siegfried éclata de rire.

– Quel chauvinisme, mon ami ! Ouvre-toi : Mannheim est grand.

– Bah, Mannheim est grand mais peuplé de vermines comme les Æsir, les Thurse et les Nibelungen... Autant rester chez soi..., grogna Sigmar.

– Voilà bien une réaction de barbare ! s'écria Hrothgar. Et après tu t'étonnes que Saxonia soit en retard sur les autres provinces...

– De quoi, fils de blaireau véreux ? rugit le Thein insulté.

– Du calme, par tous les dieux ! intervint Gunther. Vous n'en avez pas assez de nous importuner lors du Thing avec vos provocations, voilà que vous vous y mettez en pleine période de célébrations !

– J'importune bien qui je veux, je suis Thein..., grogna Sigmar.

– Moi aussi, répliqua Hrothgar. Si un Thein fait ce qu'il veut, je pourrais bien te coller ma botte dans tes couilles atrophiées !

– Un Thein ne fait justement plus ce qu'il veut depuis qu'un nouveau roi est là, trancha Siegfried. Vous ferez comme je vous dirai, et sur l'heure je vous demande de cesser vos enfantillages. Par Syn et ses Draugar, je suis las, las, las, de vous entendre vous entre-déchirer ! Maintenant taisez-vous, et apprenez à vivre en bonne entente.

La conversation s'interrompit un instant. Le silence ne fut brisé que par les bruits de la servante s'affairant à prendre les mesures.

– Pourquoi une telle allure, pour cette armure ? reprit finalement Wulfrich.

– C'est là un symbole. En tant que roi je dois être craint et respecté –

– Tu l'es déjà. Le clan t'adule, et les autres provinces semblent t'avoir adopté dès que tu retiras l'épée.

– Ce qui ne t'empêche pas d'interrompre ton roi lorsqu'il parle, rit Siegfried. Je dois être craint et respecté des miens, mais surtout des autres.

– Tu penses aux Gothar et aux Thurse, avança Hrothgar.

– Certes. Et puis, ne suis-je pas le Tueur de Dragon ? Quoi de plus normal, alors, que ma cuirasse évoque tel monstre ?

– Je reste dubitatif. Le forgeron fit la moue. Ce bout de métal va plus t'encombrer qu'autre chose. Nous verrons bien.

La servante lui fit signe qu'elle avait terminé, et il appela un messager.

– Ulrik, envoie un faucon avec ces mesures à Nidavelir, pour la commande spéciale du roi.

En fin de matinée, alors qu'elle était allée avec son frère et son fils entendre les Skaldar chanter, Krimhilde rencontra Brynhilde. Oh, comme elle avait toujours abhorré cette femme dure, froide et condescendante, qui semblait prendre de haut toutes celles qui n'affichaient pas une attitude fière et farouche comme la sienne ! Elle n'avait jamais apprécié non plus la façon qu'elle avait d'observer Siegfried, comme si elle voulait à la fois lui faire l'amour et le tuer. Elle rentrait vers la halle en ayant laissé Gunther s'occuper de son neveu, aussi les deux femmes se retrouvaient-elles seule à seule pour la première fois. Lorsqu'elle croisa le regard hautain de la reine et son sourire narquois, c'en fut trop ; elle ne put résister et la provoqua :

– Noble reine, l'histoire contée tantôt ne te mettait guère en valeur. Ta fierté n'en a-t-elle pas trop souffert ? Ton honneur de guerrière mis en bière par mon cher frère, ta royale personne conquise comme une vulgaire terre.

– Poupée de porcelaine, tes dires ne valent rien ; défaite, je ne le fus que par un unique homme ; mon époux vaut donc mieux que le tien.

– Je n'en serais si sûre : trompeuses sont les allures.

– Cette attitude si fière ne te ressemble pas. Tu me caches quelque chose.

– Je laisse à tes pensées le soin de méditer ces propos avisés.

Brynhilde esquissa un sourire de victoire.

– Tes mots sont comme ta tête ; si creux et transparents. J'en suis sûre à présent, je sais que tu me mens.

Ce fut au tour de Krimhilde de sourire.

– Si peu ma noble reine. Mais il suffit maintenant, car mon temps est précieux ; tu n'en vaux pas la peine.

Elle s'avança de quelques pas mais s'arrêta soudain lorsqu'elle entendit Brynhilde renifler avec dérision et lancer froidement :

– Ce ne sont pas les propos que tint plus tôt ton homme.

La jeune femme se retourna, les yeux chargés des éclairs de Donar.

– Sache que je n'apprécie les mensonges éhontés d'une femme blessée.

– Si blessée je le suis, ma bouche ne ment en rien. Tu parles de mon mari, interroge donc le tien. Où était-il alors, la nuit du grand combat ? Pas en ta couche, en tout cas...

Un trait de douleur traversa les yeux de Krimhilde. Elle ouvrit la bouche pour répliquer, la referma. Un long silence passa. Enfin elle dit :

– Si comme tu le prétends tu le connais si bien, comment as-tu donc fait le lendemain matin pour ne rien remarquer ? Sous tes allures de reine, tu n'es qu'une femme idiote. Le lien unissant deux amants est si fort que même portant l'armure d'un autre tu aurais dû le savoir : Noble Reine, Reine des sottes, ce n'est pas mon frère qui t'a vaincue ; c'est mon mari !

L'incrédulité se lut dans le regard de Brynhilde. Lui succédèrent la douleur, la colère puis la détermination. Voyant que chacune des deux semblait dire la vérité, elles se dirigèrent à grands pas vers le trône au fond de la halle, bousculant les quelques guerriers présents. Siegfried était allongé sur sa banquette à admirer pensivement l'anneau qu'il portait, une corne de cervoise à la main, lorsqu'il vit arriver vers lui deux furies. Elles commencèrent à l'incendier, avec force gestes à l'appui, jusqu'à ce qu'il lève les mains en signe de paix : Qu'elles parlent chacune leur tour, s'il devait les entendre ! La Reine des Glaces fut la première à prendre la parole. Elle parla lentement. Sa voix était froide comme son île natale mais plus violente qu'un blizzard. Était-il vrai que par quelque mystérieux charme il avait pris la place de Gunther avant leur duel pour la conquérir en son nom ? Siegfried lança un regard alarmé à son épouse, qui ne s'en soucia pas le moins du monde et enchaîna : Était-il vrai aussi qu'il avait passé la nuit avec *elle* – geste dédaigneux envers la Reine – la veille dudit combat ? Regard alarmé vers Brynhilde. Puis vers Krimhilde. De l'une à l'autre. Aucune ne pipait mot, attendant sa réponse. Il les pria de ne pas s'emballer ; s'il avait pu les heurter de par ses agissements il en était fort chagrin...

– Il élude la question ! s'indigna la reine.

– Je hais quand il fait cela !

– Sans ambages dis-nous la vérité ! s'écrièrent-elle ensemble.

Il soupira et passa une main dans ses longs cheveux châtain.

– Très bien ; vous exigez la vérité ? La voilà, telle qu'elle est, ne venez pas le regretter. Il fixa tout d'abord la Reine. Brynhilde, il est vrai que c'est moi qui t'ai vaincue en combat singulier. Si je l'ai fait, c'est par amitié pour Gunther, dont l'amour et l'admiration qu'il te voue me touchèrent, car avoue que jamais tu n'aurais daigné poser les yeux sur lui si tu le savais incapable de te défaire. Ma reine, la force seule, voici tout ce que tu sais respecter, dans ta haine des hommes. Pourtant, Gunther est un bon mari, tu en as la preuve désormais. J'ai fait ce que je jugeais juste, jamais je ne le regretterai.

– N'en sois pas si sûr. Cette chaîne d'actions que tu as mise en branle aura des conséquences futures, lâcha froidement la Reine avant de tourner les talons.

Il dirigea son regard vers Krimhilde :

– Je suis désolé, mon aimée. Te rappelles-tu cette ceinture de force que je devais lui subtiliser ?

Voyant son air effaré, atterré, il s'empressa d'ajouter, d'expliquer :

– Tu ignores que Brynhilde et moi avons un certain... passé. Laisse-moi te raconter.

Il lui narra toute l'histoire, bien qu'elle sentît qu'il gardait pour lui ses pensées les plus intimes.

– Comprends-tu à présent ? acheva-t-il.

– Comptes-tu la revoir ? demanda-t-elle, séchant ses larmes d'un doigt délicat.

– J'y serai bien forcé, tu le sais.

– Ce n'est pas ce que je voulais dire.

– Cette femme aura toujours une place spéciale pour moi, de par notre vécu, mais mon épouse et celle que j'aime, c'est toi et toi seule. Cette page de mon histoire est tournée, Brynhilde est du passé. Un salut respectueux, le protocole respecté, voilà notre seul lien désormais.

Elle se blottit fort contre lui et ferma les yeux. Jamais autant que maintenant n'avait-elle désiré Siegfried pour elle seule, à jamais.

Plus tard, dans la halle désertée, tout semblait oublié. Semblait seulement. Car si Krimhilde était dans ses bras, sous les épaisses fourrures couvrant la banquette, tandis qu'il était en elle, la jeune femme n'avait de cesse de le voir en pensée uni à Brynhilde comme il l'était à elle.

– Siegfried ! Arrête-toi ! implora-t-elle en le poussant d'un bras.

– T'ai-je blessée ? demanda-t-il.

Elle ne répondit pas mais lui tourna le dos, rabattant les couvertures sur son visage. Elle ne voulait pas qu'il la voie pleurer. Il passa un bras autour d'elle et posa sur son épaule un visage inquiet.

– À quoi donc songes-tu ? Je vois bien que tu es troublée, ouvre-moi tes pensées.

Elle ne répondit pas tout de suite.

– Ce n'est rien. Laisse-moi simplement du temps. Pardonné, tu l'es. Maintenant il me faut oublier.

Il resserra son étreinte et enfouit son visage dans les longs cheveux d'or blanc de la jeune femme. Dehors un orage éclatait. La pluie battante frappait les murs de bois et le vent hurlait dans l'ouverture du plafond. Un corbeau, posé sur le rebord et qui semblait observer le couple, prit son envol en un coassement. Krimhilde s'assoupit après un long, long, long moment.

Elle était Brynhilde et faisait face à un homme sans visage. La torche qui éclairait la remise enténébrée vacilla sous un violent coup de vent. Les trombes d'eau qui martelaient le plafond d'ardoise et les coups de tonnerre étaient presque assourdissants. Bien que plus petite, elle parvenait à toiser l'homme qui lui faisait face.

– Peux-tu occire Siegfried, cet infidèle traître ?

– Je le peux, et avec grand plaisir le ferai, ma Reine. Il est aussi dans mon intérêt de le voir disparaître.

– Bien. Par-delà tes espérances tu seras récompensé. Échoue ou trahis notre pacte et tu souhaiteras une mort rapide qui te sera déniée.

Elle congédia l'homme d'un geste de la main.

– Tout est en place désormais, dit-elle les dents serrées. Siegfried, mon amour, si je ne peux t'avoir, personne ne le pourra...

Elle quitta à son tour la remise solitaire, accompagnée d'un claquement de tonnerre. Bien qu'elle aimât Siegfried de tout son être, elle ne pouvait pardonner la trahison ni le mensonge.

Krimhilde se réveilla en sursaut, le cœur battant, le front suant. De tout cœur, elle espérait qu'il s'agissait simplement d'un mauvais rêve causé par son inquiétude plutôt qu'une vision envoyée par la Dame. Dehors, le soleil brillait de nouveau ; les nuages de tantôt semblaient avoir été chassés par le souffle de Windir, et la campagne environnante brillait, humide, sous la lumière envoyée par Dagon. La halle s'était de nouveau remplie durant son somme, et bruissait désormais de vie.

Quelques instants plus tard, elle se tenait à côté de son époux et de leur fils, tous assis sur la banquette de la salle de vie. La plupart des guerriers, y compris les Theinar accompagnés de leurs épouses, étaient retournés flâner sur la place de Xanten où s'étaient installés marchands et Skaldar. Seules Krimhilde et Hiordis étaient restées en compagnie du roi. La jeune femme se sentait bien en présence de sa chaleureuse belle-mère. Siegfried sourit à Sigur et dit :

– Maintenant, mon enfant, est venue l'heure de tes leçons. Il ne suffit pas d'être un guerrier entraîné pour être un homme complet, il te faudra aussi être instruit et disposer d'une vaste connaissance du monde qui t'entoure. Sache que la guerre ne passe pas uniquement par les armes, et que les plus grandes conquêtes furent menées par l'esprit. Car c'est là, (Il tapota du bout du doigt le front du garçon), là, que se situe ta force. Qu'est-ce qu'une épée sans le bras pour la guider ? Qu'est-ce qu'un marteau sans le forgeron pour le manier ? Utilise ton esprit comme ta meilleure arme. Grâce à lui tu seras capable de vaincre des adversaires supérieurs en nombre ou mieux armés. Que ton esprit soit plus solide que l'acier ; plus acéré que la lame ; plus vif que le vent ; plus souple que le roseau. Comprends-tu ?

Le garçon hocha la tête.

– Très bien. J'ai partie de chasse en compagnie de Gunther. Je te laisse avec ta mère. Et fais attention, elle me rapportera tout, si tu ne connais pas ton Histoire !

– Oui, Père, acquiesça le garçon, l'air quelque peu contrit.

Siegfried embrassa son épouse et sa mère.

– Tu es un bon père, sourit Hiordis en effleurant son visage de la main. Je te souhaite bonne chasse, et que Windir guide tes pas.

Il lui sourit en retour et quitta la halle.

– Très bien, Sigur, annonça Krimhilde de sa voix douce, dis-moi ce que tu sais du Deuxième Âge.

Le garçon fit la moue :

– Qu'a-t-il à voir, le Deuxième Âge, avec le roseau plié, le vent vif, et la lame « à serrer » ? demanda-t-il avec toute la candeur des enfants

Krimhilde rit de bon cœur.

– Tu comprendras l'importance de la connaissance lorsque tu seras plus grand. Alors ?

– Je sais qu'ils ont disparu, pouf, comme ça.

Elle sourit.

– Et comment ont-ils disparu ?

– Ils étaient très fort avec la sorcellerie du Seidr et des runes, et en connaissance, mais ils sont allés trop loin et ont voulu détenir les secrets des dieux, alors les dieux les ont puni en retournant toute leur magie contre eux, et ça a fait *boum*.

– Comment s'appelle cet événement qui « a fait *boum* », comme tu dis ?

– Le Grand Cataclysme ?

– Très bien ! Et ensuite, que s'est-il passé ?

– Un grand hiver de plusieurs hivers s'est installé, et les survivants qui ont reconstruit le monde sont les pères de nos pères sur des générations.

– Correct. Qu'a encore provoqué le Grand Cataclysme ?

– Le Rayonnement Magique ?

– Et qu'est-ce ?

– Une grande force magique qui rend les gens et les bêtes malades et bizarres.

– Excellent. Va jouer dehors, mon fils. Tu as bien appris tes leçons.

Combien elle aimait ce petit être ! Il était un rayon de soleil dans une vie parfois... insipide. Elle n'était pas ingrate envers Siegfried, loin de là, mais absorbé par les affaires comme il l'était, elle ne le voyait pas aussi souvent qu'elle l'aurait souhaité. Elle l'aimait de tout son cœur, elle l'avait toujours aimé depuis le jour où il s'était présenté dans la halle de Gjukungar, hagard et crotté, demandant l'hospitalité. Combien de temps avait-il erré dehors ? Et comment ce vagabond possédait-il une telle épée, si finement ouvragée ? Tous s'étaient interrogés. Lorsqu'il demanda humblement une position de suivant, elle s'était écriée malgré elle :

– Gunther, dis oui, s'il-te-plaît, dis oui ! Avant de se mordre les lèvres de honte.

Mais son frère avait souri et accordé une place au jeune garçon au sein du clan. Maintenant elle avait Sigur, et il était devenu sa raison de vivre. Elle n'était pas Vainqueur des Thurse ; elle n'avait pas augmenté la richesse et le prestige du clan ; elle n'œuvrait pas au Thing pour la justice et l'honneur. Elle n'était qu'une simple femme, pas comme Brynhilde qui défiait les hommes et n'en faisait qu'à sa volonté. Pas comme Hiordis, qui était autant une Thein que son époux. Mais peu importait, tant que son fils était à ses côtés, tant qu'elle continuerait de le voir heureux comme seuls les enfants savent l'être, elle serait fière et aurait une raison de vivre. Tout sourire édenté, le garçon prit ses guerriers de bois, serra sa mère contre son cœur, et sortit en trottant.

– Quel bonheur que d'être mère, n'est-ce pas ? sourit Hiordis. Je me rappelle lorsque Siegfried était bébé comme si c'était hier. Curieux, il laissait son regard vaquer partout et pointait constamment du doigt tel ou tel objet en babillant. Je dus me séparer de lui alors qu'il était à peine plus âgé que Sigur... Profite bien de ce cadeau que t'ont offert Beyla et Dagon, car qui sait combien de temps encore ce petit être sera à tes côtés ?

– Il sera à mes côtés aussi longtemps que je vivrai ! répondit Krimhilde. Je ne laisserai personne briser le bonheur de cette famille, ni faire du mal à mon bébé, dussé-je tuer ou en mourir !

– Je vois ce que te trouve mon fils, sourit à nouveau Hiordis.

– En effet. Ce petit être est toute ma vie. Il est tout ce que j'ai accompli, et tout ce que j'accomplirai jamais.

À travers l'entrebâillement de la porte, elle dirigea un regard plein d'affection à Sigur, qui livrait dehors une bataille imaginaire digne des chants skaldar.

Dehors, loin dans la forêt, deux hommes chassaient, bien que ce fût plus là une occasion pour eux de se retrouver et de bavasser. Siegfried appréciait de passer quelques temps loin des invités qu'il accueillait en sa halle pour les festivités. Quel plaisir de chasser en forêt simplement, avec pour seul compagnie celle de son ami et beau-frère ! Par moments, il ne savait plus où était sa place... Il avait été propulsé de forgeron à roi en quelque temps à peine. Et désormais chacun n'avait de cesse de le harceler à propos de l'indépendance du Midland. Il n'arrivait à se décider ; d'un côté, il partageait les idéaux de paix de Gunther, d'un autre il ressentait la nécessité de combattre pour l'acquérir. Pouvait-on vraiment trouver la paix sans toute sa vie lutter ? Tantôt il pensait lui aussi que les armes ne devraient être prises que pour la défense, tantôt, lorsqu'il voyait leurs fermes détruites et leurs gens occis, il pensait nécessaire d'éliminer une bonne fois pour toute cette gangrène qu'était la race des Géants. Et il savait que la plupart des siens applaudiraient tel jugement. Ni d'un côté ni de l'autre, où donc se situait-il ? Gunther sourit lorsque Siegfried lui fit part de ses hésitations.

– Tu as encore ta voie à trouver. Celle des armes ou celle de la paix ? Aucune n'est facile, et aucune ne fera taire tes hésitations. Veux-tu que je te confie quelque chose ? Je fus là où tu es. Je n'ai pas toujours été pacifique et réfléchi. Dans ma folle jeunesse, je fus un terrible chef de guerre, assoiffé de conquêtes, constamment à combattre les clans voisins qui refusaient de se soumettre à mon autorité.

– Vraiment ? Siegfried était incrédule.

– Oui. Fils du Thein que j'étais, je me persuadai que l'on ne devait rien me refuser, et pire encore, que je devais punir quiconque me défiait. Je me comportais comme un roi, et un roi tyrannique, qui plus est. Je vouais aussi une haine farouche aux Gothar, et plus encore aux Thurse. Au fil des hivers je me fis de nombreux ennemis, et à juste titre, car j'utilisais mon influence pour étouffer les procès que l'on me faisait aux Thing, et usais de la loi en bernant les fermiers moins instruits pour augmenter mes richesses. Un jour je partis chasser le Jotun près de la frontière, et lorsque je revins ma halle était en cendres, ma femme et mon fils éventrés dans les ruines...

Il observa un silence que Siegfried n'osa briser.

– Au lieu de saisir le Thing comme j'aurais dû le faire, je partis en quête d'une folle vengeance. reprit-il en revenant à lui. Et mon père m'accompagna, aveuglé lui aussi par la douleur. Le meurtrier ne fut pas difficile à trouver ; il ne s'était nullement caché. C'était l'un des chefs de clan voisin, persuadé que la destruction de mon foyer m'anéantirait. Son village rapidement conquis, il avoua tout avec un sourire avant que je n'égorge moi-même sa femme sous ses yeux. Il me maudit cent fois mais ne m'implora pas, et jusqu'à la fin de mes jours je garderai en mémoire le visage de ses trois filles et ses deux fils que je tuai froidement malgré leurs suppliques. Ma vengeance était accomplie, mais je ne ressentais nulle satisfaction, nul apaisement, juste un terrible vide. De plus, la famille du chef de clan porta l'affaire au Thing, et je perdis la quasi-totalité de mes richesses en compensation pour ces meurtres. Et ce ne fut pas tout. Mon père fut tué dans la bataille, et ma mère mourut de chagrin peu après. J'acquis le Theinhod dans le sang et le malheur ce jour-là.

Il garda un long silence.

– Mon ami, je suis désolé. Je ne savais pas...

– Ne le sois pas. Cette expérience fit de moi un autre homme, et j'espère qu'elle te sera utile. Depuis lors je n'ai de cesse de préserver la paix. Les temps changent, Siegfried. L'ère où les hommes se faisaient sans cesse la guerre, divisés en petits clans, touche à sa fin. Toi et moi sommes les précurseurs d'un âge nouveau, un âge de paix et de prospérité, et j'ai foi en un avenir radieux. Peut-être pas aujourd'hui, peut-être pas demain, mais qui sait ce que tu auras accompli lorsque tu seras un roi aux cheveux blancs ? Je ne suis qu'un simple Thein, et je fais ce que je puis pour rendre le monde meilleur à mon échelle. Mais toi, mon ami, tu es un roi, régnant sur tout le Midland !

Un bruit dans les fourrés les interrompit soudain. Pensant qu'il s'agissait d'un gibier, Siegfried s'approcha, arc armé. Quelle ne fut pas sa surprise lorsqu'il tomba nez à nez avec un loup grondant, à l'unique œil gris luisant de férocité et d'intelligence. Gunther leva son épieu mais le jeune roi l'arrêta d'une sèche apostrophe. Le loup était l'emblème de son clan. Il ne pouvait le tuer ou le laisser mourir sous peine de s'attirer la colère des dieux et de se voir retirer la protection de son esprit. À contrecœur son ami baissa son arme. Les crocs dénudés de l'animal indiquaient une attaque imminente, et la mort au moindre faux pas. Voyant qu'il n'était plus menacé, le loup se détendit et partit en gambadant dans les fourrés. Avant de disparaître, il lança un dernier regard, ô combien humain, vers Siegfried, qui eut juré y lire comme un salut et une promesse bienveillante. Les deux hommes échangèrent un regard empli d'interrogations et haussèrent les épaules. Après un moment à marcher silencieusement dans la verte forêt, Gunther reprit ; Brynhilde lui semblait étrange depuis la veille ; elle ne lui avait pas adressé la parole de toute la journée, se contentant de l'observer durement, les lèvres pincées. Siegfried savait-il quelque chose à ce sujet ? Le jeune Roi ne répondit pas tout de suite, observant une expression contrite. Finalement, il lui avoua platement que la Reine connaissait la vérité sur leur combat.

– Oh... Il faudra que je lui parle, en ce cas... Comment a-t-elle su ? Le vieux devin nous a-t-il trahis ?

– Hélas, j'eus préféré... C'est ta sœur qui, dans un moment de fierté, lui a tout révélé...

– Krimhilde..., souffla Gunther les dents serrées. J'aime cette petite de tout mon cœur, mais les dieux savent qu'elle n'a pas l'esprit de Vittolfar !

– Ne sois pas si dur avec elle ; Brynhilde a le don de retourner les têtes. Ta sœur a simplement commis une maladresse.

– Une maladresse qui me coûtera peut-être mon épouse et le titre de Roi des Glaces... L'union entre le Midland et cette île rattachée aux royaumes Goth était la première pierre à une alliance que tu aurais ensuite scellée ! Petite idiote...

Ils continuèrent leur traque en silence, et rentrèrent victorieux à la halle, se congratulant l'un l'autre, un sanglier et quelques faisans attachés à la selle de leur cheval. Ils feraient bonne chère ce soir ! Le banquet fut joyeux et empli des chants des Skaldar ; dans la halle enfumée, chacun mangeait avec appétit les viandes, fruits et poissons proposés, et moult fûts de bière, d'hydromel et de cervoise furent vidés. Nombre de guerriers s'endormirent ivres où ils étaient, d'autres s'éclipsèrent rejoindre une femme, et certains en vinrent aux mains avant de se serrer amicalement dans une féroce accolade. Pourtant Gunther était inhabituellement sombre. À ses côtés, Brynhilde ne pipait mot, et Gunnar conservait un silence tendu tout en foudroyant Siegfried du regard. Krimhilde devait le ressentir, car elle picorait son écuelle silencieusement. Gunther lui posa la main sur l'épaule et murmura quelque chose à son oreille. Elle lui lança un regard inquiet avant de s'éloigner de quelques pas de l'âtre central autour duquel tous étaient réunis. Siegfried n'eut aucun mal à deviner la discussion qu'ils tenaient, vu l'air froissé de Gunther et celui penaud de sa sœur. Le roi caressait la tête du chien à ses pieds, faisant de son mieux pour ignorer Brynhilde et Gunnar, pareils à deux statues figées. À ses côtés se tenait son fidèle Wulfrich, les bras croisés défensivement. Le bon forgeron n'avait jamais apprécié les deux oiseaux, il le savait. Finalement, le Thein de Burgundia et sa sœur revinrent et s'assirent sans dire mot.

– Mon épouse, au nom de Siegfried et du mien je te présente nos excuses. Je suis désolé que tu aies appris ainsi notre... manigance... Toutefois, sache que si je rusai pour te conquérir, c'est avant tout par amour, mais aussi car l'union du Midland à une île rattachée à Asaheim –

La Reine se leva sans un mot et quitta la halle. Gunther se passa une main lasse sur le visage et soupira. Son frère se leva à son tour et lança un regard noir à Siegfried.

– Permets, mon Roi, que je prenne également congé. Je suis indisposé par l'odeur ambiante, celle de la trahison et du mensonge. Il y a quelque chose de pourri dans le royaume du Midland...

Wulfrich se leva d'un bond, la moustache frémissante, mais Siegfried fut plus rapide. En quelques secondes, il avait déjà contourné l'âtre central, et asséna un coup de poing rageur dans le visage de Gunnar. Son beau frère s'écroula au sol dans une gerbe de sang, et le silence régna l'espace d'un instant. Un instant seulement, car bien vite les rires, les chants et les discussions reprirent parmi les guerriers. Certains se gaussèrent ou firent des commentaires sur la violente frappe qu'avait reçue Gunnar, et d'autres lui adressèrent même un salut de leur corne à boire.

– Permission accordée, le toisa Siegfried.

Le Jarl irrévérencieux se releva, couvrant d'une main ses

lèvres entaillées, et trotta jusqu'à la sortie, courbé en deux.

– Tu n'avais pas besoin de le frapper..., lui reprocha Krimhilde.

– Certes, mais cela fut bon pour mes nerfs.

– De toute façon, mon Roi, sourit Wulfrich, si tu ne l'avais pas fait je m'en serais chargé. Et crois-moi que je n'aurais pas été aussi doux que toi...

– Une punition l'attendait depuis un moment maintenant, confirma Siegfried.

Krimhilde ne répondit rien et tourna la tête vers les flammes.

– Il ne fut pas le seul à mal se comporter, lâcha Gunther, le visage fermé.

– Que veux-tu dire, mon ami ?

– Comment as-tu pu me faire cela, toi, mon beau-frère et ami, que j'ai nommé Jarl et qui est aujourd'hui mon roi ? Comment as-tu pu passer la nuit avec la femme que tu venais conquérir pour moi ? Non, ne réponds rien ; j'ai déjà entendu ton excuse. Si tu me le permets, je vais me retirer à mon tour. Je suis las de ta compagnie.

Wulfrich fit quelques pas décidés en direction du Thein, mais Siegfried posa une main sur son imposante poitrine ; Gunther avait raison. Les prochains jours, il emmènerait Sigur tirer à l'arc. Cela faisait longtemps qu'il n'avait pu passer une journée avec son fils, il valait mieux qu'il laissât son épouse et son beau-frère seuls pour le moment...

Le lendemain était une journée étonnamment splendide, pour la saison. Au grand air avec son fils, la tiède brise automnale faisant flotter doucement leurs cheveux châtains, ils foulaient l'herbe émeraude tapissant la longue plaine située entre Xanten et la forêt avoisinante. Siegfried appréciait la douce température, et regardait en marchant les nuages qui défilaient paisiblement comme un troupeau de moutons célestes. Il savait ces moments particulièrement précieux ; bientôt son fils poursuivrait son éducation auprès d'un Thingsmadr, et Siegfried ne le reverrait que très sporadiquement. Cette pensée arracha un morceau de son cœur, mais l'idée que le petit Sigur devienne un homme accompli et valeureux l'emplissait d'une fierté toute paternelle. Il espérait seulement ne pas transmettre son héritage maudit et que le garçon soit épargné des tourments intérieurs que son père connaissait. Il se remémora avec angoisse la malédiction que lança le dragon au moment de son trépas : *Que cet anneau doré soit ta perte attitrée, et celle à l'avenir de tous ses possesseurs...* Mais il dédaigna bien vite cette sombre pensée.

Il s'imaginait, grisonnant, accueillir à Xanten son fils, désormais Jarl de son propre domaine, ou Thein peut-être. Le garçon serait grand et fort, et les Skaldar chanteraient ses exploits partout à travers le Midland, d'Yngling à Wogatisburg, d'Albingia à Gjukungar. Il serait fier et souriant, et n'aurait peur de rien, mais plus important : Siegfried savait qu'il l'aimerait plus que tout, quoi qu'il advînt. Il contempla le garçonnet qui gambadait gaiement non loin devant, armé de son épée de bois et de son petit arc aux flèches à tête ronde, et l'envia pour son innocence et son insouciance, ainsi que pour le futur brillant qui l'attendait. Siegfried n'était pas à plaindre, il en avait pleinement conscience ; il était un roi aimé de son clan ; il avait une magnifique épouse et un enfant merveilleux ; mais il savait qu'il serait toujours la proie des ténèbres qui le harcelaient constamment et menaçaient à tout moment de l'emporter avec elles dans un monde où plus rien n'aurait de sens ni de logique. Sous le masque du jeune roi à qui la Dame souriait, nul ne soupçonnait le monstre endormi que le jeune guerrier luttait à maintenir sous contrôle. Il fut ramené à la réalité par la question que posa son fils de sa petite voix maladroite ; qu'était cette trace dans l'herbe ? Il examina la marque brièvement avant d'apprendre à son fils qu'il s'agissait d'un cerf. S'il en avait laissé d'autres, ils pourraient le suivre et peut-être l'apercevoir. L'émerveillement se lut dans les yeux du petit être. Siegfried le prit par la main et le guida vers l'orée des bois, suivant la piste de l'animal.

Soudain, il se sentit percuté violemment et fit quelques pas en arrière, lâchant l'enfant. L'étourdissement passé, il put voir une flèche plantée dans la fabrique de sa tunique noire, droit sur son cœur. Il hoqueta de surprise et d'horreur, s'attendant à s'effondrer d'un instant à l'autre, mortellement blessé. Pourtant il ne ressentait nulle douleur ; le projectile semblait avoir rebondi sur sa chair, endommageant le vêtement seul. Il poussa Sigur sans ménagement, lui intimant l'ordre de rester à distance ; le garçonnet, si jamais il était terrifiée, n'en montra rien et obéit à son père sans paniquer ni pleurer. Siegfried reçut une nouvelle flèche qui se planta au niveau de son estomac, toujours sans traverser la chair. Puis une autre, et encore une autre. Certaines rebondirent même, se brisant. Depuis les fourrés avoisinants, cinq hommes sortirent prudemment, Leur casque couvrait leurs traits mais leur étonnement et leur méfiance se lisaient dans leurs postures. L'un des hommes reprocha à celui qui semblait être leur meneur de ne pas leur avoir dit que leur cible était un sorcier. Et l'autre de lui intimer le silence, le traitant d'idiot ; Siegfried devait simplement porter cotte de mailles sous son vêtement, voilà tout. Il ordonna de frapper pour tuer.

Circonspects, ils s'approchèrent lentement. Siegfried arracha de sa tunique les flèches qui le gênaient avant de dégainer l'imposante Balmung. Le pourpoint en cuir renforcé de plaques ne sauva pas le premier homme, que la cruelle lame mordit sous l'aisselle et trancha presque jusqu'à l'autre épaule. Le deuxième attaqua d'estoc, pensant profiter d'une ouverture, mais le jeune roi para sans difficulté. Soudain, l'un des assaillants hurla ; un immense loup à l'unique œil grisé le tenait par la gorge, entre ses crocs. Très vite ses cris se muèrent en gargouillements, puis en silence. Un autre mercenaire tenta de trancher la tête de l'animal qui sautait vers lui mais manqua, et rencontra vite un sort similaire. Du coin de l'œil, Siegfried reconnut sans vraiment le voir le loup qu'il avait rencontré tantôt lorsqu'il chassait. Après un hurlement proche d'une salutation, l'animal repartit en trottant dans la forêt. L'esprit du loup veillait réellement sur lui... Siegfried frappa de taille et le meneur ne dévia la lame que de justesse, celle-ci ricochant sur le sommet du casque, qui s'envola sous le choc, à moitié tranché. Siegfried reconnut instantanément la courte barbe noire, les cheveux en désordre et l'air sombre de son adversaire. Gunnar ! Il aurait dû se douter que ce chien tenterait quelque chose à son égard ! Lâche, il savait que son beau-frère l'était, mais devait-il choisir pareil moment ? Il interrompait ce bel instant passé avec son enfant.

Concentré qu'il était sur son ennemi attitré, il ne vit pas, dans son dos, le coup fuser. Le dernier homme le frappa obliquement, et il subit le choc de plein fouet. Son souffle fut coupé, son esprit tétanisé, son équilibre renversé. Mais la lame se brisa sur ses chairs et la pointe vola dans les airs. Genoux en terre, luttant pour se remettre d'équerre, il vit, comme au ralenti, le fragment d'acier propulsé tournoyer, et le crâne de son fils heurter. L'enfant s'effondra comme une poupée de chiffons, et son sang coula rouge sur l'herbe si verte. Poussant un cri de rage et d'angoisse désespérés, Siegfried se releva, bondissant, et fit face à l'involontaire bourreau d'enfant. Celui-ci, visiblement hébété de voir vivant un adversaire qui aurait dû être occis, ne tenta même pas d'esquiver le coup qui trancha son crâne en deux, coupant acier et os dans un même mouvement. Le guerrier furieux se retourna face à son beau-frère, qui tenta d'apaiser sa colère, arguant qu'il n'avait jamais voulu voir un enfant blessé. Si jamais il était sincère, aucun de ses mots ne pouvait toucher le cœur dévasté d'un père. Siegfried n'était plus Siegfried ; il était le guerrier noir, la fureur, la vengeance ; il était Balmung, et son âme avait soif de sang. La part d'ombre qu'il avait gardée sous contrôle depuis si longtemps était désormais déchaînée, et ce fut un spectacle qui glaça Gunnar. Face à lui ne se tenait plus un homme, mais un dieu guerrier. Son visage ne montrait plus de traits humains, mais la rage incarnée. Sa tunique noire semblait de ténèbres faites, et ses cheveux, animés par le vent, semblaient l'être de leur propre volonté. Ce fut cette image que Gunnar emporta avec lui dans la tombe, lorsque la lourde épée trancha sa tête en un mouvement fluide, après avoir traversé son bouclier et son bras, tandis que le dieu guerrier hurlait de toute la force de ses poumons enflammés. Toute folie meurtrière retomba soudainement. Épuisé, terrifié, Siegfried, titubant, se précipita tant bien que mal vers son fils gisant. Il le prit dans ses bras, balaya de son visage ses boucles épaisses. Une énorme entaille écarlate lui barrait le front, et sa peau était livide. Désespéré, il vérifia le pouls et la respiration de l'enfant. Ne sentant rien, il tenta de le ranimer, durant de longues minutes. Son cœur s'accéléra ; il pria le Seigneur, la Dame et tous leurs enfants. Reprit ses tentatives de secours, de longues minutes durant, incapable d'accepter la sinistre réalité.

Siegfried ramenait le petit corps sans vie, le portant délicatement entre ses bras, le visage fermé et la marche lente. La populace de Xanten s'était amassée autour de son roi et observait, à la fois dévastée et stupéfaite, un père pleurant silencieusement son fils. Des murmures d'incompréhension et de lamentation s'élevèrent ; partout dans le village on disait : « le jeune fils du roi est mort ! » La nouvelle avait atteint la halle avant Siegfried ; Krimhilde, les traits tirés par l'angoisse, courait aussi vite que le lui permettaient ses délicates jambes, relevant sa robe de ses doigts serrés. Lire sur son magnifique visage enfantin autant de douleur et d'injustice fut plus que Siegfried n'en pouvait supporter. Il tourna la tête, fermant les yeux, incapable d'affronter le regard interloqué et inquisiteur de son épousée, ni de lui apporter quelque réponse. Leur fils était mort par sa faute. C'était lui qui devrait gésir ici-bas, non Sigur. Que dire de plus ? Elle repoussa les mèches collées sur le petit front, délicatement, comme de peur de le réveiller, et vit l'horrible balafre. Elle poussa un gémissement aigu d'angoisse et de désespoir mêlés, et tous, dans la ville de Xanten, entendirent son hurlement poussé par les vents. Elle hoqueta le début d'une question. Il lui décrivit les faits. Il n'avait pas su protéger leur fils... Il dut s'arrêter pour réprimer un sanglot avant de poursuivre ; il avait encore une chose à lui apprendre. Elle leva vers lui des yeux de biche emplis de larmes et d'inquiétude. Finalement, il lui révéla qui avait dirigé l'assaut, et le sort qu'il rencontra. Elle ne cilla pas pendant quelques secondes, puis perdit connaissance.

L'enfant reposait sous un linceul, au milieu de la halle. Agenouillés devant lui, ses parents se tenaient tête baissée sans mot dire. Gunther posa une main compatissante sur l'épaule de Siegfried, murmurant des condoléances. Le roi ne répondit pas mais posa une main sur celle de son beau-frère. Derrière se tenait Brynhilde, silencieuse comme la mort, le regard hébété. Wulfrich était posté derrière son roi, les bras croisés, le chagrin et la fureur à la fois se lisant dans son regard. Les autres chefs de clan, Jarlar et Theinar, leurs familles et leurs plus valeureux guerriers ainsi que tous les serviteurs observaient le petit corps, en cercle autour de la famille endeuillée, la mine sombre et sans mot dire. Tout le monde s'était déjà couché depuis longtemps sur les banquettes contre les murs lorsque les lampes à huile s'éteignirent, laissant plongé dans l'obscurité le couple enlacé qui, d'épuisement, s'était endormi contre le corps froid de leur unique enfant.

Siegfried fut réveillé par Wulfrich aux petites lueurs de l'aube. Le forgeron s'excusa d'importuner son roi durant pareil moment, mais il pensait l'information importante : La reine Brynhilde avait précipitamment quitté Xanten pour l'Île-des-Glaces, sous le couvert de la nuit. Nul ne savait pourquoi, pas même son époux. Siegfried, l'esprit encore embrumé par les limbes oniriques, remercia son ami et le congédia d'un signe de la main. Krimhilde était elle aussi éveillée. Son regard azur fixé droit devant, elle dit lentement :

– C'est elle. En mon sein je le sens, je le sais, c'est elle qui instigua l'assaut. Blessée d'avoir été trompée, et blessée que tu l'aies repoussée, elle ne l'a pas supporté. Sa fuite précipitée ne fait que le prouver ; elle voulut te tuer.

Siegfried considéra ces mots. Il refusait d'y croire, refusait que Brynhilde puisse faire preuve d'une telle lâcheté. Pourtant une part de lui savait ces faits avérés ; il connaissait la reine et savait à quel point elle était déterminée et implacable. La blessure qu'il avait laissée en son âme de par sa trahison n'avait servi qu'à décupler sa colère féminine. Elle était responsable de la mort de son fils, et lui-même était responsable de son ardent désir de vengeance. Il ne semblait pas être le seul en proie à de noirs tourments, car Krimhilde lui dit d'une voix sans timbre :

– Tout est ma faute. Si je m'étais tint coite, rien de tout cela ne serait arrivé. Je n'ai pas pu m'empêcher de briser sa fierté, et, dans mon arrogance, je lui ai révélé choses que jamais elle n'aurait dû savoir. Grand bien me fasse d'avoir blessé son ego d'acier, quand une vie innocente en est le prix à payer ! Qu'on la laisse à ce petit jeu gagner, et qu'on me rende mon fils !

Elle sanglota hystériquement, et Siegfried la serra dans ses bras, incapable de trouver les mots pour toucher son cœur et apaiser son âme.

Les lunes passèrent. Krimhilde était pareille à une Draug ; elle errait sans but dans la halle, ou bien restait assise toute la durée du jour. La nuit, elle regardait sans le voir le feu brûler, jusqu'à ce qu'il ne fût plus que braises et cendres. Siegfried tentait de lui redonner goût à quelque chose, la moindre chose. Mais lui-même n'avait plus goût à rien. Il gérait les affaires de son clan et du royaume avec autant d'ardeur que possible, oubliant sa peine dans ses devoirs, et empêchant son esprit de vagabonder, le concentrant sur ses tâches. Mais Krimhilde, elle, restait emmurée en son for intérieur. Siegfried l'évitait autant que possible, voyant dans son regard mélancolique les conséquences de son propre échec, et il savait qu'elle faisait de même, voyant en lui la raison du trépas de son enfant. Gunther était resté en soutien quelques temps, mais le Theinhod l'avait finalement rappelé à Gjukungar. Hiordis s'était attardée plus longtemps encore, mais son fils avait fini par la congédier, lui assurant qu'il allait bien ; il refusait d'être un fardeau pour sa mère. Puis, un jour, après plusieurs lunes passées comme avec un étranger, Krimhilde lui sourit, passa ses bras autour de son cou, et posa ses lèvres délicates sur les siennes, avant de repartir en chantonnant. Siegfried fut trop surpris pour lui demander la raison de cette bonne humeur, et surtout, il eut peur de la briser. Mais il était heureux que son épouse semblât avoir entamé son chemin vers la paix intérieure. Le même jour, un Skald æsim demanda la permission de s'entretenir avec le roi. Sur un hochement de tête de Siegfried, Wulfrich fit signe à un homme sans âge malgré ses cheveux blancs.

– Roi Siegfried Sigmundson, le Tueur-de-Dragons, c'est un honneur pour moi que de te rencontrer. Je suis Tyr Hymirson, chargé d'une mission.

– Sois le bienvenu en mon royaume et en ma halle. Quel vent te porte si loin de chez toi ?

– Une proposition du roi des Æsir. Je m'exprime en son nom, car voici des hivers que notre bon Balder combat l'occupation qui afflige tes terres. Malgré tout le respect que lui portent ses pairs ainsi que ses sujets, malgré son influence, il ne parvint jamais à faire tourner la chance C'est pourquoi aujourd'hui voilà qu'il te convie à un événement ma foi fort important : une Grande Assemblée, un Althing comme jadis, où assis sur nos bancs nous rendrons le Midland enfin indépendant. Balder espère ainsi que chacun pourra voir que le Midland aussi est un royaume uni et que tu sauras bien, avec son aide, du moins, convaincre les Theinar. Tendras-tu toi aussi une main amicale, une nouvelle entente en tant que but final ?

Siegfried garda le silence un moment avant d'accepter. Il viendrait à cette Grande Assemblée – cet Althing – accompagné de ses Thingsmenn, en espérant parvenir à un accord paisible.

– Tu fais le juste choix. Cet été au solstice rends-toi à Yggdrasil y rencontrer le roi et y faire votre office.

Le Skald tourna les talons après avoir salué, laissant Siegfried pensif sur son trône.

Elle se tenait sur le promontoire rocheux, face à l'ouest. À ses pieds se trouvait l'à-pic de la colline, semblable à une falaise en bas de laquelle luisait une mer émeraude. Elle avait vue sur toute la plaine environnante, parsemée de buissons et d'arbustes, ainsi que sur l'épaisse forêt au loin, et sur les montagnes se détachant, tranchantes, sur le ciel rosé du petit matin. Elle distinguait au loin les ruines de l'ancienne civilisation du Deuxième Âge, avec leurs grandes tours de métal, couvertes désormais de végétation. Elle se prit à penser un instant à ce peuple disparu des siècles auparavant, à leur gloire et à leur âge d'or, anéantis lors du Grand Cataclysme causé par leur arrogance. Leur règne pourtant si long n'était qu'éphémère et insignifiant aux yeux du monde et des dieux, prenant fin avec la destruction de leur civilisation. Une fraîche brise soufflait dans ses cheveux, et les oiseaux commençaient de chanter joyeusement. Cette région était si paisible...

Elle ferma les yeux et sourit, sentant la caresse des vents sur sa douce peau. Elle ne ressentait plus rien ; plus de douleur, plus de tourment, plus de culpabilité. Son fils se trouvait avec elle, dans le souffle des vents, dans les arbres croissants, dans le chant des oiseaux. Elle sentait sa présence dans la moindre parcelle de la Nature environnante, et elle en était heureuse.

Elle fit un pas vers le bord, sans trembler, sans se précipiter. Elle souriait encore lorsqu'elle se laissa chuter dans l'abîme à ses pieds, terminant sa course sur l'herbe émeraude, poupée blanche dans une mare écarlate.

– Mon roi !

Wulfrich accourait. Siegfried, voyant son air paniqué, le prit par le bras et le calma. Une fois qu'il eut repris son souffle, il hoqueta :

– La Reine... C'est la Reine... Mon Roi, je suis navré ; la Reine est morte !

Siegfried avait tout perdu ; son épouse, son fils, son amante... Il regarda ses mains, comme si elles ne lui appartenaient pas. Il regarda Wulfrich, et y vit le visage d'un étranger. Pourtant, du fin fond de ses ténèbres abyssales, il ne ressentait rien. Ni chagrin, ni colère, ni haine. Seulement un effroyable vide glacial. Et peut-être était-ce pire qu'une abjecte souffrance, car de ressentir, fût-ce le sentiment le plus atroce qui soit, aurait signifié qu'il était vivant. Plus rien n'avait d'importance à ses yeux. Il restait dans sa halle, apathique, indifférent, négligent ses devoirs de roi et ses gens. Inquiets, ses meilleurs guerriers ainsi que ses conseillers tentaient vainement de susciter chez lui le moindre intérêt. Son fidèle ami Gunther et Hiordis étaient venus pour les funérailles, et avaient soutenu le roi quelques temps. Mais, encore une fois, ils furent finalement rappelés à Gjukungar et Yngling par leurs devoirs. Seul un événement digne d'intérêt pour Siegfried se produisit. Un jeune guerrier, à peine un homme, accourut, visiblement tout excité. Il invita son roi à se rendre sur la place de Xanten pour un spectacle inattendu. Siegfried, vaguement intrigué, le suivit. Là était attelé un sombre chariot, tiré par quatre vilains poneys, aux membres courtauds et aux proportions étranges. Quatre Nibelungen se tenaient à côté, déchargeant une grande caisse de bois.

– Livraison pour le roi Siegfried Sigmundson, le Tueur-de-Dragons, dit l'un des petits hommes de sa voix rauque.

– Je suis Siegfried Sigmundson. Et je vous souhaite la bienvenue, dit-il sans entrain.

– Oui, oui, coupa un autre Nibelung, on est juste là pour l'or. Payez et on disparaît.

– Heu... Certes.

Siegfried envoya Wulfrich chercher la somme au coffre, puis il tendit une bourse emplie de Mörk que le petit homme recompta avidement avant de l'empocher. Contrairement aux enfants attroupés, il évita de trop regarder les étranges visiteurs, courtauds, difformes et courbés, au cuir tanné et aux barbes tressées encadrant des traits grossiers, car leur apparence ne lui rappelait que trop celle de son père adoptif. Puis finalement les petits hommes remontèrent dans leur attelage et, sans dire un mot, repartirent vers leur lointaine contrée dans un silence sinistre. Trois solides guerriers vinrent saisir la caisse et la transportèrent jusqu'à la halle, où ils l'ouvrirent. Des exclamations de stupeur et d'admiration retentirent. Dans le coffre de bois se tenait une imposante armure noire, toute de métal, surmontée d'un heaume à pointes. Siegfried n'avait jamais vu pareille merveille. Toute de métal, pour une protection optimale, l'armure était accompagnée d'une cotte de mailles pour les zones découvertes. Le plastron était composé de plaques assemblées, une réelle nouveauté qui permettait défense et mobilité. Et cette couleur noire de jais, ainsi que ces pointes agrémentées, le tout donnait à l'œuvre un aspect effrayant, parfait pour terrifier l'ennemi avant de l'écraser. Wulfrich laissa échapper un sifflement admiratif. C'était là une belle pièce. Le seul défaut à un tel objet était son poids ; l'armure devait peser une vache morte. Siegfried prit le casque aux piques acérés, et le lança au forgeron, qui l'attrapa dans la foulée.

– Eh bien, je n'ai rien dit..., corrigea ce dernier en se grattant la tête, le regard fixé sur le heaume. Ce métal est particulièrement léger. C'est à peine si l'armure entière doit peser plus lourd que celle que tu portais jusque-là.

– Les Nibelungen n'ont pas volé leur réputation. Ce sont vraiment les meilleurs forgerons de tout Mannheim. Rangez cette armure au fond de la halle. Peut-être me servira-t-elle plus tard, lorsque le Dragon Noir en moi sera éveillé, mais pour l'heure je veux être seul.

Il se dirigea vers son trône et s'y affala, maussade, de sombres pensées emplissant son esprit, et y resta la journée entière comme il le faisait depuis la mort de Krimhilde et Sigur.

Les jours se changèrent en semaines, les semaines en lunes. Puis, un matin, un cri retentit dans tout Xanten, une longue complainte à fendre l'âme, venue du fin fond des entrailles déchirées d'un être torturé. Et d'entendre cet effroyable hurlement, tous le surent alors : le Roi était vivant.

– Bienvenue parmi nous, dit dans son dos une voix qu'il ne fut pas même surpris d'entendre.

Siegfried était dans la campagne environnante, recouverte du manteau blanc de l'hiver. Une épaisse brume flottait sur toute la région, et les silhouettes des arbres se dessinaient tristement dans la grisaille. L'air était humide, d'une moiteur glaciale pénétrante, dont Siegfried ne ressentait pourtant pas la morsure. Derrière lui, un bruissement d'aile avait trahi son visiteur habituel. Il ne se retourna pas pour répondre ; le vieil homme avait mis du temps à venir le voir.

– L'heure n'était pas venue. Désormais tu es prêt.

– Je ne perdrai pas mon temps à poser des questions qui resteront sans réponse. Parle.

L'autre sourit.

– Sens-tu maintenant la haine brûler au fond de toi ?

– Je ne ressens plus que cela.

– Alors écoute-moi : l'anneau que tu portes là, ceignant ton royal doigt est doté de pouvoirs que tu ne saurais croire. Il suscite à jamais la convoitise des hommes, et ce à juste titre.

– Apprends-moi donc quelque chose que je ne sais pas...

– Il est nommé Draupnir ; c'est l'Anneau de Pouvoir. Tu l'as eu de Fafnir, qui tua pour l'avoir. Et chacun avant vous a dû verser le sang pour tenir ce bijou, ne serait-ce qu'un moment. Le dernier homme connu à l'avoir possédé fut Woden l'Æsim. Cet anneau rarissime après lui fut perdu. La suite de cette histoire, tu la connais déjà. Cette relique du passé possède comme tu le sais une singularité. Mais quoi exactement, le sais-tu réellement ? Quiconque au doigt la porte obtient l'aura d'un roi, et sait donc de la sorte causer la foi, l'effroi, l'émoi. Plier tous les esprits à ta seule volonté ; Vois ce qui t'est accordé une fois payé le prix. Le pouvoir de Draupnir signa par le passé la chute précipitée de bien plus d'un empire. Chacun des possesseurs a connu le malheur. Mais toi, jeune roi, roi noir, tu n'as plus rien à perdre. Brisée au désespoir, forgée dans les ténèbres, ton âme est immortelle ! Tu es désormais prêt.

Ses mots claquèrent comme l'éclair. Un long silence se fit sentir. Reprenant ses esprits, Siegfried dit enfin, le regard empli de braises noires :

– Le sacrifice de tous les êtres chers à mon cœur, était-ce là le prix à payer ? Vieil homme, ce pouvoir je n'en ai cure ; garde donc tes augures ! La seule chose qui m'importe, c'est qu'on me rende ma famille.

La réplique de son visiteur se fit plus tranchante qu'une lame acérée :

– Ce que tu me demandes, personne, pas même moi, ne peut te l'apporter. Tu considères cela chose injuste et félonne, que tout ceci te donne leçon à méditer : la vie est injustice, combat, victoire et mort. Et jamais nul caprice ne contrera le sort. Une seule chose désormais te reste à accomplir : ta chère famille venger, et la coupable occire. Car le sang pour le sang ! La dette doit toujours se rembourser à temps. Si tu te blâmes encore pour ce funeste jour, je le dis haut et fort : Tu n'es pas responsable. Ton âme crie : « justice », et ton cœur implacable en porte la cicatrice : dans cette histoire tragique une seule est à blâmer : Brynhilde, la reine inique !

Le coup d'épée tournoyant ne mordit que les airs ; en un bruissement d'ailes, le mystérieux prophète avait disparu. Entendre ce nom honni avait révélé en Siegfried toute sa rage aigrie. Il en fit le serment : Brynhilde devrait payer, et ceci de son sang.

L'AVENTURE N'EST PAS FINIE !

L'heure de la vengeance approche ! Pour connaître la suite des aventures de Siegfried et des autres, découvrez ici le deuxième tome de la saga : bit.ly/sangaesir

Pensez également à rejoindre mon cercle de lecture afin d'être averti(e) de toute nouvelle parution le jour J. De plus, j'y partage une fois par mois des histoires qui me sont chères. Oh, et en bonus je vous offre une nouvelle qui dévoile un pan de la jeunesse de Thor et qui n'est disponible nulle part ailleurs. Alors si vous ne faites pas encore partie du cercle, c'est l'occasion !

Cela se passe ici : bit.ly/NewsletterAsgard

Si vous avez apprécié la lecture de *La Rétribution des Traîtres*, accepteriez-vous de laisser votre avis sur Amazon ? Le système de review étant crucial pour un auteur, je vous en serai extrêmement reconnaissant, même s'il ne s'agit que de deux lignes pour résumer ce qui vous a plu pendant votre lecture.

Vous pouvez le faire ici : bit.ly/ReviewT01

Retrouvez-moi aussi sur Facebook, où je partage tout un tas de choses en rapport avec les univers Fantasy et Anticipation / SF :

www.facebook.com/VictorMoreauEcrivain